古典文獻研究輯刊

八 編

曾永義 主編

第 5 冊

西漢後期制度與文學

魏 榮 著

國家圖書館出版品預行編目資料

西漢後期制度與文學／魏榮 著 — 初版 — 新北市：花木蘭文
化出版社，2013〔民 102〕
目 2+158 面；19×26 公分
（古典文學研究輯刊　八編；第 5 冊）
ISBN：978-986-322-381-8（精裝）
1. 漢代文學 2. 文學評論
820.8　　　　　　　　　　　　　　　　102014639

ISBN-978-986-322-381-8

9 789863 223818

古典文學研究輯刊
八 編 第五 冊　　　　　　ISBN：978-986-322-381-8

西漢後期制度與文學

作　　者　魏榮
主　　編　曾永義
總 編 輯　杜潔祥
出　　版　花木蘭文化出版社
發 行 所　花木蘭文化出版社
發 行 人　高小娟
聯絡地址　235 新北市中和區中安街七二號十三樓
　　　　　電話：02-2923-1455 ／傳眞：02-2923-1452
網　　址　http://www.huamulan.tw 信箱 sut81518@gmail.com
印　　刷　普羅文化出版廣告事業
初　　版　2013 年 9 月
定　　價　八編 24 冊（精裝）新台幣 40,000 元

西漢後期制度與文學

魏 榮 著

作者簡介

魏榮，1980 年生於北京，2009 畢業於北京師範大學文學院，獲文學博士學位。曾發表《〈搜
神記〉中的韻文研究》，《論六朝志怪小說婚戀故事的分離原則》等論文。現任教於北京四中。

提　　要

　　西漢後期至兩漢之際，經學的發展，使得國家制度建設在「尊經崇禮」思想的影響下，以
復古為主。從漢元帝啟用儒生稽古改制，到王莽全面復興周禮，儒學復古思潮愈演愈烈，文學
思想和文學創作在這樣的制度背景下，呈現出復古與革新兩端。本文立足於此期各項政治制度
和文化制度的變遷，結合此期的制度思想與文學觀念，探討儒學獨尊、經學主導和禮制復古背
景下制度與文學的關係。

目

次

緒　論

第一節　西漢後期文學研究綜述

一、古人對西漢後期文學的研究

　　最早對西漢後期文學進行反思的是揚雄，晚年的他結合自身創作實踐，認爲辭賦是「童子雕蟲篆刻」「壯夫不爲」〔註1〕，對辭賦文體持否定的態度：「雄以爲賦者，將以風也，必推類而言，極麗靡之辭，閎侈巨衍，競於使人不能加也，既乃歸之於正，然覽者已過矣。往時武帝好神仙，相如上《大人賦》，欲以風，帝反縹縹有陵雲之志。繇是言之，賦勸而不止，明矣。又頗似俳優淳于髡、優孟之徒，非法度所存，賢人君子詩賦之正也，於是輟不復爲。」〔註2〕同時，他也提出了他的鮮明的辭賦觀，即「詩人之賦麗以則，辭人之賦麗以淫。如孔門之用賦也，則賈誼升堂，相如入室矣。如其不用何？」〔註3〕揚雄既承認詩賦之「麗」的美學特點，也不諱言其功利用途。自此，對於兩漢之際文學思想的研究大多圍繞揚雄展開。

　　桓譚《新論・道賦》有言：「揚子雲工於賦……子雲曰：『能讀千賦則善賦』」，屬於創作論範疇。東漢王充在《論衡》中也對揚雄之賦有所提及：

〔註1〕〔漢〕揚雄《法言》卷二《吾子》，汪榮寶《法言義疏》，北京：中華書局，1987 年，第 49～50 頁。

〔註2〕〔漢〕班固《漢書》卷八十七《揚雄傳下》，北京：中華書局，1962 年，第 3575 頁。

〔註3〕〔漢〕揚雄《法言》卷二《吾子》，《法言義疏》第 49～50 頁。

> 孝武皇帝好仙，司馬長卿獻《大人賦》，上乃仙仙有凌雲之氣。
> 孝成皇帝好廣宮室，揚子雲上《甘泉賦》，妙稱神怪，若曰非人力所
> 爲，神鬼力乃可成。皇帝不覺，爲之不止。常卿之賦言仙無實效，
> 子雲之賦言奢有害，孝武豈有仙仙之氣者？孝成豈有不覺之惑哉？
> 然即天之不爲他氣以譴告人君，反順人心以非應之，猶二子之爲賦
> 頌，令兩帝惑而不悟也。〔註4〕

這裏批評了馬揚之賦不僅沒有起到諷諫作用，反而助長了帝王的成仙之意和
奢侈之心。又如：

> 以敏於賦頌，爲弘麗之文爲賢乎？則夫司馬長卿、揚子云是也。
> 文麗而務巨，言眇而趨深，然而不能處定是非，辨然否之實。雖文如
> 錦繡，深如河漢，民不覺知是非之分，無益於彌爲崇實之化。〔註5〕

強調文學內容要有「是非之分」和「崇實之化」，要對社會風氣有教益。因而
王充更爲推崇辨明是非和崇尚實質的桓譚，所以他指出「仲舒之文可及，而
君山之論難追也。」〔註6〕

其後，影響最大的，對於西漢後期文學進行過理論歸納的便是南朝劉勰
《文心雕龍》，其《辨騷》、《詮賦》、《雜文》、《神思》、《知音》、《體性》、《通
變》、《章句》、《麗辭》、《比興》、《誇飾》、《事類》、《鍊字》、《才略》、《誄碑》、
《書記》等篇都涉及西漢後期和兩漢之際的文士及其辭賦創作特點。其中對
於揚雄關注最多，其評價中出現的幾個關鍵詞分別是「沉寂」、「銳思」、「意
深」、「覃思」、「極思」，指出了揚雄的構思特點，此外還有「志隱而味深」，〔註
7〕「觀其涯度深遠，搜選詭麗；而竭才以鑽思，故能理贍而辭堅矣。」，〔註8〕
「子雲之答劉歆，志氣盤桓，各含殊採」〔註9〕對於揚雄各體作品都有高度評
價。難怪徐復觀先生有言：「我認爲最能瞭解揚雄文學的，古今無如彥和。」
〔註10〕此外，《文心雕龍》中也有論及桓譚、劉歆的，如《神思》篇：「桓譚

〔註4〕 〔漢〕王充《論衡》卷十四《譴告》，上海：上海人民出版社，1974年，第
226頁。

〔註5〕 〔漢〕王充《論衡》卷二十七《定賢》，第420～421頁。

〔註6〕 〔漢〕王充《論衡》卷二十九《案書》，第440頁。

〔註7〕 《文心雕龍・體性》，劉勰著，范文瀾注《文心雕龍注》卷六，北京：人民文
學出版社，1958年，第506頁。

〔註8〕 《文心雕龍・才略》，《文心雕龍注》卷十，第699頁。

〔註9〕 《文心雕龍・書記》，《文心雕龍注》卷五，第456頁。

〔註10〕 徐復觀《兩漢思想史》，上海：華東師範大學出版社，2001年，第289頁。

疾感於苦思」說的是君山構思之苦；《章句》篇：「若乃改韻從調，所以節文辭氣。賈誼、枚乘，兩韻輒易；劉歆、桓譚，百句不遷。」說的是劉、桓二人爲文一韻到底；《事類》篇：「劉歆《遂初賦》，歷敘於紀傳，漸漸綜探矣。」說的是《遂初賦》對於史傳所記史事的徵引，等等。之後歷代賦論對於揚雄都有所論及，大多將其作爲辭賦史上不可或缺的一環。其中也有對揚雄單篇作品的研究，比如明代謝榛曰：「揚子雲《逐貧賦》曰：『人皆文繡，予褐不完；人皆稻粱，我獨藜飧。貧無寶玩，予何爲歡。』此作辭雖古老，意則鄙俗，其心急於富貴，所以終仕新莽，見笑於窮鬼多矣」〔註11〕將揚雄的戲謔之作如此解讀，並且上升到對其人品的攻詰，實爲不當。明代胡應麟《詩藪》則對揚雄《反離騷》的創作意圖有所辨析：

> 揚子雲《反離騷》，蓋深悼三閭之淪沒，非愛原極切，不至有斯文。長沙、龍門先已並有此意。班孟堅獨載此於《雄傳》，其義可知，第子雲命名太過，又莽世不能遠引，故爲後人所持藉。如賈生賦《弔屈原》，子雲但以此命名，亦何不可。本其情出於慕說傷痛，豈薰蕕歧趣者。……揚子雲《反離騷》，似反原而實愛原。與女嬃之罵同。〔註12〕

可謂深得子雲作意。清人程廷祚在《騷賦論》中對揚雄之賦也給予了很高評價：「子雲之《長楊》《羽獵》，家法乎《上林》，而有迅發之氣；《甘泉》深偉，廟堂之鴻章也。大抵漢人之賦，首長卿而翼子雲，至是而賦家之能事畢矣。後有作者，弗可尚已。」〔註13〕

　　西漢後期至兩漢之際，揚雄和劉向無疑是最爲重要的兩個思想家，後人難免將二者對比論之。如《晉書·范喬傳》載：「光祿大夫李銓嘗論楊雄才學優於劉向，喬以爲向定一代之書，正群籍之篇，使雄當之，故非所長，遂著《劉楊優劣論》，文多不載。」〔註14〕李、范二人各以才學和文章爲標準，得出了不同的結論。清人全祖望亦著文論劉揚優劣，他從學術和品節兩方面力

〔註11〕〔明〕謝榛《四溟詩話》卷四，北京：人民文學出版社，1961年，第127頁。

〔註12〕〔明〕胡應麟《詩藪》雜編卷一《遺逸上·篇章》，上海：上海古籍出版社，1979年，第250頁。

〔註13〕〔清〕程廷祚著，宋效永校點《青溪集》卷三，合肥：黃山書社，2004年，第67頁。

〔註14〕〔唐〕房玄齡《晉書》卷九十四《隱逸》，北京：中華書局，1974年，第2432頁。

證劉向優於揚雄，「向之所學甚正，所操甚偉，西京儒者，自董仲舒之外，莫之逮也……雄以艱深文其淺陋，且自比於周公、孔子，而實則摹擬相如而未能，可謂妄矣。」〔註15〕其說影響之大，成爲清儒論說的重要課題。〔註16〕

清人論西漢後期文章，以劉熙載之論最爲簡賅且具代表性：

> 劉向、匡衡文皆本經術。向傾吐肝膽，誠懇悱惻，說經卻轉有大意處；衡則說經較細，然覺志不逮辭矣。

> 揚子雲說道理，可謂能將許大見識尋求。然從來足於道者，文必自然流出；《太玄》、《法言》，抑何氣盡力竭耶？〔註17〕

近代章太炎《國故論衡‧辨詩》稱：「武帝以後，宗室削弱，藩臣無邦交之禮，縱橫既黜，然後退爲賦家，時有解散。故用之符命，即有封禪典引；用之自述，而答客解嘲興，文辭之繁，賦之末流爾也。」〔註18〕結合漢代社會背景對於漢代後期的賦作內容和賦風予以概括。

綜上，古人對於西漢後期文學的研究，以文學觀念和作品風格爲主，輔之以作家思想研究，研究對象相對集中，研究方法較爲接近。雖如此，其立足於文學審美風格的作品研究，對於我們認識此期文學大有裨益。

二、今人對西漢後期文學的研究

今人對兩漢文學和文學思想的研究集中在各個版本的文學史、文學批評史和文學思想史中。魯迅先生的《漢文學史綱要》在漢代文學研究史上具有劃時代的意義，其十篇文章中有五篇涉及漢代文學，簡賅而犀利，惜止於西漢中期而不及其後。〔註19〕今人有聶石樵先生的《先秦兩漢文學史》結合翔實的史料，在銓評史事的基礎上，呈現出體系清晰的文學史實，對於我們認識此期文學很有啓發。〔註20〕此外，趙明《兩漢大文學史》〔註21〕和史仲文《中國秦漢文學

〔註15〕〔清〕全祖望《鮚埼亭集》卷二十九，朱鑄禹《全祖望集彙校集注》，上海：上海古籍出版社，2000 年，第 553～554 頁。

〔註16〕參看徐興無《劉向評傳》第九章相關論述，南京：南京大學出版社，2005 年，第 270～282 頁。

〔註17〕〔清〕劉熙載《藝概‧文概》，上海：上海古籍出版社，1978 年，第 14 頁。

〔註18〕章太炎《國故論衡》，上海：上海世紀出版集團，2006 年，第 75 頁。

〔註19〕魯迅《漢文學史綱要》（外一種），上海：上海古籍出版社，2005 年。

〔註20〕聶石樵《先秦兩漢文學史稿》，北京：北京師範大學出版社，1994 年。

〔註21〕趙明《兩漢大文學史》，長春：吉林大學出版社，1998 年。

史》〔註22〕是爲數不多的漢代文學專史。具體到西漢後期的文學，今人編寫的各體文學史多少都有涉及，如郭預衡先生在《中國散文史》中將西漢後期、兩漢之際的論說雜文歸入「文風復古時期」，並立足於文章風格特徵，對劉歆、揚雄、桓譚、王充四位作家予以評述。〔註23〕馬積高《賦史》則分析了元、成至新莽時期賦的演變，指出這時期的賦作由武、宣時的向染縱橫之餘風變爲漸漬於詩教；在形式上的模擬之風則從騷賦擴展到了文賦。〔註24〕

　　文學思想研究方面，代表作爲許結《兩漢文學思想史》。著者認爲西漢後期文學最大的弊端即在於倣古取貌，導致創作性消退，文學思想的消極面亦因此而來。但肇自劉歆《七略》定型、班固《藝文志》之辭賦分類「仍然以不可輕估的文體觀，對經學氣息濃厚的西漢文學思想的扭轉與文章之文觀念的確立，有著巨大的歷史貢獻。」並進一步指出「就時代的現實意義而言，劉《略》的詩賦文體觀同樣是一種在西漢文化衰變期文學觀的理論覺醒意識，起了兩漢文學思想間的傳遞作用。」〔註25〕這個認識是很到位的。查屏球《從遊士到儒士：漢唐士風與文風論稿》首章《遊士的失落與經師的文學》分析了漢武朝士風轉變對文人心態的影響，並著重從簡帛文本特點說明其時士人學風與文風的關係，闡釋與考論結合，有理有據。〔註26〕藍旭《東漢士風與文學》首章《兩漢之際》結合史料分析兩漢之際士大夫的政治心態及其思想淵源，簡明清晰。〔註27〕此外，于迎春《漢代文人與文學觀念的演進》〔註28〕也有個別章節涉及兩漢之際的文學思想。另有南京大學敦學崗博士論文《兩漢之際思想與文學》，分章論述了兩漢之際政治與社會思潮、兩漢之際命定觀、兩漢之際政治思想與經書注解的互動變化、西漢賦作從諷諫到頌揚的轉變。相對而言，第三章的研究頗有新意，以札記形式，將兩漢之際一些經書中具體條目注解的變遷作爲研究對象，探討其背後的文化原因。惜所論之例太少，格局有限。〔註29〕

〔註22〕史仲文《中國秦漢文學史》，北京：人民出版社，1994年。

〔註23〕郭預衡《中國散文史》，上海：上海古籍出版社，2000年。

〔註24〕馬積高《賦史》，上海：上海古籍出版社，1987年。

〔註25〕許結《兩漢文學思想史》，長春：吉林大學出版社，1998年。

〔註26〕查屏球《從遊士到儒生：漢唐士風與文風論稿》，上海：復旦大學出版社，2005年。

〔註27〕藍旭《東漢士風與文學》，北京：人民文學出版社，2004年。

〔註28〕于迎春《漢代文人與文學觀念的演進》，北京：東方出版社，1997年。

〔註29〕敦學崗《兩漢之際思想與文學》，南京大學，2003年。

　　與古代研究者一樣，今人也將此期作家研究的目光集中在揚雄身上，如徐復觀《兩漢思想史》之《揚雄論究》﹝註30﹞，日本學者岡村繁《周漢文學史考》第八章《揚雄的文學、儒學及其立場》，﹝註31﹞方銘《經典與傳統：先秦兩漢詩賦考論》末章《揚雄研究》，﹝註32﹞許結《中國賦學歷史與批評》下編三四章分別對司馬相如與揚雄思想之異同，以及揚雄與東漢思潮的關係予以深入探究。﹝註33﹞其中尤以徐著對於揚雄的論述最為全面、深透，涉及揚雄的生平、所處時代、人生形態、辭賦作品、《太玄》、《法言》、政治思想諸多方面。其中不乏精彩之處，例如對於揚雄之「揚」，到底應從手還是從木的考證；對揚雄的人生形態以「知識型」概括；對揚雄的思想創造活動以「智性」二字概括，等等，都是非常恰切的。另有博士論文《淑周楚之豐烈：揚雄作品的文化闡釋》﹝註34﹞和《揚雄美學思想研究》﹝註35﹞，以及碩士論文《揚雄辭賦及其賦論之研究》﹝註36﹞、《揚雄的文學思想：以「因」「革」為中心》﹝註37﹞、《揚雄文論研究》﹝註38﹞、《一個儒者的執著與徘徊：試論揚雄的自我認同及其矛盾》﹝註39﹞。除此之外，馮小祿《從摹擬論揚雄〈反騷〉的範式意義》﹝註40﹞一文指出政治道德化批評和模擬消極論遮蔽了對《反騷》文學史意義的準確認識。面對屈原的文學技巧與典型的人格模式，揚雄靜觀默察時代精神之變遷，而有意識地以模擬的形式作《反騷》，來達成新的文化——心理結構和文學風貌的建立，從而在文學技巧和人格心靈上成為新的範式，為後代文人所仿傚。這就將《反離騷》的意義予以昇華，令人耳目一新。王春淑《揚雄著述考略》﹝註41﹞則對文獻所載揚雄著作予以類分併一一考論，

﹝註30﹞ 徐復觀《兩漢思想史》，上海：華東師範大學出版社，2001 年。

﹝註31﹞ 〔日〕岡村繁《周漢文學史考》，上海：上海古籍出版社，2002 年。

﹝註32﹞ 方銘《經典與傳統：先秦兩漢詩賦考論》，北京：人民文學出版社，2003 年。

﹝註33﹞ 許結《中國賦學歷史與批評》，南京：江蘇教育出版社，2001 年。

﹝註34﹞ 侯文學《淑周之風烈：揚雄作品的文化闡釋》，東北師範大學，2003 年。

﹝註35﹞ 萬志全《揚雄美學思想研究》，山東師範大學，2006 年。

﹝註36﹞ 陳碧仙《揚雄辭賦及其賦論之研究》，福建師範大學，2002 年。

﹝註37﹞ 康衛國《揚雄的文學思想：以「因」「革」為中心》，陝西師範大學，2003 年。

﹝註38﹞ 王棟《揚雄文論研究》，湖南師範大學，2005 年。

﹝註39﹞ 林曉雁《一個儒者的執著與徘徊：試論揚雄的自我認同及其矛盾》，北京大學，2004 年。

﹝註40﹞ 馮小祿《從摹擬論揚雄〈反騷〉的範式意義》，北京師範大學學報（社會科學版），2003 年第 3 期，第 129～134 頁。

﹝註41﹞ 王春淑《揚雄著述考略》，四川師範大學學報（社會科學版），1996 年 7 月，第 119～123 頁。

展現揚雄著述之概略，文獻爬梳十分細緻。此外，比較研究也是作家研究的重要方法之一。關於揚雄的比較研究，具有代表性的是方銘《揚雄與劉勰》，研究者基於二者在中國文學理論建設史上的獨特意義，從劉勰在《文心雕龍》中對揚雄及其作品的評價出發，比較劉、揚二人對於楚辭問題、漢賦問題、創作問題和宗經徵聖問題的看法，從中展現二者思想的異同和各自的局限。〔註42〕另有孟繁冶《劉向劉歆揚雄之比較》試圖通過三人之比較展現西漢後期各類士人的政治文化心理，是中國古代「劉揚優劣論」的延續。〔註43〕

　　文學與文化、學術的關係也是研究者較爲關注的方面。如曹勝高《漢賦與漢代制度》研究漢賦與漢代都城制度、校獵制度、禮儀制度的關係，結合大量史料，印證漢賦中的敘述和描寫，並由此延伸探討漢代的相關制度，考論較爲細緻。〔註44〕馮良方《漢賦與經學》對漢賦與經學的關係作了系統分析。從漢賦與漢代經學「同體共生」的關係入手，通過對漢賦和經學的發生、確立和解體的總體把握，勾勒出二者大致相同的發展軌跡，探討二者親和與悖離的現象及其本質。〔註45〕雖對兩漢之際賦與經學的關係少有論述，但是對於我們從整體上把握漢代學術與文學的關係還是不無啓發意義的。

　　此外，還有一類專著，以梳理文學史料爲主，在搜集、整理文獻材料的基礎上，結合史料的對參和考證，力圖勾勒出文學發展的脈絡。如以劉躍進《秦漢文學編年史》〔註46〕和易小平博士論文《西漢文學繫年》〔註47〕以及曹道衡、劉躍進《先秦兩漢文學史料學》〔註48〕，都爲我們提供了研究漢代文學的文獻參照。

　　論及漢代文化，經學是最爲重要的一個方面，錢穆《兩漢經學今古文平議》〔註49〕、《徐復觀論經學史二種》〔註50〕、王葆玹《今古文經學新論》〔註

〔註42〕　方銘《揚雄與劉勰》，中國文化研究，1997 年秋之卷（總第 17 期），第 80～87 頁。
〔註43〕　孟繁冶《劉向劉歆揚雄之比較》，許昌師專學報，1991 年第 3 期，第 28～33 頁。
〔註44〕　曹勝高《漢賦與漢代制度》，北京：北京大學出版社，2006 年。
〔註45〕　馮良方《漢賦與經學》，北京：中國社會科學出版社，2004 年。
〔註46〕　劉躍進《秦漢文學編年史》，北京：商務印書館，2006 年。
〔註47〕　易小平《西漢文學繫年》，山東大學，2005 年。
〔註48〕　曹道衡、劉躍進《先秦兩漢文學史料學》中華書局，2005 年。
〔註49〕　錢穆《兩漢文學今古文平議》，北京：商務印書館，2001 年。
〔註50〕　徐復觀《徐復觀論經學史二種》，上海：上海世紀出版集團，2006 年。
〔註51〕　王葆玹《今古文經學新論》，北京：中國社會科學出版社，1997 年。

51〕、張濤《經學與漢代社會》〔註52〕、程勇《漢代經學文論敘述》〔註53〕，都對我們瞭解漢代經學文化背景提供了不同程度的借鑒。因未直接涉及文學研究，此不詳述。

　　綜上，對於西漢後期至兩漢之際的文學研究主題相對集中，以單個作家、作品的考辨和闡釋爲主，而對於此期文學整體風貌尚未有人進行獨立的宏觀把握，本文將在上述研究的基礎上，結合西漢後期的制度建設、禮制思想和經學發展，考察這一時期制度與文學的關係。在考辨制度的前提下，探討制度對於文學的影響；或從文學作品中，探尋制度演變的進程，在制度和文學的雙向互動中，尋求制度沿革與文學演進之間發生作用的規律。

第二節　西漢禮制思想演進述略

　　西漢後期至兩漢之際的制度建設是圍繞著禮制建設全面展開的。禮是中國文化的根本特徵，《禮記・曲禮》曰：「道德仁義，非禮不成；教訓正俗，非禮不備；分爭辨訟，非禮不決；君臣上下，父子兄弟，非禮不定；宦學事師，非禮不親；班朝治軍，涖官行法，非禮威嚴不行；禱祠祭祀，供給鬼神，非禮不誠不莊。」由此可見，在中國社會，「禮」與倫理道德、風俗教化、法律制度、人倫關係、政治制度、軍事法令、宗教哲學等緊密結合，成爲日常行爲規範的基本準則，孟德斯鳩因而說：「中國人的生活完全以禮爲指南。」〔註54〕由此，禮制和禮儀成爲中國古代社會生活的重要組成部分。至於西周之初，周公損益殷禮〔註55〕，爲走向勃興的周王朝制禮作樂〔註56〕，「禮」成爲西周文明的象徵和代表，禮制儼然成爲立國之本。

　　《禮記・樂記》「王者功成作樂，治定制禮」，制禮對於一個國家來說，

〔註52〕張濤《經學與漢代社會》，石家莊：河北人民出版社，2001年。

〔註53〕程勇《漢代經學文論敘述》，濟南：齊魯書社，2005年。

〔註54〕孟德斯鳩《論法的精神》（上冊），北京：商務印書館，北京，1978，第316頁。

〔註55〕《論語・爲政》：「殷因於夏禮，所損益，可知也；周因於殷禮，所損益，可知也。其或繼周者，雖百世，可知也。」（《論語注疏》卷二，〔清〕阮元《十三經注疏》，北京：中華書局，1980年，第2463頁。）

〔註56〕《禮記・明堂位》：「武王崩，成王幼弱，周公踐天子之位，以治天下。六年，朝諸侯於明堂，制禮作樂，頒度量，而天下大服。」（《禮記正義》卷三十一，《十三經注疏》第1488頁。）

是走向文明的標誌；對於統治者個人來說，則是政治成功的象徵，是「從一個勝利走向另一個勝利」的表現。漢代繼秦而起，前有秦亡的歷史教訓可資借鑒，又有統治者個人欲建立「大一統」王朝的政治抱負作爲動力，於是，有漢一代，當權者無不熱衷於制禮作樂，以期建立一個思想空前統一、國勢空前強大、經濟空前富庶的帝國。這一切自然少不了儒士的推波助瀾。儒家思想從先秦子學發展成爲佔據中國學術思想界統治地位長達兩千年之久的意識形態，漢代是最爲關鍵的一環。

　　西漢制度演變的特徵，可從其禮制變革中窺見一斑。漢代建國伊始，百廢待興，百業待舉。於是，禮學、儒生和漢家政權有過一次短暫的蜜運期：「漢興，撥亂反正，日不暇給，猶命叔孫通制禮儀，以正君臣之位。」〔註57〕顯示了立國之初制度建設的緊迫性和必要性。值得注意的是叔孫通的制禮觀念：「五帝異樂，三王不同禮。禮者，因時世人情爲之節文者也。故夏、殷、周之禮所因損益可知者，謂不相復也。臣願頗採古禮與秦儀雜就之。」〔註58〕有人據此指出叔孫通是機會主義者，而非「醇儒」，殊不知，儒家的實用主義傾向和與時俱進的變革精神，才正是儒學與政治親和的前提。繼叔孫通從制度層面建立起儒士與漢帝國的關係之後，陸賈上《新語》，爲高祖講論「行仁義，法先聖」的道理，進一步從思想層面確立了儒士在帝國形成之初作爲社稷輔弼的不可替代的作用。其後，年少才高、深受儒家文化濡染的賈誼於文帝執政時嶄露頭角，「賈生陳政事，大體以禮爲根極」，〔註59〕他指出「漢興至今二十餘年，宜定制度，興禮樂，然後諸侯軌道，百姓素樸，獄訟衰息」〔註60〕。於是「草具其儀」之外，還留下《新書》、《陳政事疏》、《過秦論》等文字，全面涉及禮制問題的各個方面，深入探討了禮作爲立國之本、行政之據的特殊意義。這兩次禮制革新，結果並不樂觀：叔孫通之儀法「未盡備而通終」，面臨後繼乏人的尷尬；賈誼之議因「大臣絳、灌之屬害之，故其議遂寢」，落得個不了了之的收場。但漢初儒士留存下來的論說文關注治亂之道，彰顯致用精神，充分體現了其時儒士以興國安民爲己任的強烈的社會責任感和歷史使命感。

〔註57〕《漢書》卷二十二《禮樂志》，第1030頁。

〔註58〕〔漢〕司馬遷《史記》卷九十九《叔孫通列傳》，中華書局，1959年，第2722頁。

〔註59〕〔清〕劉熙載《藝概・文概》，上海：上海古籍出版社，1978年，第10頁。

〔註60〕《漢書》卷二十二《禮樂志》，第1030頁。

從漢武帝到漢宣帝長達九十餘年的歷史，通常被稱作西漢中期。不同於漢初六十餘年以承繼古制爲主的制禮活動，西漢中期的禮制建設呈現出全面革新與發展的態勢，「孝武初立，卓然罷黜百家，表章《六經》。遂時咨海内，舉其俊茂，與之立功。興太學，修郊祀，改正朔，定曆數，協音律，作詩樂，建封禪，禮百神，紹周後，號令文章，煥焉可述。後嗣得遵洪業，而有三代之風。」〔註61〕與之相應，武宣之世的文學創作也更加活躍：

> 至於武、宣之世，乃崇禮官，考文章。内設金馬、石渠之署，外興樂府、協律之事。以興廢繼絕，潤色鴻業。是以眾庶悦豫，福應尤盛。……故言語侍從之臣，若司馬相如、虞丘壽王、東方朔、枚皋、王褒、劉向之屬，朝夕論思，日月獻納。而公卿大臣：御史大夫倪寬、太常孔臧、太中大夫董仲舒、宗正劉德、太子太傅蕭望之等，時時間作。〔註62〕

一方面，轟轟烈烈的禮制建設營造出的繁盛恢弘的大漢氣象，鼓動了文士建功立業的進取心；另一方面，大一統的帝國文化之下，文士個體獨立意識消泯，淪爲臣屬而不復爲君師，精神面貌發生了嬗變〔註63〕，文章以頌美爲主、勸百而諷一。經過抑黜百家獨尊儒術、制禮作樂完備制度、封禪改曆以立漢正朔服色等活動，加之丞相公孫弘、公羊學家董仲舒等人在制度和思想上的極力推動，武帝在位中後期，儒家禮義觀念逐漸取代道家黃老無爲思想而成爲執政者的主導思想。但《漢書·禮樂志》中「是時，上方征討四夷，銳志武功，不暇留意禮文之事」的記載，多少反映了武帝制禮的名實之間還是有差距的。昭帝時期的鹽鐵會議的部分内容暴露了賢良、文學等儒士和御史、丞相、大夫等官僚在禮學思想上的分歧與矛盾。至於宣帝，在執政手法上雖不專執儒學一端，但對六經等儒家經典文獻給予了充分重視，並於甘露三年親臨石渠閣會議，其中的禮議，體現了儒士對於禮制建設的深切關注。這一

〔註61〕 《漢書》卷六《武帝紀》，第 212 頁。

〔註62〕 班固《兩都賦序》，費振剛等輯校《全漢賦》，北京：北京大學出版社，1993 年，第 311 頁。

〔註63〕 查屏球在《從遊士到儒士：漢唐士風與文風論稿》中指出漢武時代是封建社會士人文化品格的形成期：「與前期戰國時代相比，士人精神發生了根本性變化：士人由王師君友淪爲弄臣家奴，失去了人格的平等與自尊；由天下游士變爲一主之臣，失去了自由意識；由布衣之士多變爲食祿之士，失去了獨立性；由四民之士變爲儒臣之士，失去了主體意識。」（上海：復旦大學出版社，2005 年，第 23 頁。）

時期，禮學與儒學在與各方政治勢力和思想觀念的碰撞中不斷調整，正是這種和而不同的大環境，使得西漢中期社會思想十分活躍，與之相應的各體文學也呈現出朝氣蓬勃的盛世氣象：大賦「侈麗宏衍」，小賦「辯麗可喜」；樂府秉承「感於哀樂，緣事而發」的現實主義精神；史傳則體現「究天人之際，通古今之變，成一家之言」的氣度與自信。這一時期的文學思想，帶有鮮明的崇尚美刺教化的禮學精神。

　　元帝以後一般被稱作西漢後期，元帝即位成為西漢社會由盛轉衰的開始，似乎印證了其父那句著名的政治預言：「亂我家者，太子也！」〔註64〕其斷言的依據正在於施政手法上「王道」與「霸道」的不同應用。簡單地說，王道政治源自儒家的民主政治理想，倡導「德治」，「禮制」和「禮治」是其重要內容；而源自法家的霸道政治，主張法、術、勢結合，倡導「法制」和「法治」。作為治國理念，「霸王道雜之」的漢家制度，在元帝之前的一百五十餘年印證了其「路線的正確性」。而柔仁好儒、頗多材藝、重視禮樂的元帝一朝即位便放棄霸道，純用王道，並大量徵用儒生，委之以政。也就是說，雖然西漢自武帝時儒學正式成為官方學術，但其「獨尊」地位的取得，還是元帝以後的事。所謂「元成以後，刑名漸廢。上無異教，下無異學。」〔註65〕儒學自此作為主流意識形態的地位得以鞏固和強化，經學作為官方學術發展日隆。與之相應的，禮學思想日益深入人心，禮制建設趨於系統化，制禮作樂也以「應古」為能。

　　大致說來，西漢後期的以禮制為中心的制度建設一直存在著「復古」與「變革」兩端。這在當時，主要是來自學術思想的影響。儒家經學作為學術主流的地位，使得經學思潮中重家法、師法的傳統及與之相伴相生的稽古、內斂之學風影響到社會風氣，造成禮制建設在復古與革新之間搖擺不定。以西漢後期的祭祀制度為例，雖倡言復古，但常有變革，且多無定制：「元帝好儒，貢禹、韋玄成、匡衡等相繼為公卿。禹建言漢家宗廟祭祀多不應古禮，上是其言。後韋玄成為丞相，議罷郡國廟，自太上皇、孝惠帝諸園寢廟皆罷。後元帝寢疾，夢神靈譴罷諸廟祠，上遂復焉。後或罷或復，至哀、平不定。」

〔註64〕《漢書》卷九《元帝紀》，第 277 頁。

〔註65〕〔清〕皮錫瑞《經學歷史·經學極盛時代》，北京：中華書局，1959 年，第103 頁。

〔註 66〕與之相應的，西漢後期，奏議、問對等政論文章的創制在數量上雖較之前代大大增多，內容上以禮議為主，主張禮制革新者常以「不合古制」為由，對國家禮樂制度進行評議，這其中既有不切實際而盲目擬古的，也有建言革新而追溯古製作為理據的，這類文章大多依經立義，旁徵博引，以經學中的事典作為依據，評議時政。

然而，西漢後期儒生言禮與此前不同之處在於，此前儘管由儒生推動下的漢廷制禮活動幾度繁興，但在觀念上始終將禮制作為一種修飾現實政治的儀式性內容，即禮樂制度不過是專制政體的工具，其作用無非教化和規範二端；而西漢後期的儒生因有建構理想治世的「禮樂情結」，將禮制的作用無限放大，並將社會和政治上存在的種種積弊歸結為禮制未就，一廂情願地以為禮制一定，天下太平，這就把改革禮制作為了政治制度建設的最終目標，將政治手段混同於政治目的。宣帝執政時曾上疏倡言「述舊禮，明王制」〔註67〕的王吉，在元帝即位後重被啟用，透露出西漢後期禮制復古的訊息。前期儒家因時而變的革新精神被西漢後期儒者因循守舊的盲目復古思想所替代，禮制活動大肆興作，但禮制思想卻日趨內斂和保守，這便一步步地將西漢政治推向危險的邊緣。

錢穆先生曾概括指出：「蓋晚漢學風，一言禮制，淵源魯學，重恤民生；一言災異，本自齊學，好測天意。」〔註68〕一般都認為，西漢自哀平朝始，讖緯方得以盛行，而從現存的歷史文獻看來，元成時期西漢儒臣借陰陽災異之說，針砭時弊、勸諫君主就已形成風氣。而在文學思想上，受董仲舒天人觀念和陰陽思想的影響，西漢後期儒生如元成時期的京房、翼奉、劉向、谷永以及哀平時期的李尋、田終術等熟習經書、好陰陽律曆之士常以災異言政事，從而形成了西漢後期政壇「好言災異」的風氣。其中既有京房、谷永借說災異以論禮樂，又有翼奉、李尋論災異說禮義。追溯其成因，大概有學術與士風兩端：從學術淵源來看，經學的發達為文人言說災異提供了理論依據——公羊學的天人感應，《周易》、《春秋》的「幽贊神明、通合天人之道」〔註69〕，以及《尚書》、《詩經》中講論災異的篇章，都成為漢儒講論災異之所本；

〔註66〕《漢書》卷二十五《郊祀志下》，第 1253 頁。
〔註67〕《漢書》卷二十二《禮樂志》，第 1033 頁。
〔註68〕錢穆《秦漢史》，北京：三聯書店，2004 年，第 316～317 頁。
〔註69〕《漢書》卷七十五《眭兩夏侯京翼李傳》，第 3194 頁。

從士人心態來看，西漢後期外戚專權造成的朝野上下對於漢祚轉移的焦慮，儒士以道自任的社會責任感，以及專制政治下文人不敢直言君非的顧忌，諸多因素共同作用，從而形成其時君臣之間以災異問對解釋社會政治現象這一特殊的文化現象。

這種禮制思想和災異論說發展到了極致，便出現王莽借讖緯代漢立新，全面復興周禮，凡與古制不合者，或改或罷，從各級官制、行政制度、市場制度、貨幣制度、土地制度、學校制度、車服制度、爵祿制度、律令制度，等等，無一不依擬上古文獻所載的周公之禮，加以套用。據《漢書‧王莽傳》，其制禮作樂的狂熱程度甚至到了「以爲制定則天下自平，故銳思於地裏，制禮作樂，講合《六經》之說。公卿且入暮出，議論連年不決，不暇省獄訟冤結民之急務」〔註70〕的地步。這種重視理論建構而忽視實踐效用的做法，無異於捨本逐末，因而注定了敗亡的命運。兩漢之際，以王莽爲代表的這種由「制度性焦慮」而轉向制禮狂熱的心理，在當時並非個別，因而王莽秉政以至篡權之初，都受到了大量儒生的支持和稱頌，可以說，其制禮作樂之舉措，代表了當時相當一部分經生儒士的主流思想，其功過成敗並不繫於王莽一人。

而王莽改制在中國制度史上的意義，便在於它爲後世提供了一個非常難得的經驗，即儒家理想中的三代聖王之制，在封建皇權專制政治中，更適於作爲一個文化理念，而非制度依據。以此爲鑒，後世鮮有如此大規模倡言復興周禮並予以實施者，「從周」之說，漸而衍化爲一種意識層面的文化追求。王莽改制因此成爲中國制度改革史上的一次絕唱。

第三節　選題意義與研究思路

作爲專制集權的大一統帝國之君，漢代君主對於治國思想始終抱有一種積極的探索態度和實驗主義傾向，如高祖令叔孫通制朝儀，文帝支持賈誼「改正朔，易服色，定官名，興禮樂」，景帝被晁錯「削藩」之議打動，武帝曾對王臧、趙綰提出的「立明堂中以朝諸侯」表示出興趣，但由於種種牽制，這些改革大多未能眞正展開，但這種圍繞制度，尤其是禮制的改制、變革思想始終存在於西漢各個時期君臣的意識觀念之中。每當遇到一些難以解決的社會政治問題時，就有人提出改革制度。漢昭帝始元六年（前81），圍繞是否改

〔註70〕《漢書》卷九十九《王莽傳中》，第4140頁。

變鹽鐵官營、酒榷、均輸等經濟政策召集了一次鹽鐵問題討論會，儒家思想借機崛起。漢宣帝甘露三年（前51），爲了統一經學思想，在石渠閣講論五經異同，儒家思想的至尊地位得以進一步鞏固。元成哀平四朝，禮樂制度更是數度興廢，制度的改定已經成爲一個常態。之所以將西漢後期的制度作爲本文的切入點，主要是基於這樣的認識：從西漢後期元帝即位，到兩漢之際新莽改制敗亡，是儒學眞正成爲國家學術，進而由學術思想躍遷爲國家意識形態的絕對主流，並控制國家制度建設，影響文化思想和文學觀念的一個時代。王莽的崛起是將這主流意識形態中處於核心地位的周公禮樂文明作爲政治理想，將虛實莫辨的上古治世理論照搬到現實政治中的實踐。其種種作爲，正是西漢後期數十年以來儒士階層共同的社會理想的一次搬演。雖然它以失敗告終，但畢竟揭開了上古禮樂制度不切於時政的眞相。東漢以來，光武帝劉秀結束了兩漢之際的混亂局面，統合各路豪強，重振漢室，並繼踵成周而定都洛陽，這表明在文化建設的價值取向上，仍然延續西漢後期以來儒士階層的理想，即意圖將漢朝建成一個純然儒家禮樂文化籠罩下的大一統帝國。兩漢之間藕斷絲連，實爲一體，主要也是體現在社會思想的連續性上。而統治者依據歷史經驗對於國家制度的調整，某種程度上反映了兩漢之際以制禮作樂爲中心的政治制度改革的警世意義。受其影響，西漢後期以來文學觀念的發展和個體文學創作的演進，在觀念和體式上，都對東漢文學，乃至整個中國文學史產生了深遠的影響。對於此期制度與文學關係的考察，正是基於國家制度和思想帶給文學以前所未有的發展契機。因而從制度背景出發，探討文學發展狀況，有助於我們更加全面和準確地把握這一時期文學體式的生成、發展和演變的規律，以及此期文學的審美特徵和文化品格的形成原因。

在研究範圍上，鑒於其時文學並未完全從政治和學術中獨立出來，西漢後期（包括兩漢之際）留存至今的政論文章、哲學著作和歷史文獻及其他相關文字材料都是本文所關注的，而非僅限於詩、賦等純文學作品。

在寫作思路上，本文從立足於推動此期文學發展演變的相關制度，從三個層面探討制度和文學的關係：其一，分別從對於文學觀念影響較大的社會文化制度，如宗正制度、獻賦制度、校書制度、禮樂制度入手，在追溯制度成因和分析制度觀念的基礎上，探討這些制度對於西漢後期至兩漢之際文學觀念的變革產生的能動作用；其二，分別從對於西漢後期文學面貌影響較大的國家祭祀制度、博士制度、察舉制度和郎官制度入手，在辨析制度沿革的

基礎上，探討由於這些制度在西漢後期的變革而引起的文學風格、社會思想和文化品格的演變；其三，分別從對於兩漢之際文學體式關聯密切的禪讓制度、州制和官制以及喪葬制度入手，探討它們對於兩漢之際奏疏、箴文和誄文從文學體式到思想內容的影響。

　　在研究方法上，本文將著眼於西漢後期至兩漢之際的制度變遷，探討儒學獨尊、經學主導和禮制復古背景下制度與文學的關係，結合制度考辨、文本分析和理論闡釋，考察這一時期的文學發展狀況，以期在此基礎上尋索此期文學發展演進的規律，揭示它在中國文學發展史上的特殊意義。

第一章　西漢後期制度與文學觀念

　　西漢後期，隨著儒學獨尊地位的逐漸確立，各項國家制度也發生了相應的調整。以國家祭祀制度爲中心的禮樂制度、以官制爲中心的政治制度和各項文化教育制度都發生了不同程度的變革，在此制度背景下，文學創作的主流已由前期的詩賦發展爲以奏議爲主的政論散文。

　　這一時期的文學觀念，與制度觀念一樣，呈現出「復古」與「革新」兩端。此期在文學和學術領域做出卓越貢獻的劉向、劉歆父子和揚雄，其文學創作及其中體現出的文學觀念，可以作爲我們切入的視角，以此來觀察西漢後期制度、觀念和文學之間的關聯。

第一節　西漢後期儒學獨尊與制度沿革

　　關於儒，《說文》謂：「儒，柔也，術士之稱。」章太炎先生在《國故論衡·原儒》中指出「儒之名蓋出於需。需者，雲上於天，而儒亦知天文、識旱潦。」〔註1〕並進一步釋儒爲祭祀求雨者。《辭源》則認爲儒是「古代從巫、史、祝、卜中分化出來的人，也稱術士，後泛指學者。」儒者最早作爲主持祭祀活動的宗教神職人員，屬於禮官。而禮，一般也被認爲起源於原始宗教祭祀。《禮記·禮運》說：「故先王患禮之不達於下也，故祭帝於郊，所以定天位也；祀社於國，所以列地利也；祖廟，所以本仁也；山川，所以儐鬼神也；五祀，所以本事也。……故禮行於郊，而百神受職焉；禮行於社，而百貨可極焉；禮行於祖廟，而孝慈服焉；禮行於五祀，而正法則焉。故自郊社、

〔註 1〕章太炎《國故論衡》，上海：上海世紀出版集團，2006 年，第 87 頁。

祖廟、山川、五祀,義之修而禮之藏也。」〔註2〕也就是說,禮生於祭,它規定了社會結構、規範了社會秩序,成爲維護宇宙、國家、人生正常運作的保障,它本質上是一種公共權力的形式化。「儒」與「禮」不僅同源,而且關係密切。《周禮・天官・大宰》曰:「儒以道得民」,鄭玄注:「儒,諸侯保氏,有六藝以教民者」〔註3〕所謂六藝,禮樂射御書數是也,禮爲六藝之首,自然也是儒者進行教化的重要內容。《周禮・地官・保氏》曰:「保氏,掌諫王惡。而養國子以道,乃教之六藝:一曰五禮,二曰六樂,三曰五射,四曰五馭,五曰六書,六曰九數……」鄭玄注:「五禮,吉、凶、賓、軍、嘉也。」〔註4〕禮的內容涉及祭祀、喪葬、外交、軍事以及婚禮、宴飲等關乎國家政權和個體日常生活的各個方面。這一切又都通過儒士之手予以施行,「儒者法先王,隆禮義,謹乎臣子而致貴其上者也。」〔註5〕其社會功能正如《漢書・藝文志》所言:「儒家者流,蓋出於司徒之官,助人君順陰陽明教化者也。游文於六經之中,留意於仁義之際,祖述堯舜,憲章文武,宗師仲尼,以重其言,於道最爲高。」〔註6〕正是這樣的身份認同感和歷史使命感使得儒家熱衷於以制禮爲中心的禮樂建設,並以禮樂文化作爲建構理想社會的價值依據,這一點在西漢後期得到了充分的體現。

一、儒學獨尊地位的確立

可以說,以禮樂制度爲中心的漢廷制度建設之興作與儒學的興衰和儒士政治地位的變遷有著密切的關係。漢初高祖劉邦雖「不喜儒」,仍利用儒者爲漢室定朝儀、論治亂得失,這是儒者在西漢訂立制度、參與政事的開端。文、景之世統治思想以黃、老爲主,倡「無爲」之治,主「休養生息」,儒士可發揮的餘地並不大。直到武帝時公孫弘以治《春秋》而拜相封侯,學風爲之一變,公孫弘後又上書建言興禮樂、明教化、設博士弟子,武帝准其奏,於是漢初「孝惠、高后時,公卿皆武力功臣」〔註7〕的朝臣組織結構,在約一百五

〔註 2〕 《禮記正義》卷二十二,《十三經注疏》,第 1425～1426 頁。
〔註 3〕 《周禮注疏》卷二,《十三經注疏》,第 648 頁。
〔註 4〕 《周禮注疏》卷十四,《十三經注疏》,第 731 頁。
〔註 5〕 《荀子》卷四《儒效》,〔清〕王先謙《荀子集解》,北京:中華書局,1988年,第 117 頁。
〔註 6〕 《漢書》卷三十《藝文志》,第 1728 頁。
〔註 7〕 《漢書》卷八十八《儒林傳》,第 3592 頁。

十年的時間裏，轉型爲「公卿大夫士吏彬彬多文學之士矣」〔註8〕。武帝隨後「招致儒術之士，令共定儀」並於太初元年（前104）改正朔，易服色，封禪於泰山，定宗廟百官之儀。昭宣之世先後召開的鹽鐵會議和石渠閣會議，表面看來，前者討論鹽鐵國有政策，屬於經濟領域的爭論；後者討論五經異同，屬於學術領域的辯論。而其中的意見分歧，歸根結底都是政治思想的不統一造成的。統一的意識形態的確立，是國家政權穩定的重要條件。漢興以來，針對思想多元化與專制政體一元化之間的矛盾，公羊學大師董仲舒就曾建議武帝以儒術統合王朝思想〔註9〕，將儒家學說與專制政體融爲一體，武帝雖然動心，但只在潤色鴻業的禮儀制度層面接受了儒家之議。治國思想上，直到宣帝時期，仍公然聲稱「漢家自有制度，本以霸王道雜之」〔註10〕，其最爲人稱道的循吏政治也不過是威德並用，以經術緣飾吏治，但卻也開啓了儒家禮制應用於社會政治的嘗試。

儒學獨尊地位確立的契機，在於愛好儒學的元帝即位。首先，西漢後期的皇帝皆有較好的經學修養。宣帝時儘管多用文法吏，但在對於太子的教育問題上，他還是任用大儒蕭望之爲太傅，這就爲成年以後的元帝「柔仁好儒」、「純任德教」埋下了伏筆，《漢書・儒林傳》中還有魯詩學者張游授《詩》於元帝的記載。此後皇帝皆具備一定的經學修養，史載成帝「精於《詩》、《書》」〔註11〕，曾師從張禹、鄭寬中學《尚書》；哀帝少時對於《詩經》即「通習，能說」〔註12〕。上行而下效，君主的示範作用是儒學順利推行的重要條件。其次，西漢後期博士弟子人數的增加：

> 元帝好儒，能通一經者皆復。數年，以用度不足，更爲設員千
> 人，郡國置《五經》百石卒史。成帝末，或言孔子布衣養徒三千人，

〔註8〕《漢書》卷八十八《儒林傳》，第3596頁。
〔註9〕《漢書》卷五十六《董仲舒傳》載董仲舒對策曰：「《春秋》大一統者，天地之常經，古今之通誼也。今師異道，人異論，百家殊方，指意不同，是以上亡以持一統：法制數變，下不知所守。臣愚以爲諸不在六藝之科孔子之術者，皆絕其道，勿使並進。邪辟之說滅息，然後統紀可一而法度可明，民知所從矣。」由此可見董仲舒以儒學統一思想的觀點。班固認爲他「推明孔氏，抑黜百家」，是比較客觀的。至於最爲常見的所謂董仲舒倡言武帝「罷黜百家，獨尊儒術」之說，已被大量學者證實爲無稽，此不贅述。而要說眞正的「獨尊儒術」，當始自「純任儒生」的元帝朝。
〔註10〕《漢書》卷九《元帝紀》，第277頁。
〔註11〕《漢書》卷三十六《楚元王傳》，第1950頁。
〔註12〕《漢書》卷十一《哀帝紀》，第333頁。

> 今天子太學弟子少，於是增弟子員三千人。歲餘，復如故。平帝時
> 王莽秉政，增元士之子得受業如弟子，勿以爲員，歲課甲科四十人
> 爲郎中，乙科二十人爲太子舍人，丙科四十人補文學掌故云。〔註13〕

以及經學博士的增立：

> 初，《書》唯有歐陽，《禮》后，《易》楊，《春秋》公羊而已。
> 至孝宣世，復立《大小夏侯尚書》，《大小戴禮》，《施》、《孟》、《梁
> 丘易》，《穀梁春秋》。至元帝世，復立《京氏易》，平帝時，又立《左
> 氏春秋》、《毛詩》、逸《禮》、古文《尚書》，所以罔羅遺失，兼而存
> 之，是在其中矣。〔註14〕

元帝時通一經即可免徭賦，博士學官的設置由中央延及地方，都從政策上鼓
勵了經學的發展。經學博士的增立，擴大了經學的影響力，客觀上鼓勵了經
學更大範圍的發展。帝王的重視以及官祿的吸引力，必然帶動整個社會的讀
經風氣。再次，儒生被重用。元帝即位後，重用儒生，名儒貢禹、薛宣、韋
玄成、匡衡等相繼爲相，與此同時，也聽取儒生之議著手製度建設，如元帝
朝對於廟祀制度的多次討論，反覆改定，最終使西漢宗廟祭祀制度形成基本
的規範；成帝時聽從儒臣之議改革郊祀制度，等等。此外，西漢後期學者通
經致用而「至大官，知名者」〔註15〕不勝枚舉，如治小夏侯氏《尚書》的馮
賓爲博士，唐尊爲王莽太傅，趙玄爲哀帝御史大夫，皆以明經而取尊位。在
這樣的大環境下，儒家經學和治經儒生的地位大大提高，思想上「獨尊儒術」
的局面這才正式形成。

二、西漢後期的制度沿革

在此背景下，西漢後期制度建設方面呈現出不同以往的新變：

第一，在禮樂制度方面，受經學思潮的影響，西漢後期儒臣往往以復古
爲名，行改制之實。其中議論最多、變革最頻繁的就是以廟祀和郊祀爲中心
的國家祭祀制度。

（一）宗廟祭祀制度的復古與革新。漢初至宣帝，歷世君主和諸侯都曾
爲祖宗、皇考立廟，爲母后立寢園，宗廟既多，祭祀活動又頻繁，耗費大量

〔註13〕《漢書》卷八十八《儒林傳》，第 3596 頁。
〔註14〕《漢書》卷八十八《儒林傳》，第 3620～3621 頁。
〔註15〕《漢書》卷八十八《儒林傳》，第 3606 頁。

人力物力。而元帝即位後，鑒於災荒連連引發的財政危機，以及漢初以來的廟制與古禮不符，在貢禹、翼奉、韋玄成等大臣的建議下，元帝於永光元年（前43）下詔罷郡國廟；永光五年（前39）又下詔確定宗廟迭毀之制，僅存高祖、文帝、景帝、武帝、昭帝和宣帝之廟。後來元帝疾病連年，疑因罷毀宗廟引起祖宗怪罪，又於建昭五年（前34）和竟寧元年（前33）先後恢復所罷寢園廟，而仍保留罷郡國廟的政策。成帝時，聽匡衡之議，罷毀惠帝、景帝廟，對前朝后妃寢園廟則時廢時復，最終無奈又恢復了高后時制定的臣下不得擅議廟制之令。哀帝時先是恢復了元帝永光五年的宗廟迭毀制度，又接受劉歆等臣的建議，以《禮記・王制》和《春秋穀梁傳》爲依據，改元帝時的五廟之制爲七廟之制。

在這些議論的背後，既存在復古思想，又有對古禮的反思和一定的革新觀念。如翼奉指出諸寢廟「皆煩費，違古制」〔註16〕，貢禹認爲「郡國廟不應古禮，宜正定」〔註17〕，拉開了元帝朝廟議的序幕。成帝時任光祿大夫的劉向則認爲：「漢宗廟之禮，不得擅議，皆祖宗之君與賢臣所共定。古今異制，經無明文，至尊至重，難以疑說正也」，〔註18〕反對時儒一味引古禮議廟制的做法，指出漢制不得妄議，古制不得妄信，這對禮制復古思想是一個反撥。哀帝時劉歆依古禮改廟數爲七，這是復古；而其所謂「聖人於其祖，出於情矣，禮無所不順，故無毀廟。」〔註19〕將人情因素注入禮制之中，這是禮學觀念的革新。

（二）郊祀制度的變革。西漢後期，元帝仍遵循宣帝時的郊祀制度，成帝即位後，在丞相匡衡、御史大夫張譚、右將軍王商、博士師丹、議郎翟方進等五十餘人的建議下，將宣元以來正月幸甘泉、郊泰畤，春至河東、祠后土的郊祀制度，改爲就近在長安南北郊進行祭祀。這一方面是考慮到經濟上的節約原則，另一方面也是因爲「天隨王者所居而饗之」，如歷史上周文、周武二王曾郊於豐鄗，周成王郊於雒邑，因而當予以仿傚，即所謂「違俗復古，循聖製，定天位，如禮便。」〔註20〕在這樣的稽古復禮思想下，以大司馬車

〔註16〕 《漢書》卷七十五《翼奉傳》，第3175頁。
〔註17〕 《漢書》卷七十三《韋玄成傳》，第3116頁。
〔註18〕 《漢書》卷二十五《郊祀志下》，第1258頁。
〔註19〕 《漢書》卷七十三《韋玄成傳》，第3129頁。
〔註20〕 《漢書》卷二十五《郊祀志下》，第1254頁。

騎將軍許嘉爲代表的八位反對派的說辭「所從來久遠，宜如故」〔註21〕在人數上既不佔優勢，理由上也顯得蒼白無力。這之後，出於節儉的考慮，又廢除了郊祀中的一些僞飾，廢止了四百七十五所全國各地的祠所。後來成帝因爲無嗣，又罷長安南北郊而復甘泉泰疇、汾陰后土及雍五疇。成帝過世後，皇太后又下詔恢復長安南北郊。哀帝時有所反覆，平帝時王莽又恢復匡衡等舊議。

在成帝朝的南北郊議中，有三人的意見值得重視。一是匡衡結合民生經濟，依循古禮，建議徙郊於長安南北，使復古和應時得到了很好的結合。二是劉向結合漢家歷史，認爲甘泉泰疇、汾陰后土及雍五疇建造之初皆有神祇感應，且漢皇歷代重視，於禮亦不得罷，這一因循守舊的思想自與其宗親身份有關，當然也恰好觸動了久無子嗣的成帝。三是谷永稱引經義，批駁鬼神之說，實際上是對劉向言論的批判，成帝亦「善其言」。〔註22〕由此可見，在儒者內部，對於「復古」問題仍然爭訟不斷，而客觀經濟困難、神學思想的影響以及君主的優柔不決，都在不同程度上造成了禮制思想不統一、制度時行時止的局面。

此外，西漢後期禮樂制度方面的一件大事就是哀帝即位後不久，鑒於「鄭聲尤甚」且皇帝本人「性不好音」〔註23〕，因而下詔「罷樂府官。郊祭樂及古兵法武樂，在經非鄭、衛之樂者，條奏，別屬他官。」〔註24〕隨後，在丞相孔光、大司空何武的附議中，我們可以清楚地看到成哀之世西漢樂府機構的設置，包括樂工的來源、樂器的種類、音樂的類型、各部門的人員構成，等等，可見當時樂府發展之盛況。雖有政府罷樂府的行政命令，「然百姓漸漬日久，又不制雅樂有以相變，豪富吏民湛沔自若」〔註25〕，可見哀帝的詔令並沒有對雅樂之外不合經義的「鄭聲」一類俗樂造成毀滅性的打擊。

第二，政治制度方面，以官制爲中心的西漢後期政治制度，基本沿襲了武宣以來的設置，據《漢書・百官公卿表》，西漢後期（含新莽）官制有如下變化：

> 丞相，哀帝元壽二年更名大司徒。

〔註21〕《漢書》卷二十五《郊祀志下》，第1254頁。
〔註22〕《漢書》卷二十五《郊祀志下》，第1261頁。
〔註23〕《漢書》卷二十二《禮樂志》，第1072頁。
〔註24〕《漢書》卷二十二《禮樂志》，第1073頁。
〔註25〕《漢書》卷二十二《禮樂志》，第1074頁。

太尉，成帝綏和元年初賜大司馬金印紫綬，置官屬，祿比丞相，去將軍。哀帝建平二年復去大司馬印綬、官屬，冠將軍如故。元壽二年復賜大司馬印綬，置官屬，去將軍，位在司徒上。有長史，秩千石。

御史大夫，成帝綏和元年更名大司空，金印紫綬，祿比丞相，置長史如中丞，官職如故。哀帝建平二年復爲御史大夫，元壽二年復爲大司空，御史中丞更名御史長史。

太傅，高后元年初置，……後省，哀帝元壽二年復置。位在三公上。

太師、太保，皆古官，平帝元始元年皆初置。

奉常，元帝永光元年分諸陵邑屬三輔。王莽改太常曰秩宗。

郎中令，平帝元始元年更名虎賁郎，置中郎將，秩比二千石。

廷尉，哀帝元壽二年復爲大理。王莽改曰作士。

大鴻臚，王莽改大鴻臚曰典樂。

宗正，王莽並其官於秩宗。

大司農，王莽改大司農曰羲和，後更爲納言。

少府，成帝建始四年更名中書謁者令爲中謁者令，初置尚書，員五人，有四丞。河平元年省東織，更名西織爲織室。綏和二年，哀帝省樂府。王莽改少府曰共工。

將作少府，成帝陽朔三年省中候及左右前後中校五丞。

詹事，成帝鴻嘉三年省詹事官，並屬大長秋。長信詹事掌皇太后宮，景帝中六年更名長信少府，平帝元始四年更名長樂少府。

典屬國，成帝河平元年省並大鴻臚。

水衡都尉，成帝建始二年省技巧、六廏官。王莽改水衡都尉曰予虞。

護軍都尉，成帝綏和元年居大司馬府比司直，哀帝元壽元年更名司寇，平帝元始元年更名護軍。

司隸校尉，武帝征和四年初置。持節。元帝初元四年去節。成帝元延四年省。綏和二年，哀帝復置，但爲司隸，冠進賢冠，屬大司空，比司直。

> 城門校尉之戊己校尉，元帝初元元年置，有丞、司馬各一人，候五
> 人，秩比六百石。

> 諸侯王，成帝綏和元年省內史，更令相治民，如郡太守，中尉如郡
> 都尉。

> 監御史，成帝綏和元年更名牧，秩二千石。哀帝建平二年復爲刺史，
> 元壽二年復爲牧。〔註26〕

此外，官秩、印綬制度在西漢後期也有改變：「成帝陽朔二年除八百石、五百
石秩。綏和元年，長、相皆黑綬。哀帝建平二年，復黃綬。」〔註27〕

　　由此可見，西漢後期共涉及21個職官的變革，有9個職官僅更改名稱，
其中哀帝4例，平帝1例，王莽1例；另有9個職官的職能和設置有所改變，
其中元帝2例，成帝7例，哀帝2例，王莽1例；另有4個職官名稱和設置
都有改變，其中成帝3例，哀帝2例，平帝1例；還有3個職官屬於初置，
其中元帝1例，平帝2例。綜上，元帝官制改革3例，成帝10例，哀帝8例，
平帝4例，王莽7例。考慮到平帝時已由王莽秉政，所以王莽經手的官制改
革多達11例。大體而言，成帝官制改革多著眼於職能和設置的變化，王莽改
制大多集中在官名的更改上。而職能發生變化的職官，執事範圍包羅之廣，
涉及武事（太尉）、宗廟儀禮（奉常）、宮殿守衛（郎中令）、皇親（宗正）、
宮室（將作少府）、蠻夷降者（典屬國）、上林苑（水衡都尉）、山海池澤之稅
（少府）、監郡（監御史）等諸多方面，既有內朝官，也有外朝官，並無明顯
傾向和側重。總體來說，西漢後期的職官是相對穩定的，雖在官名和設置上
有些許變動，但職官性質變化不大，官制方面基本上延續了武宣以後的制度，
正是這種穩定性，使得這一時期以儒士爲主的官僚系統得以發揮相對穩定的
作用。本文在官制對於文學的影響方面的探討，也將會立足於這一相對穩定
的官僚系統在西漢後期社會和思想發生變革的大背景下所起的特殊作用。

　　西漢後期，尤其是成帝以來的政治，基本上是外戚掌權：成帝在位26年，
王氏外戚輪流秉政，「家凡十侯，五大司馬，外戚莫盛焉」〔註28〕，權勢煊赫；
哀帝即位期間，外戚丁、傅得勢，權傾一時；平帝以後，國家政權都集中在
王莽手中，直至王莽代漢立新。西漢自劉邦立國後封呂后之父爲臨泗侯，皇

〔註26〕《漢書》卷十九《百官公卿表上》，第724～741頁。
〔註27〕《漢書》卷十九《百官公卿表上》，第743頁。
〔註28〕《漢書》卷九十七《外戚傳下》，第3973頁。

后之父兄子侄封侯幾成定制。有學者統計〔註29〕，西漢外戚封侯者達 102 人，加上襲父爵者，總數達 146 人之多。其中元帝時 18 人，成帝時 18 人，平帝時 39 人爲西漢最多。從這組數據可以看出，西漢後期 50 多年的時間中，外戚封侯者總數上甚至超過了此前 150 多年的總和，劉氏政權之旁落以至於移祚於外戚王氏，也是有先兆的。

（三）文化教育制度方面，西漢後期由於經學興盛帶來的禮制思想的發展，使得統治者對於禮樂文化重建表現出相當程度的熱情。如《漢書・藝文志》記載成帝時謁者王禹，獻二十四卷《樂記》。劉向校書時，得其二十三篇。說明當時已有獻書和校書制度。成帝朝確立的校書制度更首開國家以行政命令推動文化建設，集合時賢進行圖書整理和輯錄工作的文化制度，自此以往，歷朝都有宮廷校書項目。從《藝文志》中的相關記載，也可看出西漢後期官方組織下的圖書收集、整理和編校之規模，顯示了其時文治之盛。值得注意的是，這裏將「詩賦」專門歸爲一類，表明了對於文學獨立意義的認知，顯示了漢代文學觀念的演進。

漢初即廣開獻書之路，鼓勵民間獻書於朝廷；惠帝時「除挾書之律」，私人藏書合法化；至武帝時，由於「書缺簡脫，禮壞樂崩」而「建藏書之策，置寫書之官」〔註30〕；而成帝時，也正是出於禮樂文化建設的目的而下詔校書，哀帝時又加以延續。也就是說，禮樂文化重建工程自西漢建國稍興，至西漢中期初具規模，迄西漢後期成哀之世形成相對穩定的制度，這是文化制度的演進，也爲文學觀念的發展奠定了基礎。

教育制度方面，自武帝時採納董仲舒興太學之議，並批准公孫弘立博士弟子員制度，在長安建築校舍，漢代太學正式形成。太學規模的發展，據《漢書・儒林傳》，從博士弟子員（太學生）數量上來看，太學初立時，博士弟子僅 50 人，至西漢中後期，博士弟子員（太學生）翻倍遞增：昭帝時增至 100 人，宣帝時 200 人，元帝時 1000 人，成帝時 3000 人。平帝時，王莽還爲太學生築舍萬間，並確立了從中央到地方，太學、學、校、庠、序五級學校教育體制，系統較爲嚴密。西漢後期教育制度發展速度不可謂不快，其文教之盛於此可見一斑。

儒者的文化使命感，使其往往滿懷憂患意識，伺機有所作爲。這一情結

〔註29〕孟祥才《中國政治制度史》第三卷，北京：人民出版社，1991 年，第 91 頁。
〔註30〕《漢書》卷三十《藝文志》，第 1701 頁。

在盛世往往衍化爲致君堯舜、醇化風俗的志向；在亂世便難免生發出救世安民、力挽狂瀾的決心；而更多時候，比如西漢後期，當社會發展呈現出日薄西山之勢，儒者則更多地表現爲一種制度性焦慮而意欲有所匡建。西漢後期元成哀平四朝，文學創作的主流已由前期的詩賦發展爲以奏議爲主的政論散文，其中或評議當朝政治得失，或建言君主制禮興學，或商議國家祭祀制度，或以災異議論時政，或薦舉人才，或彈劾不道，或論邊事，或言治河，等等，題材涉及之廣，關係到國家政治的方方面面，其間偶有論及民生者，畢竟不占多數，可見其時儒生關注的問題集中在政治制度和治國理念等形而上層面的內容。這也是西漢後期政治的一大特點，即對於稽考、制定和評議制度的熱情，超過了對其眞正實施效能的關注，這一點在後來的王莽制禮的過程中表現得尤爲突出。

第二節　宗正制度與劉向的禮教觀念

　　劉向生於昭帝元鳳二年（前 79），宣帝執政初期，少年劉向便蔭任輦郎，從此步入仕途，隨後十餘年經歷仕途險惡和學術累積，至元帝即位之初，出任宗正，其文學才能和文獻功力也在這一時期開始嶄露。作爲西漢宗室子弟、一代通儒，文獻目錄學家、文學家、史學家、思想家等身份不過是後人加諸其身的光環。歷史上的劉向，並未因這些文化成就而比別人更爲順遂、更加得志。面對西漢後期社會王權旁落、外戚擅權、災害頻發、豪強並起、國衰民困的狀況，他的抱負，本如其原名「更生」一樣，期待在社會矛盾激劇變化的浪潮中能夠力挽狂瀾，使大漢王朝獲得新生，但命運卻把他和他的劉氏宗親一起，綁在了一駕逐漸偏離正軌的歷史戰車上，在顚簸的命途中體味陣痛、焦灼與不安。劉向的禮制思想和禮教觀念正是在這樣的社會背景中生成的。

一、宗正制度與劉向禮教觀念的形成

　　宗正之職，《漢書・百官公卿表》曰：「秦官，掌親屬，有丞。」〔註31〕《後漢書・百官志》說它「掌序錄王國嫡庶之次，及諸宗室親屬遠近，郡國

〔註31〕《漢書》卷十九《百官公卿表上》，第 730 頁。

歲因計上宗室名藉」。〔註 32〕司馬貞《史記索隱》曰：「宗正，官名，必以宗
室有德者爲之……」〔註 33〕此官自秦朝設立後，變化並不大，主管皇室宗族
和外戚事務，掌握宗室名藉，排列諸侯王世譜，同時主持宗廟祭祀，可以說
是將西周大宗伯的職掌一分爲二。宗正通常由皇室貴族中德高望重者擔任，
屬官有宗正丞，輔助宗正管理相關事務。劉向是高祖弟弟楚元王的後裔，這
一支自楚元王次子劉郢客（辟彊伯父）之後，先後有劉禮（辟彊伯父）、劉闢
彊（劉向祖父）、劉德（劉向之父）、劉向、劉慶忌（劉向之侄）六人擔任宗
正，這樣一個「奕世宗正」〔註 34〕、聲望頗隆的家族，必然對於劉氏政權懷
有深厚的感情和強烈的責任感。關於劉向之任宗正一職，《漢書》中有三處記
載可參看：《百官公卿表》載：「初元元年散騎諫大夫劉更生爲宗正」〔註 35〕，
《劉向傳》記載：

> 元帝初即位，太傅蕭望之爲前將軍，少傅周堪爲諸吏光祿大夫，
> 皆領尚書事，甚見尊任。更生年少於望之、堪，然二人重之，薦更
> 生宗室忠直，明經有行，擢爲散騎宗正給事中，與侍中金敞拾遺於
> 左右。四人同心輔政，患苦外戚許、史在位放縱，而中書宦官弘恭、
> 石顯弄權。望之、堪、更生議，欲白罷退之。未白而語泄，遂爲許、
> 史及恭、顯所譖愬，堪、更生下獄，及望之皆免官。〔註 36〕

《蕭望之傳》的記載是：

> 望之選白宗室明經達學散騎諫大夫劉更生給事中，與侍中金敞
> 並拾遺左右。四人同心謀議，……望之以爲中書政本，宜以賢明之
> 選，自武帝游宴後庭，故用宦者，非國舊制，又違古不近刑人之義，
> 白欲更置士人，繇是大與高、恭、顯忤。上初即位，謙讓重改作，
> 議久不定，出劉更生爲宗正。……後上召堪、更生，曰繫獄。……
> 於是制詔丞相御史：「……赦望之罪，收前將軍光祿勳印綬，及堪、
> 更生皆免爲庶人。」〔註 37〕

〔註 32〕〔南朝宋〕范曄《後漢書》志第三十六《百官三》，北京：中華書局，1962
　　　　年，第 3589 頁。
〔註 33〕《史記》卷六十《三王世家》，第 2119 頁。
〔註 34〕《漢書》卷一百《敘傳下》，第 4247 頁。
〔註 35〕《漢書》卷十九《百官公卿表上》，第 813 頁。
〔註 36〕《漢書》卷三十六《劉向傳》，第 1929～1930 頁。
〔註 37〕《漢書》卷七十八《蕭望之傳》，第 3283～3287 頁。

前後兩傳互相參看便可大致梳理出劉向在元帝即位初年的仕途坎坷：以明經任散騎、諫大夫、給事中，後任宗正，再因政爭而入獄，後免爲庶人。值得注意的是，《劉向傳》中稱劉向被「擢」爲宗正，而《蕭望之傳》中則稱「出」爲宗正，這要結合當時的官制來考量。前文所說散騎、給事中均非實際官職，都是加官，屬於皇帝近侍，常侍左右，以備顧問；諫大夫屬於郎官，秩比八百石，屬於中朝官（內朝官）；而宗正秩中二千石，位列九卿，是外朝官。以史高、許嘉、弘恭、石顯爲首的外戚和宦官集團與以蕭望之、周堪、劉向、金敞爲首的儒生集團的權力之爭，目標是爭奪對於尚書的控制權。尚書在秦時本是少府的屬官，掌文書收發而已；漢武帝時爲制約相權而提高了尚書的職能；此後，尚書權力迅速膨脹，成爲決策集團的核心。《劉向傳》載元帝朝石顯等人專權，周堪雖領尚書事，但「顯幹尚書〔事〕，尚書五人，皆其黨也。堪希得見，常因顯白事，事決顯口」〔註38〕。也就是說，周堪並無實權。在首輪爭奪中，元帝傾向於外戚、宦官集團，大概爲了安撫或者說是平衡，一度將劉向遷任爲宗正，從內朝諫大夫轉爲外朝公卿，官秩雖有顯著增長，但實際卻離中樞權力機構更遠了，不再擔任皇帝近侍，可謂「出局」。既是如此，《劉向傳》中「散騎宗正給事中」的說法似有不妥。〔註39〕

　　雖然劉向任宗正的時間不長，第二年就因政爭而下獄免官，但宗親意識和經學思想，〔註40〕還是深深地滲入他的血液中，對他的人生觀和文化觀念產生了重大的影響。在元帝初期政壇經歷大起大落的劉向，免官不久就被重召內朝，任職中郎。當時許、史、恭、顯之流氣焰方熾，劉向借當年的春、冬地震和夏季異常星象，使其外親上變事。所謂「見變事則達其機，得經事則循其常」〔註41〕，面對突發的重大事件，要懂得把握時機及時權變。劉向

〔註38〕《漢書》卷三十六《劉向傳》，第 1948 頁。

〔註39〕《漢書》卷十九《百官公卿表》中說給事中「所加或大夫、博士、議郎」，可見給事中當爲劉向任諫大夫時的加官。但昭宣以後，九卿有時也會加上某些名義，算作内朝分子（參見勞幹《漢代政治論文集·漢代政治組織的特質及其功能》，臺北：藝文印書館，1976 年，第 1248 頁），若「給事中」爲「宗正」的加官，那麼也是劉向得遷宗正後一段時間的事，否則「出」字難以解釋。

〔註40〕《漢書》卷三十六《劉向傳》載劉向在宣帝時：「受《穀梁》，講論《五經》於石渠」。（第 1929 頁）「歆及向皆治《易》，宣帝時，詔向受《穀梁春秋》，十餘年，大明習。」（第 1967 頁）「（劉向、歆）父子俱好古，博見彊志，過絕於人。」（第 1967 頁）。

〔註41〕徐幹《中論·智行》，俞紹初輯校《建安七子集》附錄二，北京：中華書局，2005 年，第 289 頁。

利用元帝爲之「感悟」的災異現象，上書進言，指出春秋地震，是因爲「在位執政太盛也」〔註42〕，又引高祖以來有過而忠直之臣復被進用的事例，意在爲蕭望之說項。同時將矛頭直指弘恭等人：「前弘恭奏望之等獄決，三月，地大震。恭移病出，後復視事，天陰雨雪。由是言之，地動殆爲恭等。」〔註43〕將現實政治與自然災異完全對應起來，建立某種因果關係——漢代經學的天人感應論和陰陽五行說都構成文人講論災異的思想基礎，劉向本人也曾「集合上古以來歷春秋六國至秦漢符瑞災異之記，推迹行事，連傳禍福，著其占驗，比類相從，各有條目，凡十一篇，號曰《洪範五行傳論》」〔註44〕，可見深諳此道。篇末劉向直言：「宜退恭、顯以章蔽善之罰，進望之等以通賢者之路。如此，太平之門開，災異之原塞矣。」〔註45〕此疏一上，劉向再次被宦官譖毀、入獄、免官，不久蕭望之自殺，元帝悼悔，提拔周堪、張猛，劉向意識到這或許是自己東山再起的機會，又擔心周、張二人被反對派扳倒，於是再次上疏條災異封事，其開篇曰：

> 臣前幸得以骨肉備九卿，奉法不謹，乃復蒙恩。竊見災異並起，天地失常，徵表爲國。欲終不言，念忠臣雖在畎畝，猶不忘君，惓惓之義也。況重以骨肉之親，又加以舊恩未報乎！欲竭愚誠，又恐越職，然惟二恩未報，忠臣之義，一杼愚意，退就農畝，死無所恨。
> 〔註46〕

篇首「以骨肉備九卿」之言，便是指自己曾任宗正之職。而以忠臣和宗親自居，筆調婉曲、情辭眞切，還是希望能夠打動元帝，重獲起用。這番表態，雖然有一定的功利目的在，但觀其不畏權勢、頻遭打壓而一再上書揭批宦官、外戚的勇氣，不是權力鬥爭能夠解釋的。我們認爲，這與他宗室身份有莫大的關係。這種緣自血緣正統觀念的、與劉氏江山共命運的擔當，是劉向區別於其他忠正儒臣的特點。因而在成帝時，面對帝無繼嗣、政由王氏的狀況，劉向深感憂慮，並上封事極諫成帝「援近宗室」「黜遠外戚」〔註47〕。其議雖未能改變成帝朝政之弊，但貴在誠心可鑒，成帝因此擢拔他爲中壘校尉。

〔註42〕 《漢書》卷三十六《劉向傳》，第 1930 頁。
〔註43〕 《漢書》卷三十六《劉向傳》，第 1931 頁。
〔註44〕 《漢書》卷三十六《劉向傳》，第 1950 頁。
〔註45〕 《漢書》卷三十六《劉向傳》，第 1932 頁。
〔註46〕 《漢書》卷三十六《劉向傳》，第 1932～1933 頁。
〔註47〕 《漢書》卷三十六《劉向傳》，第 1962 頁。

　　西漢文儒有重禮的傳統，劉向也不例外，作爲一名有著深厚學養的漢室宗親，他對「禮教」尤爲重視。成帝時劉向曾上書曰：「宜興辟廱，設庠序，陳禮樂，隆雅頌之聲，盛揖讓之容，以風化天下。」又指出「禮以養人爲本」，因此提倡重禮教、輕刑法。〔註 48〕其禮制思想源自荀子在《禮論篇》中提出的「禮者養也」。其後董仲舒也有「君子知在位者之不能以惡服人也，是故簡六藝以贍養之。《詩》《書》具其志，《禮》《樂》純其養，《易》《春秋》明其知」〔註 49〕之論，明確經學的禮教意義。元帝以降，儒學擡頭，禮學日隆，至成帝時期，由上至下重禮明經，成帝以其「善脩容儀，升車正立，不內顧，不疾言，不親指，臨朝淵嘿，尊嚴若神，可謂穆穆天子之容者矣」〔註 50〕，成爲禮儀之表率；而此時政權上的「外家擅朝」之弊及其引起的混亂也暴露得更爲明顯，制禮以嚴格等級、區別親疏、醇化風俗，成爲劉向禮制思想的直接指向。由此出發，劉向的著述、輯錄工作大多都是圍繞禮教觀念展開的。

二、劉向的禮教觀念與文藝思想

　　《漢書・劉向傳》載成帝時「向睹俗彌奢淫，而趙、衛之屬起微賤，踰禮制。向以爲王教由內及外，自近者始。故採取《詩》《書》所載賢妃貞婦，興國顯家可法則，及孽嬖亂亡者，序次爲《列女傳》，凡八篇，以戒天子。及采傳記行事，著《新序》、《說苑》凡五十篇奏之。數上疏言得失，陳法戒。書數十上，以助觀覽，補遺闕。」〔註 51〕這三本書都非劉向的個人創作，而是在禮教觀念的指導下有目的的輯錄、整理，分類編纂以明教化的。《列女傳》的編輯是針對禮樂廢弛的社會狀況，以賢妃貞婦的事迹勸誡天子，期望成帝能夠推己及人以化民風的。至於《說苑》和《新序》，則是劉向纂輯先秦至漢初的史事和傳說，雜以個人議論，從而表明其思想觀念的筆記體小說。其書曾散佚大半，經後人多方搜輯，前者今存二十篇，後者今存十篇。以留存較爲完整的《說苑》爲例，從各卷的標題，即可窺見其大概事類：君道、臣術、建本、立節、貴德、復恩、政理、尊賢、正諫、敬慎、善說、奉使、權謀、至公、指武、談叢、雜言、辨物、修文、反質。這些故事中明君臣之道、尊

〔註 48〕《漢書》卷二十二《禮樂志》，第 1033 頁。

〔註 49〕〔漢〕董仲舒《春秋繁露》卷一《玉杯》，北京：中華書局，1975 年，第 33 ～34 頁。

〔註 50〕《漢書》卷十《成帝紀》，第 330 頁。

〔註 51〕《漢書》卷三十六《劉向傳》，第 1957～1958 頁。

卑之體、立身之本、爲政之德、行事之理、進退之度，等等，強調等級秩序，標榜禮學觀念下的行爲規範和道德規範，倡導個體的內外兼修，以期建立儒家禮樂思想規範下的理想社會。《新序》的編寫體例和撰輯目的與之近似。這種分類編輯、故事爲主、篇幅短小的纂輯方式還對後世筆記小說如《世說新語》等產生直接影響。其書上奏之後「上雖不能盡用，然內嘉其言，常嗟歎之。」〔註52〕後世論者也注意到了劉向纂輯《說苑》的禮教目的：

> 向之此書，其合於立言之指者有三，而文詞之爾雅不興焉。禪用一也，述聖一也，獻讜一也，有一於此，皆可傳也，矧兼至焉者乎！……向之《說苑》自《君道》、《臣術》迄於《修文》、《反質》其標章持論，鑿鑿民經，皆有益天下國家而非雕塵鏤空，縱談六合之外，以動視聽者，是爲禪用，可傳也。漢承秦後，師異道，人異學，自仲舒始有大一統之說，然世猶未知歸趣，向之此書，雖未盡洗《戰國》餘習，大都主齊、魯論、家語而稍附雜以諸子，不至逐流而忘委，是以獨列於儒家，是爲述聖，可傳也。元、成間，中官、外戚株連用事，向引宗臣大義，身攖讒吻，顧所謂三獨夫者，共憂社稷，懷忠不效。又進《說苑》以見志，吾讀其《正諫》一篇，蓋論昌陵、論外戚，封事之餘音若縷焉，是爲獻讜，可傳也。〔註53〕

此外，劉向還曾集錄《戰國策》，並在書錄中大量序列歷史典故，從正反兩方面極言禮樂是關乎國家興亡的關鍵所在：

> 周室自文、武始興，崇道德，隆禮義，設辟廱泮宮庠序之教，陳禮樂絃歌移風之化，敘人倫，正夫婦，天下莫不曉然。……及春秋時，已四五百載矣，然其餘業遺烈，流而未滅。五伯之起，尊事周室。五伯之後，時君雖無德，人臣輔其君者，若鄭之子產、晉之叔向、齊之晏嬰，挾君輔政，以並立於中國，猶有所行；會享之國，猶有所恥；小國得有所依，百姓得有所息。故孔子曰：「能以禮讓爲國乎何有？」周之流化，豈不大哉！及春秋之後，眾賢輔國者既沒，而禮義衰矣。孔子雖論《詩》、《書》，定《禮》、《樂》，王道粲然分明，以匹夫無勢，化之者七十二人而已，皆天下之俊也。時君莫尚

〔註52〕《漢書》卷三十六《劉向傳》，第1958頁。
〔註53〕〔明〕董其昌《說苑序》，〔漢〕劉向撰，趙善詒疏證《說苑疏證》，上海：華東師範大學出版社，1985年，第648～649頁。

之，是以王道遂用不興，故曰：「非戚不立，非勢不行。」仲尼既沒
之後，田氏取齊，六卿分晉，道德大廢，上下失序。至秦孝公捐禮
讓而貴戰爭，棄仁義而用詐譎，苟以取強而已矣。夫篡盜之人，列
為侯王，詐譎之國，興立為強，是以傳相放效，後生師之，遂相吞
滅，並大兼小，暴師經歲，流血滿野，父子不相親，兄弟不相安，
夫婦離散，莫保其命，愍然道德絕矣！晚世益甚，萬乘之國七，千
乘之國五，敵侔爭權，蓋為戰國。貪饕無恥，競進無厭，國異政教，
各自制斷，上無天子，下無方伯，力功爭強，勝者為右，兵革不休，
詐偽並起。當此之時，雖有道德，不得施謀（設）。有設（謀）之強，
負阻而恃固，連與交質，重約結誓，以守其國。故孟子、孫卿儒術
之士，棄捐於世，而游說權謀之徒，見貴於俗。〔註54〕

前一部分表達了對周禮的敬慕和頌美，肯定了周禮對於後世在治國理路上的
影響。後一部分則表達了雖經儒門倡導，但無法阻擋禮義衰歇導致的倫理綱
常失序及其帶來的惡果。兩相比對，不難看出劉向的徵聖觀念，乃知劉彥和
所謂「子政論文，必徵於聖」〔註55〕所言非虛。而其旨歸，仍然在於以史為
鑒、以禮為本，教民化俗。

禮教觀念影響下的劉向的文藝思想，可以簡括為「修文」和「反質」。

「文」、「質」關係是一個古老的命題，《國語》中就有：「胡為文，益其
質」之語，「文益其質」，指出了文對質的增益和修飾作用。二者對舉則最早
始於孔子。面對春秋末期王綱解紐、禮崩樂壞的社會狀況，孔子將重建社會
秩序的希望寄託在回覆「郁郁乎文哉」的周禮上，「尚文」是孔子言禮的前提，
但孔子所言之禮，並非徒有形式之虛禮，而是包含對於禮樂之「質」的追求：
「禮云禮云，玉帛云乎哉？樂云樂云，鐘鼓云乎哉？」〔註56〕由此出發，孔
門在對君子人格的要求上，文質並舉：「質勝文則野，文勝質則史；文質彬彬，
然後君子。」〔註57〕要求君子既要注重外在的禮儀修養，又要追求內在的仁
義之道，二者不可偏廢，這裏的「文」為表，「質」為裏，前者以「禮」為內
容，後者以「仁」為核心。漢代以來，董仲舒論禮沿用先秦儒家的文質論：

〔註54〕 范祥雍《戰國策箋證·劉向書錄》，上海：上海古籍出版社，2006年，第1～
2頁。
〔註55〕《文心雕龍·徵聖》，《文心雕龍注》卷一，第16頁。
〔註56〕《論語·陽貨》，《十三經注疏·論語注疏》，第2525頁。
〔註57〕《論語·雍也》，《十三經注疏·論語注疏》，第2479頁。

> 禮之所重者在其志。志敬而節具，則君子予之知禮。志和而音
> 雅，則君子予之知樂。志哀而居約，則君子予之知喪。故曰：非虛
> 加之，重誌之謂也。志爲質，物爲文。文著於質，質不居文，文安
> 施質？質文兩備，然後其禮成。文質偏行，不得有我爾之名。俱不
> 能備而偏行之，寧有質而無文。……然則《春秋》之序道也，先質
> 而後文，右志而左物。……是故孔子立新王之道，明其貴志以反和，
> 見其好誠以減僞。其有繼周之弊，故若此也。〔註58〕

文中的「質」指代禮的倫理情志，「文」指代禮的物質形態，二者相輔構成了
禮。這裏的「禮」不再是文的基本內涵，而是從成人行止之禮，上升爲國家
禮制。由此，文質論成爲禮制思想的主要內容。劉向繼承了董仲舒的禮制思
想，並提出了文質相救論，認爲二者是構成禮制沿革的兩大動因：

> 文德之至也，德不至，則不能文。商者，常也。常者，質。質
> 主天。夏者，大也。大者，文也。文主地。故王者一商一夏，再而
> 復者也。正色，三而復者也。味尚甘，聲尚宮，一而復者。故三王
> 術如循環。故夏后氏教以忠，而君子忠矣。小人之失野。救野莫如
> 敬，故殷人教以敬，而君子敬矣，小人之失鬼。救鬼莫如文，故周
> 人教以文，而君子文矣，小人之失薄。救薄莫如忠。故聖人之與聖
> 也，如矩之三雜，規之三雜。周則又始，窮則反本也。《詩》曰：「雕
> 琢其章，金玉其相。」言文質美也。〔註59〕

這段話沿襲了董仲舒的三代改制思想：「王者以制，一商一夏，一質一文。上
質者主天，夏文者主地，《春秋》者主人。」〔註60〕可見，改制思想和三代情
結是漢儒的通識，從董仲舒到劉向，都將國家復興的希望寄託於此。漢儒以
此砥礪，對於制禮作樂以行德化抱有濃厚的興趣，這就使以禮樂爲主要內容
的教化觀念深入士人之心。

　　《論語・雍也》中曾有一章涉及仲弓對子桑伯子的評價，指其「居簡而
行簡，無乃大簡乎？」〔註61〕孔子同意他的看法。與之相關，《說苑・修文》
中有這樣一段頗有意味的記載：

〔註58〕　〔漢〕董仲舒《春秋繁露》卷一《玉杯》，第26～28頁。
〔註59〕　〔漢〕劉向《說苑・修文》，《說苑校證》，北京：中華書局，1987年，第476
　　　　～478頁。
〔註60〕　〔漢〕董仲舒《春秋繁露》卷七《三代改制質文》，第251頁。
〔註61〕　《論語注疏》卷六，《十三經注疏》，第2477頁。

孔子曰：「可也，簡。」簡者，易野也。易野者，無禮文也。孔
子見子桑伯子，子桑伯子不衣冠而處，弟子曰：「夫子何爲見此人
乎？」曰：「其質美而無文，吾欲說而文之。」孔子去，子桑伯子門
人不說，曰：「何爲見孔子乎！」曰：「其質美而文繁，吾欲說而去
其文。」故曰文質修者謂之君子；有質而無文謂之易野。子桑伯子
易野，欲同人道於牛馬。故仲弓曰太簡。〔註62〕

這篇故事既是《雍也》那段對話的一個延伸，也爲「質勝文則野」作了一個
注腳，劉向的文質觀可以說是和孔門一脈相承的。但比對兩則故事，前者從
行政作爲方面指出子桑伯子之「太簡」，而後者則妄圖以「禮」文之，帶有明
確的教化動機。由此看來，如果說儒家文質觀的特點在於引禮入文，爲「文」
賦予「禮」學內涵，那麼劉向則進一步爲「文」注入了禮教思想，使「禮」
成爲「文」的精神實質和現實目標，這是劉向對儒家之「文」的推進。在此
基礎上，劉向形成了融詩、樂、禮爲一體的文教觀：

凡從外入者，莫深於聲音。變人最極。故聖人因而成之以德，
曰樂。樂者，德之風。《詩》曰：「威儀抑抑，德音秩秩。」謂禮樂
也。故君子以禮正外，以樂正內。內須臾離樂，則邪氣生矣。外須
臾離禮，則慢行起矣。〔註63〕

修文的同時，劉向還指出應「反質」。他在原始儒家「文質彬彬」文質副稱這
一觀念的基礎上，進一步指出「聖人見人之文，必考其質」〔註64〕，「雖有外
文，必不離內質」〔註65〕等觀點。結合其「內心修德，外被禮文」〔註66〕之
論，劉向所說的「質」既不類於先秦道、墨諸家帶有「樸質」意味的、專指
事物本然狀態的「質」；也不同於孔門帶有倫理品質屬性的人的天性本質，而
是帶有強烈道德色彩、可通過後天修養而成的一種人格狀態，它與「禮」是
並生共存的。這一點也與先秦儒家不同，前者聲稱「繪事後素」——「文」
依託於「質」，因而「禮後乎」，意即禮樂產生於仁義之後，先有其美質，再
文之以禮，始成君子。劉向肯定「質」的後天養成和「文」的禮儀形式，其
實是肯定了禮教在培養個體人格方面的社會功能。

〔註62〕《說苑・修文》，《說苑校證》第498～499頁。
〔註63〕《說苑・修文》，《說苑校證》第508頁。
〔註64〕《說苑・反質》，《說苑校證》第512頁。
〔註65〕《說苑・反質》，《說苑校證》第513頁。
〔註66〕《說苑・修文》，《說苑校證》第483頁。

　　除此之外，劉向論詩、論樂也帶有強烈的詩教、樂教色彩，這一切都統一於其禮教觀念。如劉向認爲：「夫詩，思然後積，積然後滿，滿然後發，發由其道，而致其位焉。百姓歎其美而致其敬，甘棠之不伐也，政教惡乎不行？」〔註67〕強調詩歌發生過程中的情誌感發作用，其發生過程要「由其道」、「致其位」，即合乎禮義，從而其價值指向並不在於詩歌本身，而在於感民化俗的政教功能。還有「樂非獨以自樂也，又以樂人；非獨以自正也，又以正人」〔註68〕，肯定了音樂兼具審美特性和教化功能。

　　劉向活躍的宣、元、成時代，是西漢社會結構發生重大變化，社會思想進行重大調整的時期。宣帝時期，循吏爲盛，史稱中興。「漢代吏治之成功實在於其文法之外，猶輔以教化故也。」〔註69〕教民以禮，化民以德是循吏政治的主要內容。如宣帝時韓延壽任潁川太守時對治下之民「教以禮讓」，「接以禮意」，「因與議定嫁娶喪祭儀品，略依古禮」，「爲吏民行喪嫁娶禮」。〔註70〕以三代禮樂教化於民，這是儒者以文化承擔者自居的歷史使命感的外在表現，也是「世儒以謂漢治近古」〔註71〕的理據。元帝以來，制禮活動愈熾，儒者當道，「而上牽制文義，優游不斷，孝宣之業衰焉」。〔註72〕成帝雖重禮樂，而朝政方面，「趙氏亂內，外家擅朝」，「建始以來，王氏始執國命」〔註73〕，面對漢室王權衰落的現實，曾身爲宗正的劉向，其復禮、修文、反質的觀念，顯然有著撥亂反正、固本正源的意圖。

　　漢代文學與楚文化有著深厚的淵源，在漢代文學家中，司馬遷以爲賈誼在精神氣質上與楚之屈原最爲接近，但若論及宗國情感和文化影響力，劉向直可步趨屈子。明代張溥說：「夫屈原放廢，始作《離騷》，子政疾讒，八篇乃顯，同姓忠精，感慨相類，左徒當日，諫書不傳，彼蓋爭之口舌，其著者，張儀一事耳。子政苦口，終身不倦，年七十餘，惓惓漢宗，感靈異而論《洪範》，戒趙魏而傳《列女》，鑒往古而著《新序》、《說苑》，其書皆非無謂而作者。雖《九歎》深雅，微遜《騷經》，其他文辭宏博，足相當矣。太史公《屈

〔註67〕《說苑·貴德》，《說苑校證》，第95頁。

〔註68〕《說苑·修文》，《說苑校證》，第499頁。

〔註69〕陳明《儒學的歷史文化功能》，上海：學林出版社，1997年，第96頁。

〔註70〕《漢書》卷七十六《韓延壽傳》，第3210頁。

〔註71〕〔清〕王夫之《讀通鑒論》卷四，北京：中華書局，1975年，第101頁。

〔註72〕《漢書》卷九《元帝紀》，第299頁。

〔註73〕《漢書》卷十《成帝紀》，第330頁。

原傳》云：『原死後，楚日以削，竟爲秦滅。』孟堅亦云：『子政卒後十三歲，王氏代漢。』此兩人繫社稷輕重爲何如哉。」〔註74〕劉向以一己之力，終不能挽救國運陵夷的漢室江山，但他留下的文化遺產，則沾漑後世，影響力絕不止於兩漢。

第三節　獻賦制度與揚雄的文學觀念

　　揚雄一生經歷西漢、新莽兩朝，我們據此將揚雄的文學創作活動分爲兩期：西漢後期爲其早年；王莽秉政之後爲其後期。其間的文學思想也有一個遞嬗演變的過程。揚雄的辭賦創作集中在早年，後期作品中則難覓其蹤，這一明顯的創作斷限與晚年的揚雄視辭賦爲「童子雕蟲篆刻」、「壯夫不爲」的文學觀有關。《漢書·藝文志·詩賦略》在「陸賈賦之屬」下錄「揚雄賦十二篇」，但僅憑這一數字，我們很難確知其具體篇目。班固在揚雄本傳中提及的賦作有《反離騷》、《畔牢愁》、《廣騷》、《甘泉賦》、《河東賦》、《校獵賦》、《長楊賦》、《解嘲》、《解難》九篇，另《古文苑》有《太玄賦》、《蜀都賦》、《逐貧賦》，兩者之和恰爲十二篇，加上被認爲是揚雄之作的《酒賦》〔註75〕、《核靈賦》（見於《文選注》），其賦作當不止十二篇。但《畔牢愁》和《廣騷》今有目無篇，《蜀都賦》、《太玄賦》的眞僞存在一定爭議。〔註76〕而就我們現今可見、被歸入揚雄名下的十二篇賦作中，從文體形式角度來看，大致可以分爲騷體賦、散體大賦和雜賦，均創作於西漢後期，各體賦作創制時期大致集中：處蜀時期，揚雄於成帝陽朔年間作《反離騷》等騷體賦；出蜀後，揚雄

〔註74〕〔明〕張溥著，殷孟倫注《漢魏六朝百三家集題辭注·劉子政集》，北京：中華書局，2007年，第26頁。
〔註75〕《漢書》題作《酒箴》，後人據《北堂書鈔》、《太平御覽》等所載改爲《酒賦》。
〔註76〕王青在《揚雄評傳·揚雄的文學創作與理論》第二節《揚雄的大賦》中，關於《蜀都賦》的眞僞指出四點懷疑理由：一，《漢書》本傳揚雄自序部分併未提及此篇；二，作爲都城大賦，對班固的影響應該超越四大賦，但班氏從未提及；三，左思於《三都賦序》中有言：「余旣思慕《二京》而賦《三都》……蜀事訪於張載……」，作爲秘書郎中，左氏當可利用職守之便廣搜博採，《蜀都賦》應爲最好的參考資料，左氏卻無一語提及；四，此賦最早見於各種類書，但完整的文章見於《古文苑》，而後者的文獻來源並不可靠。論者指出其中第四個疑點也適用於《太玄賦》。但同時也折中地說這些疑點不足以否定類書及注釋對其進行的大量引用，因而姑且認爲仍爲揚雄之作。（南京大學出版社，2000年，第267～269頁。）

於成帝永始末元延初陸續上《甘泉》、《河東》、《羽獵》、《長楊》四大賦；哀帝建平年間，揚雄先後創制了《解嘲》、《解難》、《酒賦》等雜賦。揚雄早年的文學觀念，也在這些辭賦創作中得以體現。

一、獻賦制度與揚雄早期的辭賦觀念

揚雄是蜀郡成都人，其文學思想的形成大致可追源於此：其一，景帝末年郡守文翁在蜀地發展了以儒家思想爲主的教育系統，自此形成了「巴蜀好文雅」〔註77〕的儒學風氣，生長於斯的揚雄極有可能在早年便受到過較爲正規和系統的儒家教育；其二，青年時代的揚雄曾師從以治《老子》而聞名的學者嚴君平，亦從鄭子眞、李仲元等人那裏接受道家思想的薰染，因而在心性氣質上「默而好深湛之思，清淨亡爲，少耆欲」〔註78〕；其三，西漢武帝時同爲蜀郡文士的司馬相如以辭賦名世，進而獲取功名，對於青年揚雄來說，不啻爲一個正面啓示：「及司馬相如遊宦京師諸侯，以文辭顯於世，鄉黨慕循其迹。後有王褒、嚴遵、揚雄之徒，文章冠天下。繇文翁倡其教，相如爲之師，故孔子曰：『有教亡類』」〔註79〕《漢書》本傳中也有：「蜀有司馬相如，作賦甚宏麗溫雅，雄心壯之，每作賦，常擬以爲式」〔註80〕的記載。後世「揚馬」並稱，便是就辭賦創作而言的。可以說，儒家的王道理想鼓動了青年士子建立功業的雄心，而在選官制度未臻嚴密的西漢，世襲、軍功、察舉、徵辟等方式，大都依據身份或財產，這些入仕途徑對於出身清寒者如揚雄之輩來說，幾乎是不可及的。而司馬相如式的成功模式，對於揚雄來說更具可操作性。因而，揚雄在年約四十歲時，出蜀入京，以期憑藉辭賦干謁貴幸、求取功名。

揚雄的入仕之門，便是由獻賦開啓的：

孝成帝時，客有薦雄文似相如者。上方郊祠甘泉泰畤、汾陰后土，以求繼嗣，召雄待詔承明之庭。〔註81〕

而雄始能草文，先作《縣邸銘》、《王佴頌》、《階闥銘》及《成

〔註77〕《漢書》卷八十九《循吏傳》，第3627頁。
〔註78〕《漢書》卷八十七《揚雄傳上》，第3514頁。
〔註79〕《漢書》卷二十八《地理志下》，第1645頁。
〔註80〕《漢書》卷八十七《揚雄傳上》，第3515頁。
〔註81〕《漢書》卷八十七《揚雄傳上》，第3522頁。

都四隅銘》。蜀人有楊莊者，爲郎，誦之於成帝，成帝好之，以爲似相如，雄遂以此得外見。〔註82〕

　　揚雄家貧好學，每製作慕相如之文，嘗作《綿竹頌》；成帝時直宿郎楊莊誦此文，帝曰：「此似相如之文。」莊曰：「非也，此臣邑人揚子雲。」帝即召見，拜爲黃門侍郎。〔註83〕

以揚雄自敘爲中心，我們可以大致推斷揚雄出蜀入京進而入仕的路徑：居蜀期間已開始摹擬相如辭賦進行創作，之後被同鄉楊莊舉薦給成帝，《漢書》本傳記載揚雄「奏《羽獵賦》，除爲郎，給事黃門」，永始四年（前 13）十二月成帝羽獵，揚雄隨侍，後上《羽獵賦》〔註84〕，同年揚雄也曾作爲文學侍從之臣，先後於二、三月跟隨成帝行幸甘泉、河東，並上《甘泉》、《河東》二賦。也就是說，揚雄用了近一年的時間，再三獻賦，終獲郎官職任。值得注意的是，楊莊舉薦揚雄的時機，是在成帝即將「郊祠甘泉泰畤、汾陰后土」時。從西漢散體大賦題材上多描寫宮苑、田獵、郊祀、巡狩等內容可知，大凡有重大的禮樂活動，詔令言語侍從之臣獻賦以潤色鴻業，是常規性的文化活動。從留存至今的賦作中，我們可以看到，成帝這次巡幸甘泉，隨侍的賦家不僅有揚雄，很可能還有創作過《甘泉宮賦》的劉歆。

　　獻賦制度，據《漢書・禮樂志》：「（武帝）乃立樂府，采詩夜誦，有趙、代、秦、楚之謳，以李延年爲協律都尉，多舉司馬相如等數十人造爲詩賦。」〔註85〕也就是說，在武帝時期，民間采詩和朝臣獻賦是並存的。采詩制度，古已有之：「古有采詩之官，王者所以觀風俗，知得失，自考正也。」〔註86〕具有明顯的展現風俗、補察政治、諷喻君主的功利目的。與之相應的獻賦制度，也正是在這樣一種禮樂文化背景中，以服務政治爲現實目的，並懷有教諭君主的製作動機，意圖通過賦作「或以抒下情而通諷喻，或以宣上德而盡忠孝」〔註87〕。可以說，漢賦，尤其是散體大賦在西漢時期的創作動機和存

〔註82〕〔漢〕揚雄《答劉歆書》，〔清〕嚴可均校輯《全漢文》卷五十二，北京：中華書局，1958 年，第 411 頁。

〔註83〕《六臣注文選》卷七《揚子雲甘泉賦》李周翰注，上海：上海古籍出版社，1993 年，第 156 頁。

〔註84〕此從方銘《揚雄著作事迹考辨》，《經典與傳統：先秦兩漢詩賦考論》第六章《揚雄研究》，北京：人民文學出版社，2003 年，第 270～274 頁。

〔註85〕《漢書》卷二十二，第 1045 頁。

〔註86〕《漢書》卷三十《藝文志》，第 1708 頁。

〔註87〕〔漢〕班固《兩都賦序》，《全漢賦》第 311 頁。

在意義，既有潤色鴻業的政治需要，也不乏諷諫君主的良苦用心。因而武宣以後的言語侍從之臣和公卿大臣，「朝夕論思，日月獻納」、「時時間作」〔註88〕，直至西漢後期「孝成之世，論而錄之。蓋奏御者千有餘篇。」〔註89〕這裏是指前文提及的成帝詔令光祿大夫劉向校經傳諸子詩賦。在劉歆《七略》基礎上編纂的《漢書·藝文志》著錄詩賦一百六十家，共計一千三百一十八篇，其中賦家七十八，賦作一千零四篇，可見辭賦創作發展至西漢後期已然形成洋洋大觀。而成帝個人對於禮樂文化的重視，尤其是對於辭賦的喜愛，也在客觀上刺激了其時文人的辭賦創作。正因爲如此，生逢其時的揚雄，才得以經人舉薦，在隨侍成帝郊祀進而獻賦的過程中初露鋒芒。

與獻賦制度相關的是，揚雄早期的辭賦觀念體現在三個層次：

第一，復古摹擬思想。揚雄曾在《答桓譚書》中說過：「大諦能讀千賦，則能爲之。」〔註90〕根據我們對揚雄作品創作時間的判斷，揚雄的一系列文學摹擬行爲始於辭賦創作。對於當時的讀書人來說，入仕是人生的唯一選擇，當久居蜀地的揚雄希圖有所作爲時，他明白辭賦或許是自己入仕的敲門磚，於是早年的揚雄對於相如賦的摹擬，更多的是期望有朝一日能夠通過辭賦獲得君主垂青。可以說揚雄復古摹擬思想的最初正是產生於「獻賦」目的中的。

揚雄早期的辭賦摹擬活動，先有仿屈原《離騷》而作的《反離騷》、《畔牢愁》、《廣騷》等一系列騷體賦；再是仿司馬相如散體大賦而作的《甘泉》、《河東》、《校獵》、《長楊》四大賦；後有仿東方朔《答客難》而作的《解嘲》、《解難》。

第二，禮制思想。揚雄因獻賦而成爲郎官，得以隨侍成帝參與到國家禮儀活動中，因而以禮樂儀式爲表現內容，以禮制思想貫穿賦作之中，成爲揚雄此期大賦創作的主要特徵。

《甘泉》、《河東》二賦是揚雄首次侍從成帝郊祀返回之後所寫。甘泉宮本是秦的離宮，漢武帝時加以擴建，《甘泉賦》描述成帝於甘泉宮泰疇神壇祭祀太乙天神的過程；《河東賦》則描述了成帝去汾陰祭祀地神的情景。而成帝之所以分別祭祀天地二神，也是因爲「郊天而不祀地，失對偶之義。」〔註91〕

〔註88〕〔漢〕班固《兩都賦序》，《全漢賦》第 311 頁。
〔註89〕〔漢〕班固《兩都賦序》，《全漢賦》第 311 頁。
〔註90〕《全漢文》卷五十二，第 411 頁。
〔註91〕〔唐〕顏師古注《漢書》卷二十五《郊祀志上》，第 1222 頁。

《漢書・郊祀志》曰：「祀者，所以昭孝事祖，通神明也。」〔註92〕而成帝此番郊祀，目的正在於祭神以求嗣。揚雄二賦中對於郊祀儀式壯麗閎闊、虛幻飄渺的描述，既與祭祀典禮本身隆重、鋪張的儀式場景相應，其中所渲染的靈巫降神又有一定的宗教色彩，與祭祀氣氛相稱。如《甘泉賦》中：

> 選巫咸兮叫帝閽，開天庭兮延群神。儐暗藹兮降清壇，瑞穰穰
> 兮委如山。於是事畢功弘，回車而歸，度三巒兮偈棠黎。天閽決兮
> 地垠開，八荒協兮萬國諧。〔註93〕

前四句言眾神降臨神壇，祥瑞隨之而至；後四句言祭事完畢，功成制禮。暗示帝王崇禮之功，歌頌禮樂文化下的帝國聲威。又如《河東賦》中描述成帝及群臣在汾陰祭祀地神的情景：

> 於是命群臣，齊法服，整靈輿，乃撫翠鳳之駕，六先景之乘，
> 掉犇星之流旃，彏天狼之威弧。張燿日之玄旄，揚左纛，被雲梢。
> 奮電鞭，駿雷輜，鳴洪鐘，建五旗。羲和司日，顏倫奉輿，風發飈
> 拂，神騰鬼趡。千乘霆亂，萬騎屈橋，嘻嘻旭旭，天地稠㩒。籛丘
> 跳巒，湧渭躍涇。秦神下讋，蹠魂負沴；河靈矍踢，掌華蹈衰。遂
> 臻陰宮。穆穆肅肅，蹲蹲如也。〔註94〕

這類漢賦筆調雍容、鋪張揚厲、閎闊飄渺，淋漓盡致地展示了祭禮中的靈神之氣和赫赫儀仗，國家宗教中蘊含的禮教意識和等級觀念通過漢大賦得以宣揚，賦家對郊祀之禮的歌頌和體認，也充分表現了對於大一統帝國的信心和對於皇權的尊崇。

此外，揚雄的《羽獵》、《長楊》二賦，均鋪敘皇家狩獵活動，歌頌大漢聲威和帝王功業。前者勸諫成帝節制羽獵活動，不要妨害民生；後者奉勸成帝養民、養生。可見，從美學特徵來說，禮樂制度作為政治的文飾，講求形式美感，即所謂的「禮尚文」。武宣以後，禮樂日盛而禮制日繁，賦家鋪采摛文，筆端極盡描繪、頌美之能事，其鋪排汪洋、繁縟華美的筆調，對於表現宮室、遊獵、祭祀等重大題材來說，是非常適宜的。從這個角度來說，獻賦制度確為禮樂制度的衍生物。描述禮樂盛景，同時歌功頌德，佐以少許諷諫構成了西漢社會文人所獻之賦的三大要素。這一特徵，追究起來直可上溯到

〔註92〕《漢書》卷二十五《郊祀志上》，第 1189 頁。
〔註93〕〔漢〕揚雄《甘泉賦》，《全漢賦》第 172～173 頁。
〔註94〕〔漢〕揚雄《河東賦》，《全漢賦》第 183 頁。

枚乘《七發》，到司馬相如那裏已經固定成型，而到了揚雄這裏，只能算作是摹擬。當然，這也是揚雄作爲出身清寒的文士依憑獻賦制度得以晉身的必經階段。

　　第三，諷諫意識。揚雄對於相如賦的摹擬，不止於文體形式的模仿，還在於諷諫意識的繼承。他早期所獻之賦的寫作動機，也是圍繞著諷諫展開的：

　　　　正月，上從甘泉還，奏《甘泉賦》以風。〔註95〕

　　　　故聊因《校獵賦》以風之。〔註96〕

　　　　是時農民不得收斂，雄從至射熊館還，上《長楊賦》，聊因筆墨
　　　　以成文章，故藉翰林以爲主人，子墨爲客卿以風。〔註97〕

　　　　雄以爲臨川羨魚，不如歸而結網，還，上《河東賦》以勸。〔註98〕

可見，「風勸」構成了揚雄作賦的直接目的。對於中年入仕的揚雄來說，自然不甘於言語侍從之臣的地位和潤色鴻業的功能。於是揚雄在《河東賦》中繼承了相如的諷諫傳統並有所發展，即以遊蹤詠史抒懷，以目之所見、足之所履，抒發懷古之情，表達諷諫之意：

　　　　於是靈輿安步，周流容與，以覽乎介山。嗟文公而愍推兮，勤
　　　　大禹於龍門，灑沉菑於豁瀆兮，播九河於東瀕。登歷觀而遙望兮，
　　　　聊浮游以經營。樂往昔之遺風兮，喜虞氏之所耕。瞰帝唐之嵩高兮，
　　　　眪隆周之大寧。泪低回而不能去兮，行睕陝下與彭城。潊南巢之坎
　　　　坷兮，易齔岐之夷平。〔註99〕

這裏是說成帝祭祀後周覽八方，所經之處皆歷史遺迹：抵達介山而想到介之推功成身退而不邀名利；到達龍門，想到大禹治水的赫赫功績；登上歷山想到虞舜躬耕可歌可頌；斜視坊下與彭城聯想到項羽之兵敗；看到南巢想到夏桀之流放地坎坷而荒蕪；看到周王朝的發源地豳與岐道路平坦。這種以行蹤爲序，對比、烘托中寄寓警策之意的寫法，將古迹與史事一一對應，觸景而引發懷古之情，對於劉歆創作《遂初賦》產生了直接的影響。

　　揚雄四大賦的創作均在其入仕之初，賦作中誇飾文辭以期使人君稍加眷

〔註95〕　〔漢〕揚雄《甘泉賦序》，《全漢賦》，第170頁。
〔註96〕　〔漢〕揚雄《羽獵賦序》，《全漢賦》，第186頁。
〔註97〕　〔漢〕揚雄《長楊賦序》，《全漢賦》，第201頁。
〔註98〕　〔漢〕揚雄《河東賦序》，《全漢賦》，第183頁。
〔註99〕　〔漢〕揚雄《河東賦》，《全漢賦》，第183頁。

顧才是揚雄此期文學創作的志意所在。儘管時常寄意諷諫於其中，但隨著個人閱歷的豐富和思想的深化，揚雄自己也意識到辭賦這種鋪張、華美的形式，畢竟不適合論政：「雄以爲賦者，將以風也，必推類而言，極麗靡之辭，閎侈巨衍，競於使人不能加也，既乃歸之於正，然覽者已過矣。往時武帝好神仙，相如上《大人賦》，欲以風，帝反標標有陵雲之志。繇是言之，賦勸而不止，明矣。又頗似俳優淳于髡、優孟之徒，非法度所存，賢人君子詩賦之正也，於是輟不復爲。」〔註100〕這是揚雄辭賦創作轉向的根本原因。

二、從進獻到退守：揚雄文學觀念的轉換

班固稱揚雄：「實好古而樂道，其意欲求文章成名於後世，以爲經莫大於《易》，故作《太玄》；傳莫大於《論語》，作《法言》；史篇莫善於《倉頡》，作《訓纂》；箴莫善於《虞箴》，作《州箴》；賦莫深於《離騷》，反而廣之；辭莫麗於相如，作四賦：皆斟酌其本，相與放依而馳騁云。」〔註101〕揚雄對於前人作品的著意摹仿，從創作心理上可歸結爲經學觀念下的徵聖思想和充滿自信的追攀心理，可以說是一種「徵聖」目的和「爭勝」動機的結合。而各體文學各有標榜，則是有復古和「宗經」的意味在其中——這不單指儒家經籍之「經」，還包括文學經典之「經」。這些作品也常常被用來說明揚雄早期創作思想上傾向於復古摹擬的證明。

如前所述，揚雄意識到恢弘侈麗的漢大賦並不能達到規諫君主、參議政治的目的，反而激發了君主的求仙之志，「勸而不止」，且不合「法度」——這裏正體現出揚雄試圖爲文學「立法度」，追求禮樂之「正」，所謂「能正其視聽言行者，昔吾先師之所畏也」。〔註102〕基於這樣的認識，揚雄的文學創作和文學觀念發生了轉化。這主要表現在兩方面：一方面，辭賦創作題材的擴大——當揚雄從創作動機上遠離了「獻賦」目的，對於政治自然便由親和走向疏離，唯其如此，其人其賦也才能真正擺脫作爲政治附庸的地位，而回歸自心、回歸文學。這才有了作品題材的拓寬。另一方面，不再執著於「獻賦」，某種程度上，是個體生存狀態從「進取」到「退守」的一個轉變，正是這樣的心態轉變，使他能夠坦然面對別人不解的目光，默然獨守著《太玄》。

〔註100〕《漢書》卷八十七《揚雄傳下》，第3575頁。
〔註101〕《漢書》卷八十七《揚雄傳贊》，第3583頁。
〔註102〕《法言·淵騫》，《法言義疏》，第491頁。

辭賦題材的開拓方面，散體大賦以外，揚雄還有各種類型的賦作。

《逐貧賦》和《酒賦》是兩篇文字詼諧的遊戲文字，因通篇四言，有研究者將其歸入「詩賦」一類；也有研究者以其語言通俗戲謔，將其歸入「俗賦」一類。《逐貧賦》以揚雄和「貧」之間的對話結構全篇，奇趣盎然，自嘲貧困並對奢靡腐敗的社會風氣予以猛烈的鞭撻，最終歸於安貧樂道。揚雄之價值觀正如其本傳所言「不汲汲於富貴，不戚戚於貧賤，不修廉隅以徼名當世。家產不過十金，乏無儋石之儲，晏如也。」〔註103〕《酒賦》在《漢書・游俠傳》中最早被提及：「黃門郎揚雄作《酒箴》以諷諫成帝。其文為酒客難法度士，譬之於物。」〔註104〕此賦言辭俚俗詼諧，以「瓶」與「鴟夷」兩種不同容器之間因所用之殊而境遇迥異暗喻人的不同處境。

《解嘲》和《解難》都是摹仿東方朔《答客難》設客設問以自表之辭。前者的創作背景是哀帝時外戚丁氏擅權、幸臣董賢亂政，附者眾多，揚雄不為所動，默然著《太玄》，被人嘲諷「以玄尚白」，即學問深奧（「玄」為雙關語，既指《太玄》，也指此書深奧難懂）而仕途落拓，於是作《解嘲》，表明著《玄》的心跡。《解難》則是針對時人認為《太玄》太過深奧難懂，揚雄作出的解釋。其辭有云：

> 是以宓犧氏之作《易》也，綿絡天地，經以八卦，文王附六爻，孔子錯其象而象其辭，然後發天地之藏，定萬物之基。《典》《謨》之篇，《雅》《頌》之聲，不溫純深潤，則不足以揚鴻烈而章緝熙。蓋胥靡為宰，寂寞為尸；大味必淡，大音必希；大語叫叫，大道低回。是以聲之眇者不可同於眾人之耳，形之美者不可棍於世俗之目，辭之衍者不可齊於庸人之聽。……師曠之調鐘，俟知音者之在後也；孔子作《春秋》，幾君子之前乎也。老聃有遺言，貴知我者希，此非其操與！」〔註105〕

從中可見揚雄的「宗經」情懷和對個人著作的自信。而賦中更以道家聲樂論辯駁時人對於《太玄》的不理解，篇末借老子之言表示期以知音，這是對個人價值觀的肯定，儘管並不能得到時人的認可。一度與揚雄交好的劉歆，看到揚雄所著《太玄》和《法言》後，曾不無戲謔地說：「空自苦！今學者有祿

〔註103〕《漢書》卷八十七《揚雄傳上》，第3514頁。
〔註104〕《漢書》卷九十二《游俠傳》，第3712頁。
〔註105〕〔漢〕揚雄《解難》，《全漢賦》，第229～230頁。

利，然尚不能明《易》，又如《玄》何？吾恐後人用覆醬瓿也。」〔註106〕揚雄聽後只是笑而不應。博學明經者如劉歆尚有此歎，何況智識不及歆者！揚雄的一生，也因而被人貼上「寂寞」的標籤。左思《詠史》有「寂寂揚子宅，門無卿相輿。」之句；盧照臨也在《長安古意》中詠歎「寂寂寥寥揚子宅，年年歲歲一床書」。

揚雄的文化修養和心理構成是其著述爲文的基礎條件，就揚雄的心性氣質和理想抱負而言，仕途對於他來說終究是「畏途」，他既不善於此道，也不汲汲於此道，因之才有歷成、哀、平三世而不徙官的境遇。於是，他索性退回書齋，淡泊名利，草擬《太玄》，進入明哲之境。東漢張衡曾說：「吾觀《太玄》，方知子雲妙極道數，乃與《五經》相擬，非徒傳記之屬，使人難論陰陽之事，漢家得天下二百歲之書也。」〔註107〕《太玄》其書，確如張衡所言，依經立意，體現了鮮明的「宗經」思想。此外，值得注意的是，《漢書‧藝文志》以「六藝」爲首，「六藝」之中又以「易」爲先；劉勰《文心雕龍‧宗經》也從《易》論起。揚雄對於「經」的摹仿始於《易》也是因爲「經莫大於《易》」，可見其宗經溯源的文體觀念。

揚雄文藝思想在《太玄》中表現在兩個方面。其一是文質觀。《太玄》中體現出的文質觀念，從經世致用的禮樂教化目的出發，帶有重質輕文的傾向。如《太玄‧文‧次四》曰：「斐如邲如，虎豹文如，匪天之享，否。測曰：斐邲之否，奚足譽也。」〔註108〕就是從禮學觀念出發，認爲虎豹徒有斑爛的文采而不能用於享祭，並不值得稱譽。《太玄‧文‧上九》曰：「極文密密，易以黼黻。測曰：極文之易，當以質也。」〔註109〕認爲過分的文飾有害於政，應當以質樸（黼黻）易之。此外，揚雄還在《太玄‧玄瑩》中有云：「文以見乎質，辭以?乎情。」〔註110〕指出文辭之飾是爲了更好地彰顯本質、表達情實；又在《太玄‧飾‧次二》中說：「無質飾，先文後失服。測曰：無資先文，失貞也。」〔註111〕對於內無實質，徒有其文飾者，指其雖美而終無用。不同於

〔註106〕《漢書》卷八十七《揚雄傳下》，第3585頁。

〔註107〕《後漢書》卷五十九《張衡列傳》，第1897頁。

〔註108〕〔漢〕揚雄著，〔宋〕司馬光等注《太玄集注》卷四，北京：中華書局，1998年，第98頁。

〔註109〕《太玄集注》卷四，第99頁。

〔註110〕《太玄集注》卷七，第190頁。

〔註111〕《太玄集注》卷五，第128頁。

劉向的文質觀，揚雄有明顯的重質傾向，他從實用主義角度，對鋪張文飾表現出極爲明顯的憂患感，將其危害上升到誤國亂政的地步。經學發展到西漢末年，由於師法傳統及由之產生的繁瑣箋注，令學術風氣呈現出衰靡之象，揚雄「重質」的主張，無疑是對此思想的反撥。

揚雄在《太玄》中也表達了他的摹擬觀。《法・次二》中有：「摹法以中，克。測曰：摹法以中，眾之所共也。」〔註112〕是說製法適當，眾人就會共同奉行，法便成其爲法。三代之禮、周公之制在西漢文人心目中，無疑是治世範本。樹立典範，通過對其摹仿，表現一種文化制度上的認同感。在社會矛盾激化、人心浮動不安的西漢後期社會，以揚雄爲代表的一批士人開始對於當時的社會進行反省，當他們在現世社會中找不到答案時，便將目光轉向歷史，「士人個體對歷史皆當有一定程度的自覺認識，此之謂『歷史意識』。而所謂『歷史意識』不僅是意識到個我存在於歷史活動之中，同時對於前代之歷史經驗亦能有相當的認知與感受，進而形成具有價值意識的觀念。」〔註113〕揚雄所擬之作，包含哲學、社會學、文字學、政治學、文學等社會文化活動的主要方面，因而其摹擬之舉，不僅僅是一系列向明哲先聖致敬的個人行爲，還體現出一種追求宇宙終極眞理的士人集體意識（「原道」），更彰顯了著眼於文化重建的宏圖大志。

揚雄早期的文學活動中，「獻賦」是文學創作的最初動力，個人仕途的起點，也是他文學觀念的轉折點。揚雄從最早的辭賦摹擬，走向文學創作的全面復古，難免被後人視爲西漢後期文學喪失創造力的表現。但當我們眞正對揚雄的作品加以解讀時，不難發現其摹擬之作並非一味沿襲、全然復古，而是從內容到形式均體現出一定程度的變革因素，是西漢文章向東漢文章轉變的前奏。

第四節　校書制度與劉歆的文學觀念

劉歆是一個充滿爭議的人物，無論在當時還是在後世。作爲學者的劉歆，憑藉成就卓著的編校和著述活動，與其父劉向一起，在中國學術史上留下了

〔註112〕《太玄集注》卷三，第 80 頁。
〔註113〕顏崑陽《論漢代文人「悲士不遇」的心靈模式》，《漢代文學與思想學術研討會論文集》，臺北：文史哲出版社，1991 年，第 214 頁。

不可磨滅的輝煌印記。其學術地位的確立，既有得天獨厚的家學淵源，又有著學術的發展和時代的需要爲其提供的千載難逢之機遇，從而使得他的學術思想成爲西漢後期的集大成者。作爲政治人物的劉歆，哀帝時因王莽的舉薦，一路平步青雲，由侍中太中大夫，遷騎都尉、奉車光祿大夫。王莽代漢後，劉歆以漢之宗室而爲新莽「國師」，從制度層面著手，全力實施其文化重建工作。後怨王莽殺其三子，擔心自身難保，於是謀議反莽，事泄自殺。由此看來，劉歆政治命運之起伏，全然繫於王莽一身。

劉歆在西漢後期隨其父一起從事的校書活動，可以說是他仕途的起點、學術生涯的起步、文化重建思想的起源。關於這次校書的前後經過，《漢書》本傳中有所記載：

> 向三子皆好學……少子歆，最知名。歆字子駿，少以通《詩》《書》能屬文召，見成帝，待詔宦者署，爲黃門郎。河平中，受詔與父向領校秘書，講六藝傳記，諸子、詩賦、數術、方技，無所不究。向死後，歆復爲中壘校尉。哀帝初即位，大司馬王莽舉歆宗室有材行，爲侍中太中大夫，遷騎都尉、奉車光祿大夫，貴幸。復領《五經》，卒父前業。歆乃集六藝群書，種別爲《七略》。〔註114〕

這次校中秘書，有著特定的背景。人事方面來看，劉向領導校書一事，雖與他既博學且爲宗親有關，但主要原因還是成帝時外戚秉政，劉向擔憂之餘，上封事極諫，給成帝造成了一定的思想壓力，更令外戚頗爲顧忌，於是被安排去校書，這在政治上是一種疏遠，但在文化建設上卻是一個重用。

一、校書制度與劉歆的文化建構

校書制度，史無前例，作爲一項文化建設工程，在當時和後世都引起了較大的關注，顯示了它在文化史和學術史上的重大意義。

其一，這次校書活動，在史傳中被多次提及，其重要性可見一斑。《成帝紀》載河平三年（前26）秋八月「光祿大夫劉向校中秘書。謁者陳農使使求遺書於天下。」〔註115〕《劉向傳》載：「上（成帝）方精於《詩》《書》，觀古文，詔向領校中《五經》秘書。」〔註116〕而以《漢書·藝文志》中的記載最爲詳備：

〔註114〕《漢書》卷三十六《劉歆傳》，第1966～1967頁。
〔註115〕《漢書》卷十《成帝紀》，第310頁。
〔註116〕《漢書》卷三十六《劉向傳》，第1950頁。

漢興，改秦之敗，大收篇籍，廣開獻書之路。迄孝武世，書缺簡脫，禮壞樂崩，聖上喟然而稱曰：「朕甚閔焉！」於是建藏書之策，置寫書之官，下及諸子傳說，皆充秘府。至成帝時，以書頗散亡，使謁者陳農求遺書於天下。詔光祿大夫劉向校經傳諸子詩賦，步兵校尉任宏校兵書，太史令尹咸校數術，侍醫李柱國校方技。每一書已，向輒條其篇目，撮其指意，錄而奏之。會向卒，哀帝復使向子侍中奉車都尉歆卒父業。歆於是總群書而奏其《七略》，故有《輯略》，有《六藝略》，有《諸子略》，有《詩賦略》，有《兵書略》，有《術數略》，有《方技略》。〔註117〕

此後荀悅《漢紀》卷二十五亦於《孝成紀》中載錄此事。清人姚振宗指出「此乃西京一代之創制，後世因而不革，故特書。」〔註118〕從《藝文志》中可見這次校書活動，與武帝時的書籍收集整理工作有著類似的背景：「書缺簡脫」、「書頗散亡」，現出禮崩樂壞之象，而承平之主制禮作樂是慣例，於是成帝召集臣屬，於民間收集遺書，安排相關人等校中秘書。因而這次校書工程便帶有一種重建禮樂文明的文化使命在其中。

其二，史載劉向死後，劉歆承嗣父業繼續校書，直至大功告成，這讓我們聯想到了中國古代世襲制：一為貴族階層的世卿世祿制，一為某些特定職官，如樂官、史官的家族世襲制。前者是階級社會的產物，後者是社會分工發展的產物，更是職業化的體現。劉歆得以子承父業，固然與他本人的廣博學識有關，同時也兼有上述兩方面的含義而側重於後者。可以說，當校書走向職業化的時候，其制度化的意義便明確下來。《藝文志》中的記載，顯示出這次校書組織嚴密、分工明確、規模龐大，是一次正規的國家文化建設活動，制度化特徵十分明顯。

校書制度的確立，在國家文教制度方面具有開創意義，從此以後，以國家行政命令集合時賢校書成為中國古代社會文化建設的一項定制，直到清人編纂《四庫全書》都是這一制度的延續，而紀昀等人所編的《四庫全書簡明目錄》，其體例也與《七略》類似。

其三，此次校書工程浩大，耗時二十餘年，跨越成哀兩朝，受到當朝皇帝的重視，其影響涉及學術、文化甚至深層的國家政治思想層面。

〔註117〕《漢書》卷三十《藝文志》，第1701頁。
〔註118〕〔清〕姚振宗《隋書經籍志考證》卷二十三。

　　《七略》的上奏，標誌著此次校書工作的最終完成。在這次校書的過程中，有了新的發現：「見古文《春秋左氏傳》，歆大好之。……及歆治《左氏》，引傳文以解經，轉相發明，由是章句義理備焉。……歆以爲左丘明好惡與聖人同，親見夫子，而公羊、穀梁在七十子後，傳聞之與親見之，其詳略不同。……及歆親近，欲建立《左氏春秋》及《毛詩》、《逸禮》、《古文尚書》皆列於學官。」〔註119〕成帝下詔校書的目的是要重建禮樂制度以鞏固政權，寄望於劉向、劉歆等學者在整理經籍的過程中發現新的證據材料，以其歷史神聖性對於君主的權威性和政權的合理性提供理論支持。劉歆所發現並予以整理研究的《左傳》，便符合這樣的要求。較之《公羊》《穀梁》二傳，《左傳》在思想上最大的特點就是對於「禮」推崇備至，全書「禮」字共出現四百餘次。「禮」以其制度上對於等級秩序的強化和儀式上對於帝王權威的神化，爲封建專制政治提供了可據依傍的一套規範體系。所謂「君臣上下，父子兄弟，非禮不定」〔註120〕，在這個體系內，君權的至高地位借助「禮」得以鞏固。聯繫到西漢後期成帝朝時，外戚、女寵、天災、異象對王權的輪番裹挾與夾擊，君主試圖借文化重建的機會，申明禮制以鞏固政權，也是可以理解的。因而劉向、劉歆父子的校書活動，得到了成、哀兩朝皇帝的支持。

　　其四，《漢書·藝文志》是班固刪述《七略》而成，其目次與後者相同，六「略」之下又分多家，班固列其篇目，總其種類，並標明篇籍增刪的情況。經他統計，全書「六略三十八種，五百九十六家，萬三千二百六十九卷。入三家，五十篇，省兵十家。」〔註121〕這是一個由六藝、諸子、詩賦、兵書、術數、方技組成的龐大的文化系統，其中雅俗並存，古今兼容，既有官學也有私學，尤其值得注意的是，劉歆對於諸子源流的解釋：儒家出於司徒之官，道家出於史官，名家出於禮官，墨家出於清廟之守，縱橫家出於行人之官，雜家出於議官，農家出於農稷之官，小說家出於稗官。〔註122〕將分散於朝野的諸子學派，統統歸之於《周禮》的官制系統，這種將民間私學納入王官之學的範疇，賦予其合法地位的努力，既是對西漢後期經學獨霸地位確立之後導致的單一僵化的學術風氣的有力反撥，也表明了劉向父子等人的廣學理想

〔註119〕《漢書》卷三十六《劉歆傳》，第1967頁。

〔註120〕《禮記正義》卷一，《十三經注疏》，第1231頁。

〔註121〕《漢書》卷三十《藝文志》，第1781頁。

〔註122〕《漢書》卷三十《藝文志·諸子略》，第1728～1745頁。

——意欲通過學術建構，豐富王官之學的層次和內涵，爲舊的王官之學注入活力，使漢代文化走出經學控制、撥開讖緯迷霧，眞正呈現出博大的氣象和強盛的生命力。

二、《七略》與劉歆的文學觀念

　　我們知道，《漢書·藝文志》是以劉歆的《七略》爲藍本，而《七略》又是在劉向《別錄》的基礎上形成的。《別錄》二十卷，今已不存。《七略》刪《別錄》二十卷爲七卷，《藝文志》又刪《七略》爲一卷。這是《藝文志》背後的學術傳承線索。可貴的是，班固在《藝文志》中清楚地列出了對於劉歆《七略》的增刪情況，使我們得以從中獲悉《七略》之概貌以及其中體現的劉歆的文化思想和學術觀念。

　　劉歆校書於「七略」中，將詩賦單列一類，顯示了西漢後期文學觀念的演進，即詩賦與六藝、諸子等取得同樣的獨立地位，這是文學走向獨立和自覺的開始。其《詩賦略》將七十八家賦分別繫於「屈原賦」、「荀卿賦」、「陸賈賦」和「雜賦」之下的四分法，從題材內容和審美風格方面體現了先秦至西漢的詩賦流別觀念，將文學的發展放在一個弘闊的歷史背景之下。劉師培指出，雜賦以外的三類賦：「有寫懷之賦，有騁辭之賦，有闡理之賦。……寫懷之賦其源出於《詩經》，騁辭之賦其源出於縱橫家，闡理之賦其源出於儒、道兩家。」〔註123〕反映出劉歆的分類依據，不但有對於文學源流的思考，而且包含著對文學與學術之關係的思考。由此看來，劉歆的文學觀，既超越了文學對於學術的依附，又沒有決然割斷文學與學術的聯繫，是一種有著廣闊文化視野的「大文學觀」。

　　劉歆《七略》中表現出的文學觀念與及其辭賦創作論，可在與《遂初賦》的參照中獲得具象的認識。

　　史載劉歆試圖立《左氏春秋》、《毛詩》、《逸禮》和《古文尙書》於學官。「哀帝令歆與《五經》博士講論其義，諸博士或不肯置對，歆因移書太常博士，責讓之。」〔註124〕可見，在今文經學已站穩腳跟的西漢末年，雖然君主爲鞏固政權計，對於古文經學抱有鼓勵的態度，但劉歆欲廣學術的主張仍然面臨著極大的阻力。其移文一上，劉歆立即成爲箭靶，飽受非難，連哀帝都

〔註123〕劉師培《論文雜記》，北京：人民文學出版社，1959 年，第 115～116 頁。
〔註124〕《漢書》卷三十六《劉歆傳》，第 1967 頁。

不禁感歎：「歆欲廣道術，亦何以爲非毀哉？」〔註 125〕在此情勢下，劉歆爲求保身，只得自請外任。先爲河內太守，後因宗室不宜典三河，而徙官五原太守，在赴任途中，「經歷故晉之域，感今思古，遂作斯賦，以歎徵事而寄己意」〔註 126〕，於是作《遂初賦》。其賦在藝術手法上對於前人多有承繼，而在風格上又表現出新的氣象，是其詩賦觀的踐行。

第一，宗經意識與廣學觀念。劉勰稱：「劉歆《遂初賦》，歷敘於紀傳，漸漸綜採矣。」〔註 127〕《遂初賦》的文學特徵之一是博採眾家，大量用典。有研究者統計〔註 128〕，《遂初賦》徵引典故 48 條，其中《左傳》14 條，屈原作品 10 條，《史記》6 條，《論語》4 條，劉向作品 4 條，《詩經》2 條，賈誼作品 2 條，《易經》、《周禮》、《禮記》、《韓非子》、《戰國策》、《春秋繁露》各 1 條。表現出宗經、徵聖、崇實的創作觀，同時也是對於西漢後期文學依經議論傳統的發揚。與西漢後期諸儒用典之不同在於，前者用典僅限於經文和經義，其稱引一般不出五經範圍；劉歆卻打破了這個規則，經史子集均可拈來使用，極大地豐富和拓寬了文章的意涵。這既是劉歆廣學思想的體現，也是西漢後期文儒〔註 129〕博學風氣的體現。

第二，在賦作中表達歷史興亡之感，寄託諷諫意識。這一方面是詩歌「觀盛衰」，「感於哀樂，緣事而發」，「觀風俗、知薄厚」〔註 130〕的現實主義傳統之影響所及；另一方面是先秦文學諷諫傳統的延續：「大儒孫卿及楚臣屈原離讒憂國，皆作賦以風，咸有惻隱古詩之義。其後宋玉、唐勒，漢興枚乘、司馬相如，下及揚子雲，競爲侈麗閎衍之詞，沒其風諭之義。是以揚子悔之，曰：『詩人之賦麗以則，辭人之賦麗以淫。如孔氏之門人用賦也，則賈誼登堂，相如入室矣，如其不用何！』」〔註 131〕將諷諫意識的消泯視作漢賦墮落的體

〔註 125〕《漢書》卷三十六《劉歆傳》，第 1972 頁。

〔註 126〕〔漢〕劉歆《遂初賦序》，《全漢賦》，第 231 頁。

〔註 127〕《文心雕龍·事類》，《文心雕龍注》卷八，第 615 頁。

〔註 128〕張宜邊《〈遂初賦〉與兩漢之際賦學流變》，阜陽師範學院學報（社科版），2000年第 2 期，第 15～33 頁。

〔註 129〕「文儒」的概念始見於王充《論衡·書解篇》：「著作者爲文儒，說經者爲世儒。」二者的文化取向有很大的差異：文儒博學於文，其儒學修養不受家法、師法的約束，對於六藝、諸子之學盡可能旁通，劉向、劉歆、揚雄都屬此類，是「知識型」人生形態（徐復觀論揚雄語，見《兩漢思想史》第二卷，上海：華東師範大學出版社，2001 年，第 28 頁）。

〔註 130〕《漢書》卷三十《藝文志》，第 1756 頁。

〔註 131〕《漢書》卷三十《藝文志》，第 1756 頁。

現，可見，在劉歆的觀念中，諷諫精神是文學作品的靈魂。

漢賦論治亂興亡者，可以上溯到司馬相如《哀秦二世賦》。《史記·司馬相如列傳》稱相如「嘗從上至長楊獵。是時天子方好自擊熊羆，馳逐野獸，相如因上疏諫之。……上善之。還過宜春宮，相如奏賦以哀二世行失也。」〔註132〕賦中登臨山水，借古諷今，開依景詠史之先河。（本章第三節第二部分所引）揚雄《河東賦》則繼承詩賦諷諫傳統，以遊蹤詠史抒懷，較之司馬相如之賦，有移步換景、情隨景變的特點。而與揚雄等人稍有不同的是，劉歆的諷諫意識除了來自對於漢大賦創作傳統的傳承之外，還與古文經學的發現有關。漢人說詩，主要有今文三家和古文《毛詩》，後者尚未列於學官，劉歆的校書發現，使其重新進入官方視野。與齊、魯、韓三家詩相比，《毛詩》更注重文學作品比興美刺的教化功能。在《毛詩》重諷諫、美教化的詩教觀的影響下，劉歆《遂初賦》的諷諫意味更爲明顯：

> 過下虒而歎息兮，悲平公之作臺。背宗周而不恤兮，苟偷樂而惰怠。枝葉落而不省兮，公族闃其無人。日不悛而俞甚兮，政委棄於家門。載約屨而正朝服兮，降皮弁以爲履。寶礫石於廟堂兮，面隋和而不眠。始建衰而造亂兮，公室由此遂卑。憐後君之寄寓兮，唁靖公於銅鞮。越侯田而長驅兮，釋叔向之飛患。悅善人之有救兮，勞祁奚於太原。何叔子之好直兮，爲群邪之所惡。賴祁子之一言兮，幾不免乎組落。〔註133〕

與揚雄《長楊賦》概言治亂興亡相比，這裏直接表達了諷諫的指向，先言到達下虒後看到晉平公所造宮殿，感歎他對於周天子勤政愛民原則的背離，宗親散落而王不知悔改，委政於六卿。是非賢愚不分而導致國之衰亂，君權因此削弱。可憐晉國末代之君靖公在三家分晉後淪落寄居在銅鞮，因而爲他祭弔。後面是講晉國賢臣叔向犯小人而幸有奚齊營救。劉歆這裏引用這段歷史頗有隱喻意味，其以賢臣自況而感慨小人弄權、宗室衰落的憂患意識，在這段賦裏體現得至爲明顯。後人常因劉歆後來在政治上投靠王莽，而批判他的品節不若其父，這裏看來他對漢室並非全無顧念，只是後來劉姓政權日趨墮落而王莽政權恰好給了他一個大展拳腳進行文化建制的平臺，於是便以新莽「國師」的身份去落實漢末儒生普遍期許的周代禮樂政治理想。

〔註132〕《史記》卷一百一十七《司馬相如傳》，第3053～3054頁。
〔註133〕〔漢〕劉歆《遂初賦》，《全漢賦》，第231～232頁。

　　第三，文學抒情言志的情感功能。劉歆認爲：「春秋之後，周道寖壞，聘問歌詠不行於列國，學《詩》之士逸在布衣，而賢人失誌之賦作矣。大儒孫卿及楚臣屈原離讒憂國，皆作賦以風，咸有惻隱古詩之義。」〔註134〕賦中表達的「賢人失志」的惆悵，是屈原《離騷》以來「悲士不遇」主題的衍化。這類賦作採用騷體形式，從楚之屈原見疏、宋玉悲秋，到西漢賈誼鵩鳥之賦、相如長門之賦、鄒陽獄中上書，以至董仲舒、司馬遷直接以「士不遇」爲題創作騷賦，都屬於這類主題。到了西漢後期，揚雄又摹擬東方朔《答客難》而作《解嘲》，雖也有不遇時之感，但已表現爲自嘲的態度而消解了此類騷賦所具有的悲怨情懷。到了劉歆這裏，更代之以一種豁達而平和的態度：

　　　　處幽潛德，含聖神兮。抱奇內光，自得貢兮。寵幸浮寄，奇無
　　常兮。寄之去留，亦何傷兮。大人之度，品物齊兮。捨位之過，忽
　　若遺兮。求位得位，固其常兮。守信保己，比老彭兮。〔註135〕

篇末流露出遠離塵囂、寄懷老莊的思想。這種思想傾向在西漢後期亂世之中的士人群體內普遍存在。不獨揚雄這樣青年時期就曾研習老莊之學者有寄情玄學的情懷，中國歷史上，每當承平之世，儒學積極有爲的思想佔據主流；每逢亂世，道家澹泊避世思想就會擡頭，已然形成規律，易代之際這種社會思想變化往往更爲明顯。兩漢之際也是如此，不乏「雖修儒學，然貴老嚴之術」〔註136〕的士子，如班固的堂伯班嗣在寫給桓譚的書信中就曾論曰：「漁釣於一壑，則萬物不奸其志；棲遲於一丘，則天下不易其樂。不絓聖人之罔，不嗅驕君之餌，蕩然肆志，談者不得而名焉，故可貴也」〔註137〕，全然一副獨善其身、不爲名累的做派！

　　此外，劉歆還在此賦中鋪敍描繪了蕭瑟淒清的北地風光，景物與心境兩相映照，又借典故的鋪排，使得歷史與當世形成一顯一隱兩重文本，在對比中展現歷史興亡的軌迹，達到諷喻當世的目的。至此，以行蹤爲經、以掌故爲緯、以時政作背景、以風景作烘托來抒發個人情感的述志紀行賦正式形成。此後班彪《北徵賦》、班昭《東徵賦》、蔡邕《述行賦》和潘岳《西徵賦》都以之爲借鑒；而另一方面，文人抒情述志賦則繼續沿著《離騷》開闢的傳統，

〔註134〕《漢書》卷三十《藝文志》，第 1756 頁。
〔註135〕〔漢〕劉歆《遂初賦》，《全漢賦》，第 233 頁。
〔註136〕《漢書》卷一百《敍傳上》，第 4205 頁。
〔註137〕《漢書》卷一百《敍傳上》，第 4205 頁。

摹擬劉歆《遂初賦》借歷史典故抒發當下情懷的手法，繼續發展下去，這類賦作在東漢以崔篆《慰志賦》和班固《幽通賦》為代表。

　　《遂初賦》是劉歆留存下來的唯一完整的賦作，它上承《離騷》抒情傳統，下啓東漢述志紀行賦的創作，豐富了辭賦創作手法，體現了兩漢之際文人曲折深婉的心路。展示了不同於西漢獻賦制度影響下文人依附於君主，文學依附於政治的情況，其時創作主體關注的目光由外在事功轉入內心感受，突顯了文學創作的個人化傾向。這可以說是劉歆以其辭賦創作對於辭賦觀念發展的貢獻。

第二章　西漢後期制度與文學

　　大體而言，西漢後期沿襲了武宣以來的大部分制度，而又有所改作，關於其時的制度沿革首章首節已進行過探討，此不贅述。本章各節分別以西漢後期國家祭祀制度、博士制度、察舉制度和郎官制度作爲立足點，探討制度與文學的關係，依據在於：第一，國家祭祀制度中最爲重要的宗廟陵寢之制和郊祀之制在西漢後期都發生了重大調整和改革，由此產生的二十餘篇論議文字，有助於我們瞭解當時的祭祀禮制、天人觀念、復古思潮和論辯文風。第二，博士制度在西漢後期的醇儒政治中得到了最大程度的發展，由此帶來的經學思潮，以及文人依經論政的風氣，是西漢後期社會思潮和文學觀念區別以往的明顯特徵。第三，察舉制度作爲兩漢特有的選士制度，對於朝廷選賢任能具有很大的助益，西漢後期的察舉制度往往產生於天降災異之後，君主爲了省察時政而特令相關人員舉薦人才，充實內廷，由此產生的賢良對策以及因其影響而大量出現的文士講論災異，能夠體現當時的經學思想主導下的哲學觀念，值得我們予以探討。第四，郎官制度作爲西漢武帝以來設置的內朝官制，對於西漢中後期的政治格局產生了顯著的作用，而郎官作爲皇帝近侍的身份，對於君主各項政治決策的影響力更是不容忽視；今存西漢後期的散文，絕大多數爲出身郎官的文士之奏議，通過其中的議題，我們不難發現西漢後期社會，尤其是政治生活所聚焦的方向。本章希望通過對於政治制度之變革的探究，考察其中所包蘊的思想觀念及其對文學的影響，從而揭示西漢後期制度與文學之間的關係。

第一節　國家祭祀制度與西漢後期的朝議

　　國君在制定重要的政策或是下達重大命令之前，往往召集眾臣就相關問題展開討論，以便集思廣益，務求政通人和。楊樹藩曾將漢代的議事制度分為「廷議」、「朝議」和「中朝官議」三種，其類名來自《史記》、《後漢書》等史著中的對應詞彙，但在解釋「廷議」和「朝議」的概念時區分得有些勉強〔註1〕。廖伯源指出「其說之不夠周延，至為明顯」〔註2〕，而將此類制度統稱「朝廷論議制度」。本節涉及西漢後期朝臣對於國家祭祀制度中的宗廟陵寢之制和郊祀之制的討論，《漢書》原文中並沒有出現「朝議」、「廷議」字眼，也沒有明示君主是否出席，但有明顯的以陣營區分的論辯雙方，其人數最少的八人，最多的有七十人，言語來往之間往往針鋒相對，因而不同於一般的奏疏。為了表述方便，這裏簡稱「朝議」。後文涉及朝廷議論處，均稱「朝議」。

一、國家祭祀制度在西漢後期的發展

　　祭祀制度作為國家禮制的重要內容，在政治生活中發揮著無可替代的重要作用，它是神權與政權合一的產物。《禮記·祭統》曰：「凡治人之道，莫急於禮；禮有五經，莫重於祭。」〔註3〕祭祀在禮治活動中的重要性決定了統治階層對於祭祀的重視，所謂「國之大事，在祀與戎」〔註4〕，兵戎戰事關係到國家的存亡和種族的生死，將祭祀與之並提，且先祀後戎，可見祭祀在國家生活中至高無上的地位。

　　祭祀制度之所以被重視，在於它具有豐富的表意功能，它不僅僅是表面形式化的一套儀節，更重要的是儀式背後蘊涵的深刻而神聖的意義。《尚書·舜典》中記載了舜接受禪位之後所進行的一系列祭祀、巡狩之禮：

　　　　正月上日，受終于文祖。在璿璣玉衡，以齊七政。肆類于上帝，

禋于六宗，望于山川，遍于群神。輯五瑞。既月，乃日覲四岳群牧，班瑞于群后。歲二月，東巡守，至于岱宗，柴。望秩于山川，肆覲東后。協時月正日，同律度量衡。修五禮、五玉、三帛、二生、一死，贄。如五器，卒乃復。五月南巡守，至于南岳，如岱禮。八月西巡守，至于西岳，如初。十有一月朔巡守，至于北岳，如西禮。歸，格于藝祖，用特。五載一巡守，群后四朝。敷奏以言，明試以功，車服以庸。〔註5〕

這裏，涉及祭祖、祭天、祭日月等祭禮，以及頒瑞、巡狩、朝聘、贄禮等各類禮儀。這些儀式昭示著帝位的神聖性，規定了農事生產和社會生活的秩序，體現了諸侯君長的尊卑等級，等等。如果說在孔子生活的時代，夏商之禮已不足徵〔註6〕，那麼更早的堯舜之際的禮制，即便眞有如此規模，其系統恐怕也不可考了。但可以肯定的是，祭祀在堯舜之際已經成爲政治生活中不可或缺的方面。

　　在宗法制度籠罩下的中國古代社會，祭祀制度同樣嚴分等級，以維護統治秩序。如《禮記·曲禮下》中按照爵位定祭祀範圍：「天子祭天地，祭四方，祭山川，祭五祀，歲遍。諸侯方祀，祭山川，祭五祀，歲遍。大夫祭五祀，歲遍。士祭其先。」〔註7〕如果超越等級規定進行祭祀，會被視爲僭越，並被淫祀之責：「非其所祭而祭之，名曰淫祀。淫祀無福。」〔註8〕這是一種具有威懾力的警告。

　　周公制禮作樂，「郊祀后稷以配天，宗祀文王於明堂以配上帝」〔註9〕，形成了以郊祀天地和宗祀祖先爲中心的國家祭祀制度。隨著周室衰落，出現禮崩樂壞的局面，諸侯國之祭禮在很長一段時間各行其是，較爲混亂。秦並六國後，整頓祭祀制度，確立了一系列祭祀天神、地祇、祖宗、山川的詳細制度。西漢則沿用秦制，直到武帝時國力空前強盛，君主好大喜功，制度方面頗多改革：在國家祭祀制度方面，將高祖以來祭祀五帝之制，改爲新創的

〔註5〕《尚書正義》卷三，《十三經注疏》，第126～127頁。
〔註6〕《論語·八佾》：子曰：「夏禮吾能言之，杞不足徵也；殷禮吾能言之，宋不足徵也。文獻不足故也。足則吾能徵之矣。」（《論語注疏》卷三，《十三經注疏》，第2466頁。）
〔註7〕《禮記正義》卷五，《十三經注疏》，第1268頁。
〔註8〕《禮記正義》卷五，《十三經注疏》，第1268頁。
〔註9〕《漢書》卷二十五《郊祀志上》，第1193頁。

至上神「泰一」，確立了天神的一元化，並在甘泉立神壇廟疇以祀泰一；與天神祭祀相對，武帝又在汾陰建立后土祠，分祠地方五祇。這樣，郊祀之禮的基本格局就在武帝時形成了。郊祀制度之外，西漢的國家宗教制度還包括宗廟陵寢祭祀、封禪與明堂祭祀、日月星辰之祭、社稷山川之祭、雩祭，等等，名目繁多。

如前所述，國家祭祀制度在西漢的發展，主要體現在郊祀制度和廟祀制度的改革。經濟壓力和經生復禮雙方面的原因，使得對於宗廟陵寢祭祀制度的改革成為元帝時朝議的焦點。現存當時的廟議文章 16 篇，大多保存在《漢書·韋賢傳》中。郊祀制度在西漢後期的改革主要集中在成帝朝，朝臣議論的焦點主要在於是否改甘泉泰疇、汾陰后土之郊祀為長安南北郊，就此問題出現的爭執恰好折射出西漢後期學術風氣中「復周禮」與「言災異」這兩端。其郊議之文基本保存在《漢書·郊祀志下》中。與元帝時期的廟制改革一樣，成帝時的郊祀制度改革也經歷了多次反覆，哀平之世仍有變動。這種對祖宗祭祀制度頻頻改作、時立時罷的局面除了上文提及的經濟、復古等因素之外，很重要的一個原因就是西漢後期自然災害和天象異常帶來的災異說橫行，給君主的統治造成了一定的思想壓力，迫使其不斷調整施政手法和既定制度，同時也為讖緯依託經學興起於哀平之際，進而被王莽加以利用提供了思想基礎。

二、宗廟祭祀制度與西漢後期的廟議

宗廟祭祀是祖先崇拜意識的產物，宗祀祖先是國家祀典中的最高典禮，對於宗廟祭祀制度的變革，不僅涉及禮制思想，還觸及國家信仰。因而在西漢後期，尤其是元帝朝，宗廟祭祀制度作為朝議的一個重要議題，被反覆論說、改作。

《後漢書·祭祀志下》注引蔡邕之言：「漢承亡秦滅學之後，宗廟之制不用周禮。每帝即世，輒立一廟，不止於七，不列昭穆，不定迭毀。」〔註10〕帝王宗廟是親親與尊尊的綜合體，是血緣與政治兩大統系的綜合，涉及禮制建設的核心。西漢後期，元帝以降數十年間，儒學經生們陸續展開廟議，本著「稽古禮文」的態度，辨明禮制，確定適用於當世的宗廟祭祀制度。貢禹、

〔註10〕《後漢書》志第九《祭祀下》，第 3199 頁。

嚴彭祖、尹更始、韋玄成、匡衡、孔光、何武、彭宣、滿昌、左咸、王舜、劉歆等人都曾就這一問題發表議論。

元帝朝的廟議，大多見於《漢書・韋玄成傳》。元帝時，御史大夫貢禹以爲「郡國廟不應古禮，宜正定」〔註11〕，建議罷郡國廟，定漢宗廟迭毀之禮，首開西漢後期廟議之輿論趨勢。先秦禮制中沒有「郡國廟」，郡國廟始於漢高祖時，「太上皇帝崩……令諸侯王皆立太上皇廟於郡國」〔註12〕，惠帝即位後又因高祖舊例令諸侯王立高祖廟，並尊高祖廟爲太祖廟；其後景帝尊文帝廟爲太宗廟，其所巡幸郡國各立太祖、太宗廟。後宣帝又尊孝武廟爲太祖廟，行所巡守亦立廟。如此一來，六十八個郡國皆有祖宗廟，數量合計一百六十七所。而京師自高祖至宣帝，與太上皇、悼皇考各自居陵旁立廟，並爲一百七十六所。這些宗廟的日祭、月享、歲祠等活動耗費大量人力和物資，韋玄成等議罷郡國廟，一方面出於減省開支，例行節儉，更重要的是爲了將宗廟的祭祀特權收歸中央，在禮制文化層面建立中央的威權。這一改制的傾向在元帝詔書中，通過「遭時爲法，因事制宜」〔註13〕可見一斑，元帝又引《論語・八佾》中孔子之語：「吾不與祭，如不祭。」可見其罷郡國廟正是出於政權方面的考慮。由此韋玄成建言「《春秋》之義，父不祭於支庶之宅，君不祭於臣僕之家，王不祭於下土諸侯。臣等愚以爲宗廟在郡國，宜無修，臣請勿復修。」〔註14〕這裏突出的是宗法制度和王位繼承制度共同的核心原則——嫡長子繼承制及其作爲宗子而具備的執掌祭祀的特權。《禮記・喪服小記》所謂：「庶子不祭祖者，明其宗也。」〔註15〕在對祭祖制度的嚴格執行中，強化對於宗法的遵循和信仰。此議一出，即獲許可。

一個多月後，元帝又下詔：「蓋聞明王制禮，立親廟四，祖宗之廟，萬世不毀，所以明尊祖敬宗，著親親也。朕獲承祖宗之重，惟大禮未備，戰慄恐懼，不敢自顓，其與將軍、列侯、中二千石、二千石、諸大夫、博士議。」〔註16〕之後諸臣便就宗廟迭毀之禮進行了詳盡的議論。韋玄成等四十四人上書指出：

〔註11〕　《漢書》卷七十三《韋玄成傳》，第3116頁。
〔註12〕　《漢書》卷一《高帝紀下》，第67～68頁。
〔註13〕　《漢書》卷七十三《韋玄成傳》，第3116頁。
〔註14〕　《漢書》卷七十三《韋玄成傳》，第3117頁。
〔註15〕　《禮記正義》卷三十二，《十三經注疏》，第1495頁。
〔註16〕　《漢書》卷七十三《韋玄成傳》，第3118頁。

《禮》，王者始受命，諸侯始封之君，皆爲太祖。以下，五廟而迭毀，毀廟之主臧乎太祖，五年而再殷祭，言壹禘壹祫也。祫祭者，毀廟與未毀廟之主皆合食於太祖，父爲昭，子爲穆，孫復爲昭，古之正禮也。《祭義》曰：「王者禘其祖自出，以其祖配之，而立四廟。」言始受命而王，祭天以其祖配，而不爲立廟，親盡也。立親廟四，親親也。親盡而迭毀，親疏之殺，示有終也。周之所以七廟者，以后稷始封，文王、武王受命而王，是以三廟不毀，與親廟四而七。非有后稷始封，文、武受命之功者，皆當親盡而毀。成王成二聖之業，制禮作樂，功德茂盛，廟猶不世，以行爲諡而已。《禮》，廟在大門之內，不敢遠親也。臣愚以爲高帝受命定天下，宜爲帝者太祖之廟，世世不毀，承後屬盡者宜毀。今宗廟異處，昭穆不序，宜入就太祖廟而序昭穆如禮。太上皇、孝惠、孝文、孝景廟皆親盡宜毀，皇考廟親未盡，如故。〔註17〕

《禮記·王制》：「天子七廟，三昭三穆，與大祖之廟而七。」〔註18〕韋玄成這裏所說的五廟制，緊承元帝之詔。按照韋玄成所奏，廟制當定爲太祖廟加上二昭二穆四親廟，即漢高祖（太祖）、武帝（穆）、昭帝（昭）、皇考（穆）、宣帝（昭），但這裏的宗統與君統合一的規則只在太祖廟中得以體現，其他按照「親盡則迭毀」的原則，是可以撤除的；更何況，韋玄成按照宗法制度，將宣帝之父皇考（即史皇孫劉進，非繼位之君）也列入國家宗廟，這就等於將皇族的宗法地位凌駕於君主的政治地位，自然會遭到諫大夫尹更始等十八人的聯合反對，直指：「皇考廟上序於昭穆，非正禮，宜毀。」〔註19〕

一年後，元帝又下詔，依尊尊親親之禮，立高帝爲太祖、文帝爲太宗，令「世世承祀，傳之無窮」〔註20〕，這一詔令，在制度層面上是借鑒了前朝廟議的基本觀念。景帝時朝臣有議：「世功莫大於高皇帝，德莫盛於孝文皇帝。高皇帝廟宜爲帝者太祖之廟，孝文帝宜爲帝者太宗之廟。」〔註21〕此外詔書還指昭、宣「於義一體」，而孝景、皇考廟皆親盡可罷。此詔一下，玄成等奏曰：

〔註17〕《漢書》卷七十三《韋玄成傳》，第3118頁。

〔註18〕《禮記正義》卷十二，《十三經注疏》，第1335頁。

〔註19〕《漢書》卷七十三《韋玄成傳》，第3119頁。

〔註20〕《漢書》卷七十三《韋玄成傳》，第3120頁。

〔註21〕《漢書》卷五《景帝紀》，第138頁。

祖宗之廟世世不毀，繼祖以下，五廟而迭毀。今高皇帝爲太祖，
孝文皇帝爲太宗，孝景皇帝爲昭，孝武皇帝爲穆，孝昭皇帝與孝宣
皇帝俱爲昭。皇考廟親未盡。太上、孝惠廟皆親盡，宜毀。太上廟
主宜瘞園，孝惠皇帝爲穆，主遷於太祖廟，寢園皆無復修。〔註22〕

宣帝在位時，意欲「由武帝正統興」〔註23〕，曾詔議武帝廟樂、尊號，尊其
爲世宗廟。韋玄成等人將武帝列入五廟，確立其作爲理想君主而爲世代享祭
的廟主。這次廟議得到了元帝的採納。其後韋玄成又依古禮主張「孝文太后、
孝昭太后寢祠園宜如禮勿復修」〔註24〕，亦獲批准。元帝朝的廟議大致告一
段落。但幾年之後，韋玄成過世、匡衡爲宰相時，元帝患病臥床，夢見祖宗
譴責他罷郡國廟，加之其弟楚孝王也有此夢，便令匡衡主持重議廟制。於是
匡衡上禱辭，闡明元帝廟制的合理性「動作接神，必因古聖之經」，又指此前
立郡國廟是爲了「海內繫心」，如今六合皆附親，因而「廟宜一居京師，天子
親奉，郡國廟可止毋修」，此乃尊祖嚴親，合於古禮；且指出「祭祀之義以民
爲本」，在「歲數不登，百姓困乏」之時，應合《禮》義所謂「凶年則歲事不
舉」，不復郡國廟制。〔註25〕這就從古聖之經、尊親之義、現實人情角度全方
位地論證了罷毀郡國廟的合理合法性，使元帝雖恢復了被迭毀的京師宗廟，
但仍堅持廢郡國廟。呂思勉先生曾評價說：「祭祀之禮，秦漢間最無軌則。自
孝元以後，乃稍合乎義理矣。匡衡禱辭言：『祭祀之義，以民爲本，間者數歲
不登，百姓困乏，郡國廟無以修立』實最合民視民聽之義。典禮之漸昭軌物，
實惟玄成、衡等之功。故知有學術者之見地，究於流俗不同也。」〔註26〕值
得一提的是，匡衡禱辭文風雍容、言辭懇切、理據充分，篇末表示若高祖、
文帝、武帝責怪，自己願承擔後果，願其保祐元帝萬壽無疆云云。這很容易
令人聯想起周公金縢之禱，可見此番禱辭摹古之意昭然——不但從文辭上追
摹古風，從禮議上依循古禮，還從爲政之心上表明盡忠輔佐之誠。將經學融
會貫通作用於現實政治，匡衡可以說是一個很好的範例。

元帝駕崩之後，成帝因無子嗣，於河平元年恢復太上皇廟寢園和擅議先
帝宗廟的禁令，自此朝中未有廟議。哀帝即位之初，光祿勳彭宣、詹事滿昌、

〔註22〕《漢書》卷七十三《韋玄成傳》，第 3120 頁。

〔註23〕《漢書》卷二十五《郊祀志下》，第 1248 頁。

〔註24〕《漢書》卷七十三《韋玄成傳》，第 3121 頁。

〔註25〕《漢書》卷七十三《韋玄成傳》，第 3121 頁。

〔註26〕呂思勉《秦漢史》，上海：上海古籍出版社，1983 年，第 809 頁。

博士左咸等五十三人在哀帝的允許下，依照「親盡宜毀」的廟制原則，提議毀武帝宗廟。而劉歆、王舜則反對此議，並對於西漢後期的廟議進行了總結和完善。劉歆稱引《禮記》「天子三昭三穆，與太祖之廟而七」和《左傳》「名位不同，禮亦異數」的說法，主張七廟制，即立高祖（太祖）、文帝（太宗）、武帝（世宗）、昭帝（昭）、皇考（穆）、宣帝（昭）、元帝（穆）、成帝（昭）七廟。他還主張禮有變數，廟制中宗的地位應依政績功德而確立，且反對毀廟，指出：「聖人於其祖，出於情矣，禮無所不順，故無毀廟。自貢禹建迭毀之議，惠、景及太上寢園廢而為虛，失禮意矣。」〔註27〕劉歆此論，無論是出於禮義之正，還是宗親之情，都是可以理解的。但這一點在哀帝朝仍然還是存在異議的，如《漢書·龔勝傳》記載，朝議是否恢復孝惠、孝景之宗廟，議者大多持贊同態度，龔勝則曰：「當如禮」，即應依照「親盡宜毀」的原則，罷毀二帝之廟。夏侯常反駁說：「禮有變」，龔勝疾言曰「去！是時之變。」〔註28〕龔勝此言，表現出對於古禮的崇奉，指出雖然時勢變化，但古禮卻為千古不變的永恒真理，這當是復古思想的極端表述了。這是西漢末年禮制思想走向全面復古以致盲目泥古的前奏。

「議」之為體，據《文心雕龍·議對》：「周爰咨謀，是謂為議；議之言宜，審事宜也。易之節卦，君子以制度數，議德行。周書曰，議事以制，政乃弗迷。議貴節制，經典之體也。」〔註29〕元帝以來的廟議，在嚴格等級、辨別親疏、確立制度方面獲得了顯著成效。在議制過程中，總的思想傾向是復古，但其內在理路卻表現為不同的維度：或如貢禹、匡衡、韋玄成、劉歆等人，其復古論調不過是立足現實政治，借經學權威話語為革新主張製造理據，名曰循禮復古，實為除弊革新；或則泥於古制，抱殘守缺，不知時變。以前一種理路發展下去，就是東漢初年光武政治中的禮制建設局面；可惜西漢末年的制度改革還是逸出現實而執著於稽古、摹古、倣古，走了偏鋒，最終造成了兩漢之際制禮作樂文過其實的尷尬。而西漢後期儒士在復古與革新之間的搖擺，也反映了當時在古禮和時政之間求得平衡是時儒普遍面臨的一個難題。

〔註27〕《漢書》卷七十三《韋玄成傳》，第 3129 頁。
〔註28〕《漢書》卷七十二《龔勝傳》，第 3082 頁。
〔註29〕《文心雕龍注》卷五，第 437 頁。

三、郊祀制度與西漢後期的郊議

祭祀天地是國家禮制的重要內容，郊祀之禮，在殷墟及周原的卜辭中已有記載。〔註30〕《禮記·禮運》載孔子曰：

> 夫禮，先王以承天之道，以治人之情，故失之者死，得之者生。《詩》曰：「相鼠有體，人而無禮。人而無禮，胡不遄死。」是故夫禮，必本於天，殽於地，列於鬼神，達於喪、祭、射、御、冠、昏、朝、聘。故聖人以禮示之，故天下國家可得而正也。〔註31〕

可見祭祀天地鬼神在政治生活中的特殊意義。關於郊祀，《史記·封禪書》載漢文帝時禮臣之言：「古者天子夏親郊，祀上帝於郊，故曰郊。」〔註32〕也就是說，天子於郊外祭天之禮，稱爲「郊」。西漢中後期以來，郊祀制度發展到武帝時期，形成了甘泉太一、汾陰后土每三年由皇帝親自郊祀一次的慣例。昭帝因年輕，未嘗親自參與郊祀。宣帝神爵元年（前61）始幸甘泉，郊泰畤；三月，幸河東，祠后土，恢復了郊祀之制。「元帝即位，遵舊儀，間歲正月，一幸甘泉郊泰畤，又東至河東祠后土，西至雍祠五畤。凡五奉泰畤、后土之祠。」〔註33〕郊祀制度的重大改革，實始於成帝朝。

成帝即位之初，丞相匡衡、御史大夫張譚就上書曰：

> 帝王之事莫大乎承天之序，承天之序莫重於郊祀，故聖王盡心極慮以建其制。祭天於南郊，就陽之義也，瘞地於北郊，即陰之象也。天之於天子也，因其所都而各饗焉。往者，孝武皇帝居甘泉宮，即於雲陽立泰畤，祭於宮南。今行常幸長安，郊見皇天反北之泰陰，祠后土反東之少陽，事與古制殊。又至雲陽，行溪谷中，阸陝且百里，汾陰則渡大川，有風波舟楫之危，皆非聖主所宜數乘，郡縣治道共張，吏民困苦，百官煩費。勞所保之民，行危險之地，難以奉神靈而祈福祐，殆未合於承天子民之意。昔者周文武郊於豐鎬，成王郊於雒邑。由此觀之，天隨王者所居而饗之，可見也。甘泉泰畤、河東后土之祠宜可徙置長安，合於古帝王。願與群臣議定。〔註34〕

〔註30〕 李學勤《釋「郊」》，中華書局編輯部《文史》第三十六輯，北京：中華書局，1992年。

〔註31〕 《禮記正義》卷二十一，《十三經注疏》，第1415頁。

〔註32〕 《史記》卷二十八《封禪書》，第1381頁。

〔註33〕 《漢書》卷二十五《郊祀志下》，第1253頁。

〔註34〕 《漢書》卷二十五《郊祀志下》，第1254頁。

這裏，匡衡、張譚上書請徙祀長安南北郊，奏疏先言郊祀之重要性，以引起成帝重視。再列舉其理由：一、祭於南北郊可與天地陰陽相配，而郊祀於甘泉、河東不合古制。二、雲陽、汾陰道阻且長，既不安全又勞民傷財。三、周初賢君都曾祀於城郊，有例可循。篇末重申論點，表達期許。面對這樣一份條理清晰、理據充分、符合實際的奏疏，成帝很快就准許了。此議雖然一度遭到大司馬車騎將軍許嘉等八人的反對，但隨即就有右將軍王商、博士師丹、議郎翟方進等五十人的支持，後者在奏疏中引用《禮記》和《尚書》中的句子，論證徙祀南北郊的合理性，進而指出：「天地以王者爲主，故聖王制祭天地之禮必於國郊。長安，聖主之居，皇天所觀視也。甘泉、河東之祠非神靈所饗，宜徙就正陽大陰之處。違俗復古，循聖製，定天位，如禮便。」〔註35〕匡衡又進一步引《周書》之《洪範》、《泰誓》以及《詩經》中的句子強調其論點，並指出五十八人參與郊議，五十人「言當徙之義，皆著於經傳，同於上世，便於吏民；八人不案經藝，考古制，而以爲不宜，無法之議，難以定吉凶。」〔註36〕由此可見，西漢後期，隨著儒學獨尊地位的突顯，經學文本作爲儒者的必備修養，也便具有了一定的神聖性和絕對的權威性，甚至從學術話語，升格爲政治權威話語。

匡衡後又本著稽古禮文、尚質崇儉的原則，建議成帝廢除武帝時所興的甘泉泰畤紫壇，以及漢初承襲下來的秦之雍地郊祀，並免除郊祀禮儀中一切不合古禮的繁縟文飾，這些都被成帝全數採納。建始二年（前 31）成帝始祀南郊，標誌著醇儒倡議的、以周禮精神爲基本原則的祭天儀式初步確立。但第二年，隨著匡衡因事免官爵，其先前的主張也受到了質疑。這其中以劉向的觀點最具代表性：

> 家人尚不欲絕種祠，況於國之神寶舊畤！且甘泉、汾陰及雍五畤始立，皆有神祇感應，然後營之，非苟而已也。武、宣之世，奉此三神，禮敬敕備，神光尤著。祖宗所立神祇舊位，誠未易動。及陳寶祠，自秦文公至今七百餘歲矣，漢興世世常來，光色赤黃，長四五丈，直祠而息，音聲砰隱，野雞皆雊。每見雍太祝祠以太牢，遣候者乘一乘傳馳詣行在所，以爲福祥。高祖時五來，文帝二十六來，武帝七十五來，宣帝二十五來，初元元年以來亦二十來，此陽氣舊祠也。及漢宗

〔註35〕《漢書》卷二十五《郊祀志下》，第 1254 頁。
〔註36〕《漢書》卷二十五《郊祀志下》，第 1255 頁。

廟之禮，不得擅議，皆祖宗之君與賢臣所共定。古今異制，經無明文，

至尊至重，難以疑說正也。前始納貢禹之議，後人相因，多所動搖。

《易大傳》曰：「誣神者殃及三世。」恐其咎不獨止禹等。〔註37〕

從言辭上看來，劉向之奏議並未正面反擊匡衡的理據——前者之論看似嚴密周詳，既合古禮又應國情，並無明顯疏漏；於是，劉向以宗親身份另設視角，立新論以駁之。他在奏疏中提及秦文至漢室祭祀歷史中的神異現象，暗示舊疇的神聖性和靈異感應，「初罷甘泉泰畤作南郊日，大風壞甘泉竹宮，折拔畤中樹木十圍以上百餘」〔註38〕，劉向言之鑿鑿，加之成帝久無子嗣，種種心理暗示之下，劉向之論聽來頗可採信。劉向雖然指出「古今異制，經無明文」來批評匡衡、貢禹之論，而自己又忍不住引古制、稱經文，側面反映了西漢後期的所謂「復古」，大都爲了「證今」，眞正的制度復古，往往會因爲不切實際而很快被廢除。

匡衡和劉向關於郊祀制度的議論，恰好代表西漢後期學術風氣和政論主題的兩大路向，即禮制和災異。對比二人之奏議，匡衡立足於周禮，議論郊祀之禮並強調天道的意義；劉向則前引災異，後以古今異制爲由，反對泥古。表面看來，劉向之議未免牽強。實際上劉向所反對的，是以匡衡爲代表的全面復古的醇儒政治理想。如匡衡在第三次上疏中提及「今既稽古，建定天地之大禮，郊見上帝，青赤白黃黑五方之帝皆畢陳，各有位饌，祭祀備具。」〔註39〕郊祀五方之帝的傳統來自秦制〔註40〕，秦始皇時郊祀青、黃、赤、白四帝，漢高祖聽聞天有五帝，「北畤待我而起」〔註41〕「乃立黑帝祠，命曰北畤」〔註

〔註37〕《漢書》卷二十五《郊祀志下》，第1258～1259頁。

〔註38〕《漢書》卷二十五《郊祀志下》，第1258頁。

〔註39〕《漢書》卷二十五《郊祀志下》，第1257頁。

〔註40〕秦祀四帝有其政治背景和歷史淵源，《史記・封禪書》載：「秦襄公既侯，居西垂，自以爲主少皞之神，作西畤，祠白帝。……（秦文公）作鄜畤，用三牲郊祭白帝焉。……（秦德公）都雍，雍之諸祠自此興。……秦宣公作密畤於渭南，祭青帝。……秦靈公作吳陽上畤，祭黃帝；作下畤，祭炎帝。」徐旭生在《中國古史的傳說時代》一書中，從秦人族屬源流的角度指出秦祀四帝實出於宗教和政治的原因：秦人是遷居西方的夷族後裔，白帝是秦人的祖先少皞，青帝是和秦人族源有密切關聯的東方明神太皞；立祠炎、黃二帝，則是隨著秦人霸業的展開，爲綏懷民眾而採取的措施。（北京：文物出版社，1985年，第204～208頁。）

〔註41〕《史記》卷二十六《曆書》，第1260頁。

〔註42〕《史記》卷二十八《封禪書》，第1378頁。

42）文帝十五年，「天子始幸雍，郊見五帝，以孟夏四月答禮焉。」〔註 43〕武帝時改郊祀五方之帝為郊祀太一神，則將祭天禮儀中的至上神歸於一統，意味著對於中央集權的強化，是與封建制度下王權大一統思想相副的文化信仰。匡衡恢復郊五方之帝，罷甘泉泰疇、汾陰后土、五雍（鄜、密、上下疇及北疇）的禮議，顯然並不符合西漢後期業已確立的國家制度觀念，因而成帝對此郊祀顧慮頗多，加之災異、無嗣等因素更銳化了君主的神經，劉向之言自然說中成帝心事，從而對於郊禮罷作之事「上意恨之」〔註 44〕。果然劉向此言之後「天子復親郊禮如前。」〔註 45〕

成帝末年好鬼神，祭祀所費頗多，谷永上疏建言成帝勿信鬼神，罷祭雜祠，並引經說：「經曰：『享多儀，儀不及物，惟曰不享。』《論語》說曰：『子不語怪神。』」〔註 46〕這是對匡衡之尚質從儉原則的聲援，稱引《論語》既有勸諫成帝的意思，也是對劉向之論表示反對，成帝表示認同。後外戚大司馬王商輔政時，杜鄴又以復古之論重議復長安南北郊，其立論理據實與匡衡趨同。數年後，成帝崩，皇太后王政君詔令「復南、北郊長安如故」〔註 47〕哀帝時又「復甘泉泰畤、汾陰后土祠如故。」〔註 48〕

平帝元始五年（公元 5），大司馬王莽上奏引孔子言「人之行莫大於孝，孝莫大於嚴父，嚴父莫大於配天。」〔註 49〕並引《禮記》與《春秋穀梁傳》，總結西漢郊祀之制，遂復長安南北郊如故。其後又博引五經提出祭禮改革議案。此時距王莽代漢不到一年，可以視為其復古改制的舉措之一，我們將在後面的章節予以討論。

通觀西漢後期的郊議，頻繁改作，但無非兩端：祀於長安南北郊，既有經濟因素的考慮，也有復古的意圖，反映了醇儒以周禮王道思想改制和美政的願望；郊祀甘泉太一、汾陰后土、雍五疇，則是武帝以來中央集權的大一統政治制度的體現，是強權政治的象徵。而朝臣對於郊祀制度的論議，也徘徊於復古和革新兩端，最終定祀於長安南北郊，正體現了西漢後期統治思想中從周、復古的一面處於上風。可見，王莽改制的思想基礎實蘊蓄已久。

〔註 43〕　《史記》卷十《孝文本紀》，第 430 頁。

〔註 44〕　《漢書》卷二十五《郊祀志下》，第 1259 頁。

〔註 45〕　《漢書》卷二十五《郊祀志下》，第 1259 頁。

〔註 46〕　《漢書》卷二十五《郊祀志下》，第 1261 頁。

〔註 47〕　《漢書》卷二十五《郊祀志下》，第 1263 頁。

〔註 48〕　《漢書》卷二十五《郊祀志下》，第 1264 頁。

〔註 49〕　《漢書》卷二十五《郊祀志下》，第 1264 頁。

第二節　博士制度與西漢後期文士依經論政

　　西漢後期的文章，大多出自熟習儒家經典的經生和文官之手。「自武帝立五經博士，開弟子員，設科射策，勸以官祿，迄於元始，百有餘年，傳業者寖盛，支葉蕃滋，一經說至百餘萬言，大師眾至千餘人，蓋祿利之路然也。」〔註50〕這裏描述的是從武帝朝到平帝朝百餘年間，因上層統治者的力倡，輔之以官祿的勸誘，經學風氣大盛的局面。其中提及的「射策」便是漢代重要的選官途徑之一。漢廷選官有察舉、徵辟、任子、納貲、軍功、上書、方技等諸多方式，而對於絕大多數朝中無人、出身清寒、沒有祖蔭的士子來說，入仕的最大希望還是通過考試。漢代的考試分爲對策和射策兩種，其中射策多用於考試博士弟子，應試時從考官密封好的簡策中抽取其一作答，答題時往往依經立義探討關於治國理政的問題。考後根據成績的優劣分爲三等，依次授官「高爲尙書，次爲刺史，其不通政事以久次補諸侯太傅」〔註51〕，稱博士三科。此外，課試博士弟子也通過射策，內容爲儒家經典，通曉一經以上的，可補文學掌故；名次較高的可做郎官，由太常將其列名上奏。如此看來，漢代自武帝以降經學盛行，直至「天下之學士靡然鄉風矣。」〔註52〕也就不奇怪了。通經致用的社會習尙一旦形成，對漢代文人個體性格的形成產生了深刻的影響。一方面，「蔡義、韋賢、玄成、匡衡、張禹、翟方進、孔光、平當、馬宮及當子晏，咸以儒宗居宰相位，服儒衣冠，傳先王語，其醞藉可也，然皆持祿保位，被阿諛之譏。」〔註53〕經學的空疏浮泛和經生的尸位素餐成爲時代的尷尬；另一方面，被王充稱爲「文儒」的一部分儒生，從儒家正統禮教觀念出發，通過疏奏表達政見，承當「載道」的文化使命。這一時期的政論散文因而空前發達。

一、博士制度在西漢後期的發展

　　博士制度始於戰國。〔註54〕秦朝因以爲制，漢承秦制，亦置博士。《漢書·百官公卿表》曰：

〔註50〕《漢書》卷八十八《儒林傳贊》，第 3620 頁。
〔註51〕《漢書》卷八十一《匡張孔馬傳》，第 3353 頁。
〔註52〕《漢書》卷八十八《儒林傳》，第 3593 頁。
〔註53〕《漢書》卷八十一《匡張孔馬傳贊》，第 3366 頁。
〔註54〕王國維《漢魏博士考》，《觀堂集林》（外二篇），石家莊：河北教育出版社，2001 年，第 84～143 頁。

博士，秦官，掌通古今，秩比六百石，員多至數十人。武帝建
元五年初置《五經》博士，宣帝黃龍元年稍增員十二人。元帝永光
元年分諸陵邑屬三輔。王莽改太常曰秩宗。〔註55〕

漢高祖二年（前 205）拜叔孫通爲博士，其後孔襄「嘗爲孝惠皇帝博士」〔註
56〕。「孝文皇帝始置一經博士。」〔註57〕武帝建元五年（前 136）春，從公孫
弘議，立博士弟子，並置五經博士。此前，「言《易》自淄川田生；言《書》
自濟南伏生；言《詩》，於魯則申培公，於齊則轅固生，燕則韓太傅；言《禮》，
則魯高堂生；言《春秋》，於齊則胡毋生，於趙則董仲舒。」〔註58〕可見，儒
學在西漢有著較好的學術基礎，而後武帝所立五經，全然爲儒家經典，更從
制度上確立了儒學作爲官方學術的超然地位，儒學成爲「官學」，自此以「經
學」面貌在漢代學術和思想史上發揮著至關重要的作用。昭宣以後，博士制
度和經學迅速發展，主要表現在博士弟子員數量上的增加，以及經學博士的
增立（詳見本文首章首節）。尤其值得注意的是，甘露三年（前 51），宣帝親
臨石渠閣，召諸儒講論五經異同，議論的結果是各家學說不能歸一，於是一
經分數家，各立博士〔註 59〕，這就成爲西漢後期博士分經、分家而言師法的
緣起。〔註 60〕經學重視師法、家法的傳統，形成了經學之附會風習，是西漢
中後期復古摹擬文風盛行的思想基礎。

如前（本文首章首節）所述，元帝以後歷任帝王都具有很好的經學修養，
鼓勵以明經仕進，並任名儒爲相，形成了西漢後期以來的醇儒政治。成帝時

〔註55〕《漢書》卷十九《百官公卿表上》，第 726 頁。
〔註56〕《史記》卷四十七《孔子世家》，第 1947 頁。
〔註57〕《後漢書》卷四十八《翟酺傳》，第 1606 頁。
〔註58〕《漢書》卷八十八《儒林傳》，第 3593 頁。
〔註59〕據王國維《漢魏博士考》宣帝末五經十二博士：「宣帝增置博士事，《紀》、《表》、
　　　《志》、《傳》（指《漢書》之《宣帝紀》、《百官公卿表》、《藝文志》、《劉歆傳》
　　　和《儒林傳》──本文作者注）所紀互異。……今參伍考之，則宣帝末所有
　　　博士《易》則施、孟、梁邱，《書》則歐陽、大小夏侯，《詩》則齊、魯、韓，
　　　《禮》則后氏，《春秋》公羊、穀梁，適得十二人。……（《儒林傳》）贊又數
　　　《大小戴禮》，《藝文志》並數《慶氏禮》，則又因後漢所立而誤也。」（《觀堂
　　　集林》（外二篇），第 88～89 頁。）可見，西漢宣帝石渠閣議之後，除《禮》
　　　之外，四經博士皆分家法。而《禮》學大家后倉之弟子戴德、戴聖、慶普學
　　　《禮》各有所成，形成《大戴禮》、《小戴禮》和《慶氏禮》，雖於東漢方立爲
　　　學官，但宣帝時已然各成一家。
〔註60〕錢穆《秦漢史》，第 223～228 頁。

曾設察舉制度之博士特科。陽朔二年（前 23）九月，成帝因「奉使者不稱」，而下詔延攬人才，其詔曰：「古之立太學，將以傳先王之業，流化於天下也。儒林之官，四海淵原，宜皆明於古今，溫故知新，通達國體，故謂之博士。否則學者無述焉，爲下所輕，非所以尊道德也。『工欲善其事，必先利其器。』丞相、御史其與中二千石、二千石雜舉可充博士位者，使卓然可觀。」〔註61〕成帝有感於朝廷之人才缺失，令公卿大臣薦舉經學博士輔政，由此可見官方人才制度及標準。博士受重視的原因，固然與儒家傳道化民的傳統使命對於政治的補益有關，更重要的是，博士及其所依傍的經學學說，可備君主顧問，爲其統治提供合法理據。博士以經學立身，而經學中以禮學爲最尊。西漢後期朝廷議事，尤其是議禮，往往詔博士與議：

> （元帝）永光四年，乃下詔先議罷郡國廟，曰：「其與將軍、列侯、中二千石、二千石、諸大夫、博士、議郎議。」〔註62〕

> 成帝初即位，丞相衡、御史大夫譚奏言：「……甘泉泰畤、河東后土之祠宜可徙置長安，合於古帝王。願與群臣議定。」奏可。……右將軍王商、博士師丹、議郎翟方進等五十人以爲……〔註63〕

> 哀帝初即位……（薛況）令（楊）明遮斫申咸宮門外……事下有司，御史中丞眾等奏……廷尉直以爲……上以問公卿議臣。丞相孔光、大司空師丹以中丞議是，自將軍以下至博士議郎皆是廷尉。〔註64〕

> 平帝元始五年，大司馬王莽奏言：「……臣謹與太師孔光、長樂少府平晏、大司農左咸、中壘校尉劉歆、大中大夫朱陽、博士薛順、議郎國由等六十七人議，皆曰宜如建始時丞相衡等議，復長安南北郊如故。」〔註65〕

由此可見，元成哀平四朝都有博士參與議政的情況，其論議之內容既包括禮制也包括法制，多爲重大話題。而國家每逢決策關頭，都聽取博士的建議，正在於以經學立身的博士，他所掌握的經學文化是一種契於天道、得自聖哲的神聖話語系統，博士便因此擁有一種話語霸權，並藉此爲君主的政統提供

〔註61〕《漢書》卷十《成帝紀》，第 313 頁。
〔註62〕《漢書》卷七十三《韋玄成傳》，第 3116～3117 頁。
〔註63〕《漢書》卷二十五《郊祀志下》，第 1253～1254 頁。
〔註64〕《漢書》卷八十三《薛宣傳》，第 3394～3396 頁。
〔註65〕《漢書》卷二十五《郊祀志下》，第 1264～1265 頁。

合法依據。西漢後期，是中國歷史上自然災害頗為嚴重的一個時期，對於國家經濟的和君主威信都是不小的考驗和打擊，災異之論、讖緯之說的風行都依傍於經學，間接反映了國家政權對於經學意識形態的依賴，這也是西漢後期博士員一再增長，經學一再增立的重要原因。

關於博士在西漢後期政治生活中的作用，以王國維先生在《漢魏博士考》中的論證最為詳盡清晰，今陳其論點如下：

> 漢博士秩卑而職尊，除教授弟子外，或奉使，或議政，中興以後，此制漸廢，專議典禮而已。博士秩，漢初四百石，宣帝後為比六百石。……博士任用，或徵召，或薦舉，或選試，或以賢良、文學、明經諸科進，或由他官遷，博士或遷給事中。其遷擢也，於內則遷中二千石、二千石，或遷千石及八百石，於外則為郡國守相。或為諸侯王太傅，或為部刺史州牧，或為縣令，蓋清要之官，非同秩之文吏比矣。〔註66〕

這段文字揭示了博士在西漢政治生活中發揮的巨大作用；指出了光武之後，博士議政權限的縮小；宣帝以後官秩的增加則體現了西漢中後期博士地位的提高；博士舉薦途徑頗廣，任職範圍也不限於中都官和外朝官，職任大多「清要」——官秩不可謂高，然職責不可謂輕，這倒與原始儒家在人們心中「安貧樂道」、「教民化俗」之傳統印象較為契合。

二、博士制度與西漢後期文士的經學修養

博士制度引發的經學熱潮在西漢後期至為明顯。大體來說，元成哀平四朝，沿襲金馬、石渠舊事，經學思潮愈熾，文學對政治和經學的依附更甚，「文章與政通，而風俗以文移。」〔註67〕與政治緊密聯繫的章句之學興起，表現在政論文中，就是大量稱引經書以助其論，形成了思想上的「復古」。

西漢後期，以明經為博士，繼而從政並留下政論散文者，據本文作者統計（見文末附表），有貢禹、翼奉、朱雲、師丹、平當、翟方進、許商、申咸、彭宣等人，其中貢禹、平當、翟方進、許商、彭宣更列位公卿，〔註68〕是博

〔註66〕王國維《觀堂集林》，石家莊：河北教育出版社，2001年，第97～105頁。

〔註67〕〔唐〕裴延翰《樊川文集序》，〔唐〕杜牧《樊川文集》，上海：上海古籍出版社，1978年，第1頁。

〔註68〕據《漢書》本傳，貢禹官至御史大夫，平當歷任光祿勳、御史大夫、丞相，翟方進曾任御史大夫、丞相，許商官至光祿勳，彭宣曾任光祿勳、御史大夫。

士以明經入仕，進而致位卿相之典範。此外，西漢後期未任博士官，而以明經著稱、并留有政論散文者，據本文作者統計（見附表），有王駿（經明行修）、韋玄成（以明經歷位至宰相）、匡衡（明經，射策甲科）、劉向（明經達學）、何武（治《易》，射策甲科）、諸葛豐（以明經爲郡文學）、王嘉（明經射策甲科）、孫寶（以明經爲郡吏）、翟宣（明經篤行）、解光（以明經通災異得幸）。此外，未有文章傳世，而以明經聞名當世者，還有眭弘（以明經爲議郎）、匡咸（明經）和房鳳（明經通達）〔註69〕。

　　文士經學修養普遍較高，出現了一些「通儒」〔註70〕，如宣帝時王吉「兼通《五經》，能爲騶氏《春秋》，以《詩》、《論語》教授，好梁丘賀說《易》，令子駿受焉。」〔註71〕這在西漢後期並非個別，班固指出：「自孔子後，綴文之士眾矣，唯孟軻、孫況、董仲舒、劉向、揚雄。此數公者，皆博物洽聞，通達古今，其言有補於世。」〔註72〕劉向、揚雄之外，劉歆「受詔與父向領校秘書，講六藝傳記，諸子、詩賦、數術、方技，無所不究。」〔註73〕也堪稱通儒。西漢後期，家法、師法逐漸嚴格，經生大多專通一經，嚴守學派門第；一般文士反倒受經學風氣影響而熱衷經義但又不拘於家法、師法，故而多有博學於諸經者。

　　文士學經的熱情自武帝立公孫弘爲相時，即已點燃。此後歷任君主均調整政策，對於經生「勸以利祿」，通經致用便成爲一條人生捷徑。因而夏侯勝說：「士病不明經術；經術苟明，其取青紫如俛拾地芥耳。學經不明，不如歸耕。」〔註74〕其中「青」、「紫」各有所指：「漢制，丞相太尉皆金印紫綬，御史大夫銀印青綬，此三府官之極崇者。士通經術，爲三公如俯拾地芥，此乃漢宣以後儒術日隆之象，其前固不爾。」〔註75〕具備較好的經學修養是開啓權力之門的鑰匙。

　　儒學中固有的六藝教化思想、制禮作樂觀念、事功精神、治世理想以及

〔註69〕括號中所注，皆自《漢書》本傳。
〔註70〕《後漢書》卷二十七《宣張二王杜郭吳承鄭趙列傳》注引應劭《風俗通》曰：「儒者，區也，言其區別古今，居則玩聖哲之詞，動則行典籍之道，稽先王之制，立當時之事，此通儒也。」
〔註71〕《漢書》卷七十二《王吉傳》，第3066頁。
〔註72〕《漢書》卷三十六《楚元王傳贊》，第1972頁。
〔註73〕《漢書》卷三十六《劉歆傳》，第1967頁。
〔註74〕《漢書》卷七十五《夏侯勝傳》，第3159頁。
〔註75〕錢穆《秦漢史》，第232頁。

諷諫意識，在西漢後期經學盛行的學術背景下，得以延續並發揚光大，西漢後期的奏疏一類政論散文在數量上較之前代大大增加，內容多切中時弊，議論剴切，對於國家大政方針、對外政策、經濟民生等實際問題都投注了關切的目光，並建言除弊，難能可貴。事實上，很多文士在西漢博士制度與經學風潮的影響下，憑藉經學步入仕途，又從經學中尋求立論依據，為個人觀點增強權威性和說服力，也是當時一般懷有濟世抱負之文士的人生軌迹。

徐復觀先生指出，宣帝以後一般知識分子的活動，主要表現為儒生的奏議：「在這些奏議中，氣象博大剛正，為人民做了沉痛的呼號，對弊政作了深切的抨擊，這都是由經學教養中所鼓鑄而出，為以後各朝代所難企及。此正說明經學的意義，已由社會的層面升到政治的局面。……沒有經學，便不能出現這些擲地有聲的奏議。」〔註76〕此論擯除了對於經學的偏見，肯定了經學的現實意義，指出了經學對於西漢中後期儒生奏議的正面影響。經學之於文學的積極意義，實不容忽視。

三、西漢後期依經論政風氣的形成

西漢後期博士制度帶來學風上的轉變，擴大了經學的社會影響力，使其在文人士子中廣泛傳習，從而使經學成為必備修養，並進一步影響到文士的致思方式、價值觀念和文學風格，這是西漢後期學風作用於文風產生的必然結果。

西漢後期，依經論政自上而下形成一種風氣，博士學官的增立和明經選士的常規化，都是這一文風形成的制度原因。這在決策層面，均可歸結為君主的提倡和躬行。稍加留意，不難發現，西漢後期皇帝詔令中，稱引經文，幾乎成了一種模式。現根據《漢書》本紀，將元、成、哀帝時詔令中的引經情況統計於下：

元帝五次：

建元元年四月詔書引《尚書》：「股肱良哉，庶事康哉！」

初元五年四月詔書引《詩經》：「凡民有喪，匍匐救之。」

永光四年六月詔書引《詩經》：「今此下民，亦孔之哀！」

永光四年九月詔書引《詩經》：「民亦勞止，汔可小康，惠此中國，以綏四方。」

〔註76〕徐復觀《博士性格的演變與西漢的經學思想》，《徐復觀文集》第二卷，武漢：湖北人民出版社，2004年，第250頁。

建昭五年三月詔書引《論語》：「百姓有過，在予一人。」

成帝六次：

建始元年二月詔書引《尚書》：「惟先假王正厥事。」

河平元年四月詔書引《禮記》：「男教不修，陽事不得，則日爲之蝕。」〔註77〕

陽朔二年春詔書引《尚書》：「黎民於蕃時雍。」

陽朔四年正月詔書引《尚書》：「服田力嗇，乃亦有秋。」

嘉鴻元年二月詔書引《尚書》：「即我御事，罔克耆壽，咎在厥躬。」

永始四年六月詔書引《詩經》：「赫赫師尹，民具爾瞻。」

哀帝三次：

綏和二年五月詔書引《春秋》：「母以子貴」。

建平二年六月詔書先引《詩經》：「穀則異室，死則同穴。」又引《論語》：「郁郁乎文哉！吾從周。」

西漢後期皇帝所受的經學教育，在其詔書中得以明確體現。在此各舉一例，簡析其經文稱引的特點：

> （初元五年）夏四月，有星孛於參。詔曰：「朕之不逮，序位不明，眾僚久曠，未得其人。元元失望，上感皇天，陰陽爲變，咎流萬民，朕甚懼之。乃者關東連遭災害，飢寒疾疫，夭不終命。《詩》不云乎？『凡民有喪，匍匐救之。』其令太官毋日殺，所具各減半。……」〔註78〕

> （永始四年六月）詔曰：「聖王明禮制以序尊卑，異車服以章有德，雖有其財，而無其尊，不得逾制，故民興行，上義而下利。方今世俗奢僭罔極，靡有厭足。公卿列侯親屬近臣，……或乃奢侈逸豫……吏民慕傚，寖以成俗，而欲望百姓儉節，家給人足，豈不難哉！《詩》不云乎？『赫赫師尹，民具爾瞻。』其申敕有司，以漸禁之。……」〔註79〕

> （建平二年）六月庚申，帝太后丁氏崩。上曰：「朕聞夫婦一體。《詩》云：『穀則異室，死則同穴。』昔季武子成寢，杜氏之殯在西

〔註77〕　《禮記‧昏義》原文：「男教不修，陽事不得，適見於天，日爲之食。」（《禮記正義》卷六十一，《十三經注疏》第 1682 頁）成帝稱引時字句稍有不同。

〔註78〕　《漢書》卷九《元帝紀》，第 285 頁。

〔註79〕　《漢書》卷十《成帝紀》，第 324～325 頁。

－73－

階下，請合葬而許之。附葬之禮，自周興焉。『郁郁乎文哉！吾從周。』孝子事亡如事存。帝太后宜起陵恭皇之園。」〔註80〕

以上三則，分別是元帝、成帝、哀帝的詔書，均含對於《詩經》相關詩句的稱引。元帝因為異常星象，而下詔罪己，並對生民受災表示撫恤，其引《詩》表達了拯民於災害的意願。成帝詔令尚禮崇儉，針對上層社會的奢靡之風，引《詩》強調了統治階級的示範作用，令其改正。哀帝引詩證明合葬之禮淵源有自，並引孔子「從周」之言，表明復古禮制的用意。從這幾則詔書中，我們可以看到：第一，其中的經文並非必不可少，即便去除，也不影響詔令的完整性以及受詔者對於詔令的理解，但不可否認的是，稱引經文使得詔令具備了典雅的風格，增添了修辭美感。第二，詔令中經文的引用，功能在於承上啓下，即上承制詔的原因或背景，下接具體的規定或命令，承轉之間，令文勢過渡自然。第三，引經恰切，能與所施政令完美融合，並使詔令於強制命令之外，增添了些許人情味。第四，或許也是最重要的──對於經文的稱引為詔令平添一股權威力量，使詔令具有一種不可置疑的神聖性和莊嚴感。凡此種種，都與西漢後期行王道、崇禮樂的政治理念是相合的。

上行則下效，在君主的制度鼓勵和行文示範下，西漢後期文士論政也往往稱引經文，以助議論。

匡衡在宣帝時曾考取射策甲科，以精習經學、善於說《詩》而聞名當世。宣帝不甚用儒，匡衡初起未獲重用，但時為太子的劉奭見到匡衡的對策後卻「私善之」，這成為他在元帝朝漸獲重用的前奏。匡衡論政好言天人之際、陰陽之變、聖王之禮，善於發揮《詩》義建言時政，其《上書言政治得失》強調以禮讓治國，他考《國風》而指出「治天下者審所上而已」〔註81〕，由此出發主張舉賢尚禮。又因當時日蝕、地震之變說明天人感應之理，復以儒家之禮、「六藝」之意加以勸諫，以期「大化可成，禮樂可興」。匡衡論政以經術為文，通篇經義，言必稱《詩》，在他其他的政論文中，《尚書》、《易》、《春秋》、《禮記》也常被稱引以佐其論。如短短百餘言的《以孔子世為殷後議》，前稱《春秋》之義，後引《禮記》中孔子之言，以尊先王、通三統為立論之基，議立孔子世為商湯之後。

匡衡以經義附會政治，在西漢後期並非個案，韋玄成之廟議、平當《上

〔註80〕《漢書》卷十一《哀帝紀》，第339頁。
〔註81〕《漢書》卷八十一《匡衡傳》，第3335頁。

書請復太上皇寢廟園》、孔光《奏罷減樂人員》皆議禮引經、託以古制，而匡、
韋、平、孔四人皆以儒宗身份而高居宰相之位，其學術思想和文化觀念必然
成爲社會思想界的風標，影響一代士風、學風。以劉向《條災異封事》爲例，
全篇遍稱五經，引用經文或化用經義之處凡二十二條之多，卻無堆疊之病，
而有肺腑之辭，是西漢後期儒士推陰陽五行，講災異譴告的佳篇。其文先借
《詩經》、《尙書》中的文句稱頌唐堯、周初之美政；再以《詩經》中的怨刺
詩句和災異現象以及《春秋》所記災異，批評幽厲之亂，感慨周室禍敗。接
下來結合時政論曰：

> 由此觀之，和氣致祥，乖氣致異；祥多者其國安，異眾者其國
> 危，天地之常經，古今之通義也。今陛下開三代之業，招文學之士，
> 優遊寬容，使得並進。今賢不肖渾淆，白黑不分，邪正雜糅，忠讒
> 並進。章交公車，人滿北軍。朝臣舛午，膠戾乖刺，更相讒訴，轉
> 相是非。傳授增加，交書紛糾，前後錯繆，毀譽渾亂。所以營惑耳
> 目，感移心意，不可勝載。分曹爲黨，往往群朋，將同心以陷正臣。
> 正臣進者，治之表也；正臣陷者，亂之機也。乘治亂之機，未知孰
> 任，而災異數見，此臣所以寒心者也。夫乘權藉勢之人，子弟鱗集
> 於朝，羽翼陰附者眾，輻湊於前，毀譽將必用，以終乖離之咎。是
> 以日月無光，雪霜夏隕，海水沸出，陵谷易處，列星失行，皆怨氣
> 之所致也。夫遵衰周之軌迹，循詩人之所刺，而欲以成太平，致雅
> 頌，猶卻行而求及前人也。初元以來六年矣，案《春秋》六年之中，
> 災異未有稠如今者也。夫有《春秋》之異，無孔子之救，猶不能解
> 紛，況甚於《春秋》乎？〔註82〕

議論至此引入正題。此前十餘處稱引，正是爲其諫議當世政治得失而張本。
劉向在成帝時還曾著述《洪範五行傳論》，據天道以證人事，「是董仲舒以陰
陽五行解說《公羊春秋》和《尙書·洪範》影響下的產物。」〔註83〕可以說，
劉向是熟諳陰陽五行災異說之內在理路，而又不拘泥於此的。劉向這段政論，
雖以災異論說爲出發點，但旨歸仍在時政。值得注意的是，劉向在句式上的
刻意安排：在提及災異現象時，全用四字句，讀來有種急迫之感，既突出災
異現象的嚴峻程度，又表達了作爲宗室之臣對於國政的迫切擔憂；在比較治

〔註82〕《漢書》卷三十六《劉向傳》，第 1941～1942 頁。
〔註83〕徐興無《劉向評傳》，南京：南京大學出版社，2005 年，第 291 頁。

亂之政時，多用對句，於對仗中彰顯鮮明的對比；在建言時政時，則用散句，方便行文，不以文害義。這段韻散結合的論述，四字句、對仗句式和散句交錯運用，行文節奏起承轉合之間造成文勢跌宕起伏的美感，同時將災異論說與治亂之道巧妙結合，經義與所表達的內容化用無痕，顯示了經學背景下文人依經論政在技巧上已臻於成熟。

可見，經學在西漢後期已經成為一種常識性修養。如果說在孔子的時代是「不學詩，無以言」，那麼在西漢，尤其是中後期，便是「不明經，無以言」。這是西漢後期在博士制度逐漸發展完善的背景下，受經學風氣陶染的文士於奏疏論事中，或稱引經文，或化用經義，通過對於主流話語，即經學話語的熟練運用，期望在政治生活中掌握話語權力，從而引導人君復古禮、革弊政，達到匡扶政治的目的。

第三節　察舉制度與西漢後期的君臣問對

察舉制度起源於秦以前的選拔舉薦之制，在選官制度上有別先秦的世卿世祿制，將選賢任能的範圍擴大到地方士庶，使得出身清寒者有了進入權力階層的機會，有利於人才結構的更新和完善，是科舉制度產生之前重要的人才選拔方式。真正意義上的察舉制度始於漢文帝，文帝二年（前178）十一月詔「舉賢良方正能直言極諫者」〔註84〕；又於十五年（前165）九月「詔諸侯王公卿郡守舉賢良能直言極諫者」。〔註85〕武帝時察舉制度逐漸定型，除了頒佈詔令「屢舉賢良文學之士」〔註86〕，還在王朝思想漸趨統一的大背景下，規定「所舉賢良，或治申、商、韓非、蘇秦、張儀之言，亂國政，請皆罷。」〔註87〕並且，不興廉舉孝者甚至會獲罪：「不舉孝，不奉詔，當以不敬論。不察廉，不勝任也，當免」〔註88〕在此基礎上，西漢察舉制度至西漢後期已經較為成熟，在政治生活中發揮著較為穩定的作用。察舉制所涉科目很多，文帝時僅舉賢良方正一科；武帝以後新增孝廉、秀才〔註89〕、賢良文學等常規

〔註84〕《漢書》卷四《文帝紀》，第116頁。
〔註85〕《漢書》卷四《文帝紀》，第127頁。
〔註86〕《漢書》卷六十四《嚴助傳》，第2775頁。
〔註87〕《漢書》卷六《武帝紀》，第156頁。
〔註88〕《漢書》卷六《武帝紀》，第167頁。
〔註89〕東漢時為避光武帝劉秀之名諱而改稱「茂才」。

科目；宣元之後，又增明經、明法、明陰陽災異以及兵法等特科。

與察舉制度伴生的考試稱為策試，獲舉之士，須經對策才可授官，策問內容無非治亂之道和興亡之迹，常由皇帝親自主持，可見國家對於察舉取士的重視。西漢後期，隨著察舉之途的拓寬，文士參政機會增多，被舉薦者往往以策問陳述政治理念，而君主也於其中考察人才。因此，借由西漢後期的策問，我們可以對其時的思想和制度有一定的瞭解。而西漢後期的察舉選士，尤其是賢良方正、賢良文學、明經等特科的考選，往往因於災異——災異發生後君王下罪己詔，同時下詔求直言極諫之士以顧問政治得失。在此前提下獲得詔舉的士子，必然要結合當時的災異現象，引經論政。受其影響，西漢後期陰陽災異說遂盛。

一、察舉制度在西漢後期的發展

《漢書》所見西漢後期皇帝下詔察舉十八例中（見下表），有三例為首次設科，分別是元帝朝的明經、明陰陽災異特科，以及成帝朝的武猛兵法特科。前者上一節已列舉，至於陰陽災異特科之設，始於元帝初元三年（前46），當年夏季茂陵白鶴館發生火災，國中又出現旱災，元帝以為「風雨不時」，因而詔令「丞相御史舉天下明陰陽災異者各三人。」〔註90〕陰陽災異與國家政治間的聯繫由此得到前所未有的重視，可見，成、哀之世文人講論陰陽災異之風和讖緯學說的盛行，除了自然災害頻發這一客觀因素之外，在制度上已有先聲。成帝時，則因星象異常，詔令北邊二十二郡舉勇猛知兵法者各一人。此後哀帝建平四年和平帝元始二年也曾先後詔舉明兵法者，這是西漢後期根據時政需要對於察舉制度的補充和完善。察舉制度到了東漢，逐漸被世家大族利用以鞏固權位，其甄選儒士的作用逐漸消退；曹魏時期九品中正制的實行，標誌著察舉制退出政治舞臺，選士範圍自此縮小到京城豪族，此即魏晉世族政治形成的制度條件。由此看來，察舉可以說是兩漢特有的選士制度，尤其在西漢後期，儒士之漸獲重用，察舉制度起了推波助瀾的作用，這也是我們探討西漢後期察舉制度與文學之關係的出發點。現將西漢後期元、成、哀、平四朝之察舉詔令列表如下：

〔註90〕《漢書》卷九《元帝紀》，第284頁。

皇帝	時 間	緣 起	受詔者／方	詔舉者
元帝	初元二年三月	二月隴西地震	丞相、御史、中二千石	茂材異等、直言極諫之士
	初元三年六月	夏季茂陵白鶴館火災，天旱	丞相、御史	天下明陰陽災異者各三人
	永光元年二月		丞相、御史	質樸、敦厚、遜讓、有行者
	永光二年三月	日蝕	郡國	茂材異等、賢良、直言之士各一人
	建昭四年四月	陰陽不調，五行失序，百姓飢饉	諫大夫博士賞等二十一人	茂材特立之士
成帝	建始二年		三輔內郡	賢良方正各一人
	建始三年十二月	日蝕、地震	丞相、御史與將軍、列侯、中二千石及內郡國	賢良方正、能直言極諫之士
	河平四年三月	日蝕	光祿大夫	惇厚、有行、能直言之士
	陽朔二年九月	奉使者不稱	丞相、御史與中二千石、二千石	可充博士位者
	鴻嘉三年三月	有雉集於庭，歷階升堂而雊，後集諸府，又集承明殿		敦厚、有行義、能直言者
	永始三年正月	日蝕	太中大夫與部刺史	惇樸、遜讓、有行義者各一人
	元延元年七月	孛星見於東井	公卿大夫、博士、議郎及各郡國	內郡國舉方正、能直言極諫者各一人，北邊二十二郡舉勇猛、知兵法者各一人
哀帝	建平元年二月		大司馬、列侯、將軍、中二千石、州牧、守、相	孝弟、惇厚、能直言、通政事，延於側陋可親民者，各一人
	建平四年多		將軍、中二千石	明兵法有大慮者
	元壽元年正月	日蝕	公卿大夫與將軍、列侯、中二千石	賢良方正、能直言者各一人

皇帝	時　間	緣　起	受詔者／方	詔舉者
平帝	元始元年五月	日蝕	公卿、將軍、中二千石	敦厚、能直言者各一人
	元始二年秋			勇武、有節、明兵法，郡一人
	元始二年冬		中二千石	治獄平，歲一人

　　根據此表，我們可以較爲清楚地看到：第一，西漢後期察舉科目涉及面很廣，關乎政治生活的各個方面；察舉分科更細緻，如以品行論，有茂才、賢良、方正、質樸、敦厚（惇厚）、遜讓、孝弟（孝廉）、有行義、有節、勇猛，等等；以才能論，有博士（明經）、明陰陽災異、明兵法、能直言、治獄平，等等，遠非所謂的「四科取士」之制能夠囊括的。〔註91〕第二，絕大多數有指定的舉薦人，其身份既有中朝官，也有外朝官。舉薦人的設置，明確了責任，被舉薦者與舉薦人連帶賞罰，保證了察舉的嚴格貫徹。第三，統觀西漢後期的察舉，以賢良方正和直言極諫科爲最多，合計占半數以上，往往是在地震和日蝕一類重大災異發生之時，皇帝震驚感悟並頒佈罪己詔，同時詔舉賢良方正、直言極諫以陳政治得失，予以補察，或大赦天下以示德政、撫民心。

　　經由察舉制度入仕且素有文名者，往往出自賢良方正或賢良文學科，如晁錯、公孫弘、董仲舒、王吉、魏相等。西漢後期貢禹、谷永、杜鄴、杜欽

〔註91〕　《後漢書・百官志一》注引應劭《漢官儀》曰：「世祖詔：『方今選舉，賢佞朱紫錯用。丞相故事，四科取士。一曰德行高妙，志節清白；二曰學通行修，經中博士；三曰明達法令，足以決疑，能案章覆問，文中御史；四曰剛毅多略，遭事不惑，明足以決，才任三輔令：皆有孝悌廉公之行。……』」（《後漢書》志第二十四，第3559頁。）按丞相爲秦職官名，漢承秦制，高帝置一丞相，後更名相國；孝惠、高后置左右丞；文帝改回置一丞；成帝初設三公官：丞相、大司空、大司馬；哀帝元壽二年（前1）改丞相爲大司馬；東漢建武二十七年，光武詔令稱司徒。那麼光武帝此詔中所説的「四科取士」之制的施行時間，應在察舉制確立之後的西漢武帝朝，至丞相改稱前的哀帝朝前期。閻步克在《察舉制度變遷史稿》中指出，所謂丞相「四科取士」，起源於漢武帝時期丞相府屬的辟召標準，即便到了東漢經光武帝再次強調，其制度功能仍僅限於三公辟召府屬，作爲漢帝國最高機構或者名義上的最高機構，其屬吏進用標準確實強烈影響了察舉，但又絕非一事。（瀋陽：遼寧大學出版社，1999年。）從西漢中後期以降之具體察舉情況看來，此「四科」所指應該不是察舉科目，而是察舉的標準和要求，其歸之於一則爲「孝悌廉公」，正與漢代以「孝」治天下的政治倫理觀相符。

等亦爲此科出身。關於賢良方正與賢良文學之舉，勞幹先生在《漢代察舉制度考》一文中指出：「賢良方正在孝文帝二年已經詔舉了。自後武帝、宣帝、元帝、成帝以至於東漢時代，大都曾經詔舉過。關於詔舉的原因，文帝二年是因爲日食。以後或因爲災異，或不是因爲災異而是因爲皇帝勵精圖治的特點，選舉文學一事較賢良方正的次數少些，起始於武帝時代。但孝昭始元元年是賢良文學同時被舉，據《田千秋傳》和《鹽鐵論》賢良文學是同時被策問。因此賢良方正和文學在性質上當然有相近的地方。」〔註92〕「不論是賢良方正，或者是文學，或者是直言，或者是有道，其與孝廉和茂才有一個根本不同之處，即孝廉和茂才爲常科，而賢良方正、文學、直言、有道均繫特科。所以孝廉和茂才到後來仍爲科舉項目，而特科便與後世科舉無直接關係了。」〔註93〕考察西漢後期察舉制度，尤其是特科之設置，對於瞭解當時的社會思想主流和人才價值取向以及由其決定的西漢後期文學面貌很有意義。

二、察舉制度與西漢後期的策問

策問是起源於漢代察舉制度的文體。徐師曾在《文體明辨序說》中指出：「古者選士，詢事考言而已，未有問之以策者也。漢文中年，始策賢良，其後有司亦以策試士，蓋欲觀其博古之學，通今之才，與夫剸劇解紛之識也。然對策存乎士子，而策問發於上人，尤必通達古今，善爲疑難者，而後能之。不然，其不反爲士子所笑者幾希矣。」〔註94〕這裏不但說明了策問之緣起和應用，還指出因爲是考選之文，與一般對策相比，對答問者有著更高的要求。此外，徐氏還對「策」的來由進行了一番考論：

> 按《説文》云：「策者，謀也。」《漢書音義》曰：「作簡策難問，例置案上，在試者意投射取而答之，謂之射策。若錄政化得失顯而問之，謂之對策。」劉勰云：「射策者，探事而獻説也，以甲科入仕。對策者，應詔而陳政也，以第一登庸。皆選賢之要術也。」夫策士之制，始於漢文，晁錯所對，蔚爲舉首。自是而後，天子往往臨軒策士，而有司亦以策舉人，其制迄今用之。……

〔註92〕 勞幹《漢代政治論文集》，臺北：藝文印書館，1976年，第669～670頁。
〔註93〕 勞幹《漢代政治論文集》，第677頁。
〔註94〕 〔明〕徐師曾著，羅根澤校點《文體明辨序說·策問》，北京：人民文學出版社，1982年，第129～130頁。

　　　　夫策之體，練治爲上，工文次之。然人才不同，或練治而寡文，

　　或工文而疏治，故入選者，劉勰稱爲通才。嗚呼，可謂難也已矣！

〔註95〕

這裏不僅指出了「策」作爲文體的來源，更明確提出了策問的要求，即「練治」和「工文」兼善，也就是要求既有卓越的政治才識，又要善於文字表達，即文質相稱。策問又可分爲對策和射策兩類。前者是一般的應詔陳政；後者多用於殿試過程中，通常以經義論政事。「對策者，應詔而陳政也；射策者，探事而獻說也。言中理準，譬射侯中的；二名雖殊，即議之別體也。」〔註96〕名稱爲對策、射策、對問、策問一類的文體，從廣義上講，都可以歸入奏疏一類。西漢後期策問今存 30 篇左右，其中日食、星隕等災異問對約 20 篇，占多數；另有帝王就邊事、律術、禮儀詔問之對，以及舉賢良方正對策各若干篇。

　　如前所述，舉賢良之制始於文帝朝。《漢書・文帝紀》載文帝二年十一月，出現日蝕，文帝下詔罪己，並令「舉賢良方正能直言極諫者，以匡朕之不逮。」〔註97〕與之相應的，最早的賢良對策，便是文帝十五年被舉薦的晁錯之對策。其策緊扣文帝之詔策，逐條論之，終於在百餘人中脫穎而出，策爲高第，遷中大夫，首開以察舉制舉賢良獲官職的入仕途徑。文帝之後，西漢皇帝每逢災異便下罪己詔並求賢良方正便成爲一項傳統。而學者上對策也多爲因災異論時政。有學者統計，西漢皇帝因災異所下罪己詔凡二十八條：文帝二、宣帝四、元帝十、成帝九、哀帝二、王莽一，以元帝時爲最多；西漢皇帝因怪異天象而大赦天下的赦令凡二十二條：文帝一、武帝三、宣帝一、元帝五、成帝五、哀帝二、平帝二、王莽三，以元成二帝爲最多。〔註98〕由此可見，賢良方正的察舉主要由災異現象引發反思，因之廣開言路以補差當朝政治之弊。一般而言，察舉賢良方正、直言極諫等人才通常經由皇帝詔令、官吏推薦、賢良對策、授官這四個步驟，這其中的核心便是賢良對策。「賢良」可區分爲賢良方正與賢良文學，前者重德行，後者重經學。詔舉賢良方正一般有兩種情況：一是在發生日蝕、地震等自然災異現象時舉賢良，因爲在當時人的觀念裏，這是天地對於君主發出的譴責和警告，君主除了罪己之外，往往

〔註95〕〔明〕徐師曾《文體明辨序説・策》，第 130 頁。
〔註96〕《文心雕龍・議對》，《文心雕龍注》卷五，第 439 頁。
〔註97〕《漢書》卷四《文帝紀》，第 116 頁。
〔註98〕吳青《災異與漢代社會》，《西北大學學報》，1995 年第 3 期，第 39～45 頁。

下詔求賢；另一中情況是在新皇即位，爲表勵精圖治之志和延攬人才之意而詔舉賢良方正。

西漢後期以來，察舉制度下產生的人才數量不可謂不多：王駿、鮑宣、劉輔、杜鄴、平當、京房均舉孝廉出身，王嘉曾察廉、舉敦樸，師丹、馮逡曾舉孝廉和茂才，舉茂才的有侯應、陳湯，龔勝則三舉孝廉、後舉茂才。然而人數最多的還是舉賢良方正出身者，有近二十人：朱雲、孔光、王尊、蕭由、谷永、陳咸、房鳳、樓護、劉奉上、丁武、何武、班游、杜欽、周護、宋崇、杜鄴、申屠剛、李業，等等，其對策大多亡佚。留存下來的對策中，以谷永、杜欽之對策堪爲代表。成帝建始年間曾察舉賢良方正、能直言極諫之臣「時對者數十人，永與杜欽爲上第焉。」〔註99〕《後漢書‧孝獻帝紀》：「九月甲午，試儒生四十餘人，上第賜位郎中，次太子舍人，下第者罷之。」〔註100〕谷、杜二人成績上佳，因而可直接獲得郎中之職。關於這次賢良對策，其背景爲：

> （建始三年）冬十二月戊申朔，日有蝕之。夜，地震未央宮殿中。詔曰：「蓋聞天生眾民，不能相治，爲之立君以統理之。君道得，則草木昆蟲咸得其所；人君不德，謫見天地，災異婁發，以告不治。朕涉道日寡，舉錯不中，乃戊申日蝕地震，朕甚懼焉。公卿其各思朕過失，明白陳之。『女無面從，退有後言。』丞相、御史與將軍、列侯、中二千石及內郡國舉賢良方正能直言極諫之士，詣公車，朕將覽焉。」〔註101〕

當時，因日蝕、地震接連發生而令成帝驚懼，因而下詔罪己並求賢。經合陽侯梁放舉薦，杜欽上賢良對策，以陰陽之說配以綱常倫理，講論災異：

> 臣聞日蝕地震，陽微陰盛也。臣者，君之陰也；子者，父之陰也；妻者，夫之陰也；夷狄者，中國之陰也。《春秋》日蝕三十六，地震五，或夷狄侵中國，或政權在臣下，或婦乘夫，或臣子背君父，事雖不同，其類一也。〔註102〕

隨後他指出，朝臣、外戚、諸侯、蠻夷都沒有問題，那麼災異所警示的當朝

〔註99〕《漢書》卷八十五《谷永傳》，第3454頁。
〔註100〕《後漢書》卷九《孝獻帝紀》，第374頁。
〔註101〕《漢書》卷十《成帝紀》，第307頁。
〔註102〕《漢書》卷六十《杜欽傳》，第2671頁。

之缺失便呼之欲出——「殆爲後宮」。接下來他又以五行之說講說感應之變，並舉明君事迹爲參照，勸說成帝「正后妾，抑女寵，防奢泰，去佚遊，躬節儉，親萬事，數御安車，由輦道，親二宮之饗膳，致晨昏之定省」，〔註 103〕指出如此一來則可消災。第二年夏季，成帝又詔直言之士謁白虎殿對策，策曰：

> 天地之道何貴？王者之法何如？《六經》之義何上？人之行何先？取人之術何以？當世之治何務？各以經對。〔註104〕

成帝策問之題目，並非社會政治生活中的具體問題，而是屬於思想觀念方面的考問，這也透露出西漢後期經學背景下，君主立足於經義，從哲學和制度層面尋求出路的爲政理念。察舉制度下的對策，也在君主的引導下，走向宏觀論述。

谷永是西漢後期儒士中講論災異之說最爲著名的。《漢書》本傳說：「其於天官、《京氏易》最密，故善言災異，前後所上四十餘事，略相反覆，專攻上身與後宮而已。」可見，他對禮學和京房《易》學最爲擅長。其《建始三年舉方正對策》中，勸諫成帝要正身力行、謹治閨門、克正左右、尊賢考功、施德治吏，條分縷析而切中時弊。其中九次引經，而三次言及災異。他的災異論是：「凡災異之發，各象過失，以類告人」〔註105〕，因此他勸諫成帝：

> 誠留意於正身，勉強於力行，損燕私之閒以勞天下，放去淫溺之樂，罷歸倡優之笑，絕卻不享之義，愼節游田之虞，起居有常，循禮而動，躬親政事，致行無倦，安服若性。……夫妻之際，王事綱紀，安危之機，聖王所致愼也。〔註106〕

強調要「循禮而動」，端正綱紀，這都是要求帝王要以禮制約束個人行爲，不可恣意妄爲。成帝時趙氏姐妹專寵、外戚專權，這都是造成亂政的主要原因。谷永不便直言，而以災異、經文、禮義來諷諫，可謂用心良苦。如葛兆光所說：「從直接擁有確認價值與意義的話語權力的帝王之師友，到間接依靠災異祥瑞的感應來懇請君主認可價值與意義的帝王之臣下，知識階層已經處於尷

〔註103〕《漢書》卷六十《杜欽傳》，第 2672 頁。
〔註104〕《漢書》卷六十《杜欽傳》，第 2673 頁。
〔註105〕《漢書》卷八十五《谷永傳》，第 3444 頁。
〔註106〕《漢書》卷八十五《谷永傳》，第 3445～3446 頁。

尬與矛盾之中，在天人感應的思路背後，我們不也能看到他們的苦心孤詣嗎？」〔註107〕

三、察舉制度與西漢後期的災異論

西漢後期災異頻發，據本文作者統計，《漢書》中所載元帝朝天災人禍和天象變異20處，成帝朝40處，哀帝朝8處，平帝朝4處。災異發生的機率如此之大，強烈地刺激了統治者敏感的神經，於是下罪己詔、大赦天下、減免賦稅、賑災濟困，等等，努力拯救災異帶來的經濟打擊，消除災害留下的心理陰影，重拾人民對於王朝的信心。而每逢重大災異出現，都實行察舉制度，詔舉賢良方正、直言極諫之臣，追究災異背後的政治得失，便無形中鼓動了文人講論災異的風氣。西漢後期上言災異較多的是劉向、翼奉、京房、谷永、李尋等人。其上書議政多為災異發生後，君主省察自身，求賢以為輔弼——一方面是察舉人才，為政權組織機構補充新鮮血液，另一方面鼓勵大臣直言極諫。因而，察舉之對策與朝臣之對問，就成了災異發生之後，同時產生的同類文本。這從皇帝的罪己詔的套路中即可窺知：

> 蓋聞賢聖在位，陰陽和，風雨時，日月光，星辰靜，黎庶康寧，考終厥命。今朕恭承天地，託於公侯之上，明不能燭，德不能綏，災異並臻，連年不息。……治有大虧，咎至於斯。夙夜兢兢，不通大變，深惟鬱悼，未知其序。……赦天下。有可蠲除減省以便萬姓者，條奏，毋有所諱。丞相、御史、中二千石舉茂材異等直言極諫之士，朕將親覽焉。〔註108〕

也有災異發生後未興察舉，只是鼓勵進諫的：

> 夏四月己亥晦，日有蝕之，既。詔曰：「朕獲保宗廟，戰戰慄慄，未能奉稱。……公卿大夫其勉悉心，以輔不逮。百僚各修其職，惇任仁人，退遠殘賊。陳朕過失，無有所諱。」〔註109〕

或者只言察舉，不提直言進諫的：

> 古之選賢，傅納以言，明試以功。……朕承鴻業十有餘年，數

〔註107〕葛兆光《中國思想史》（第一卷），上海：復旦大學出版社，2007年，第269頁。

〔註108〕《漢書》卷九《元帝紀》，第281～282頁。

〔註109〕《漢書》卷十《成帝紀》，第309頁。

遭水旱疾疫之災，黎民娶困於飢寒，而望禮義之興，豈不難哉！朕
既無以率道，帝王之道日以陵夷，意乃招賢選士之路鬱滯而不通與，
將舉者未得其人也？其舉敦厚有行義能直言者，冀聞切言嘉謀，匡
朕之不逮。〔註110〕

不難看出，雖然詔令側重不同，但察舉和納言有著共同的災異發生背景，引
起君主戒懼，從而以行政命令鼓勵文士上書對災異的發生作出合理解釋。換
言之，察舉之對策和文人的災異論都是同一思想背景下催生的實質內容近似
的奏疏文本。

關於災異現象，在《春秋》、《左傳》中都有不少記載，均與政治失當有
關。漢代，隨著天人觀念的進一步發展，漢儒以天人關係爲理論背景，言災
異以匡世，成爲一種潮流。皮錫瑞《經學歷史》中曾論及這一文化現象：

漢有一種天人之學，而齊學尤盛。伏傳五行，《齊詩》五際，《公
羊春秋》多言災異，皆齊學也。《易》有象數占驗，《禮》有明堂陰
陽，不盡齊學，而其旨略同。當時儒者以爲人主至尊，無所畏憚，
借天象以示儆，庶使其君有失德者猶知恐懼修省。此《春秋》以元
統天、以天統君之義，亦《易》神道設教之旨。漢儒藉此以匡正其
主。其時人主方崇經術，重儒臣，故遇日食地震，必下詔罪己，或
責免三公。雖未必能如周宣之遇災而懼，側身修行，尚有君臣交儆
遺意。此亦漢時實行孔教之一證。〔註111〕

《漢書‧五行志》：「漢興，承秦滅學之後，景、武之世，董仲舒治《公羊春
秋》，始推陰陽，爲儒者宗。」〔註112〕公羊學家董仲舒對前人的天人關係學說
進行了進一步的發揮，他說：「孔子作《春秋》，上揆之天道，下質諸人情，
參之於古，考之於今。故《春秋》之所譏，災害之所加也；《春秋》之所惡，
怪異之所施也。書邦家之過，兼災異之變，以此見人之所爲，其美惡之極，
乃與天地流通而往來相應，此亦言天之一端也。」〔註113〕將天道與人情直接
建立聯繫，天與人可以互通互感。因而，災異的出現，必與國家治亂有所關
聯：「凡災異之本，盡生於國家之失。國家之失，乃始萌芽，而天出災害以譴

〔註110〕《漢書》卷十《成帝紀》，第 317 頁。
〔註111〕〔清〕皮錫瑞《經學歷史‧經學極盛時代》，北京：中華書局，1959 年，第
　　　　106 頁。
〔註112〕《漢書》卷二十七《五行志上》，第 1317 頁。
〔註113〕《漢書》卷五十六《董仲舒傳》，第 2515 頁。

告之。譴告之而不知變，乃見怪異以驚駭之。驚駭之尙不知畏恐，其殃咎乃至。此見天意之仁而不欲害人也。」〔註114〕公羊學在漢代是顯學，善於將經文與時政結合，是「春秋三傳」中最早立於學官的。公羊學派喜歡渲染陰陽災異之變，熱衷於闡釋經書中的微言大義，從天道倫理層面對君王行爲予以一定範圍的限制。此外，曾經師從董仲舒的司馬遷在著述《史記》時，也曾表達「欲以究天人之際」的寫作目的。宣帝時，雖有夏侯始昌、夏侯勝等人喜論災異，但並未形成氣候。

西漢自元帝之後，外戚亂政而王權漸趨衰落，加之土地兼併、賦役繁重導致的社會危機，以及各種頻發的自然災害和異常天象，造成人心不穩。成哀兩朝，民間謠言紛起，讖緯盛行，便是這種社會心理的直接反映。不同於漢初士人直接上書以史論政，西漢後期經生儒士上書往往引經據典以論災異，希望的是「君主會因爲天降災異而有所收斂，這樣，知識階層就能夠又一次代天立言，擁有一些與政治抗衡、對君主制約的權力。」〔註115〕緣於此心，西漢後期文人講論災異的直接目的還是論政，是經術外衣下的政論文。

西漢後期，外戚專權的政局使儒家正統經學思想陶染下的文士因擔心國統移祚而深感不安，因而或以一套災異論來解釋社會動亂，藉以諷諫政治。其基本邏輯是陰陽失調、天時變亂是君臣失序、政權變革的先兆，天降災異則是上天對於人間弊政的懲戒。周初即對君主有「敬天保民」的要求，統治者要恭行天命，愛護百姓，「以德配天」。因爲「天命靡常，有德者居之」，不行德政，則天命會轉移到新的有德者那裏，這就要求君臣上下父子兄弟都按既有的「禮」的秩序去生活，從而臻於治世。災異之作，既是「天命」追責於君主，客觀上也會直接殃及小民。從這個角度來說，對於災異現象的反思，往往伴隨著民本思想。如元帝時洪水、饑疫、地震接連發生，元帝下詔罪己，並有「比年不登，元元困乏，不勝飢寒，以陷刑辟，朕甚閔焉，懰怛於心。已詔吏虛倉廩，開府臧，振救貧民」〔註116〕之舉。翼奉應詔上封事，指出「陰氣之盛」，實際上是勸諫元帝外戚勢力過大。

翼奉曾與匡衡、蕭望之同師后倉治《齊詩》，齊學尤擅災異之說。《漢書》

〔註114〕〔漢〕董仲舒《春秋繁露》卷八《必仁且智》，第38～39頁。
〔註115〕葛兆光《中國思想史》（第一卷），第269頁。
〔註116〕《漢書》卷七十五《翼奉傳》，第3172頁。

本傳言其「好律曆陰陽之占」〔註 117〕，後經舉薦，數度上言，贏得元帝敬重，並任諫大夫。在元帝因災異下詔舉直言極諫之士時，翼奉曾應詔上封事曰：「《易》有陰陽，《詩》有五際，《春秋》有災異，皆列終始，推得失，考天心，以言王道安危。」〔註 118〕其中「五際，卯、酉、午、戌、亥也。陰陽終始際會之歲，於此則有變改之政也。」〔註 119〕，是將自然時序與現實時政變異聯繫起來。翼奉講論災異的特點之一，是把災異的產生看作禮制改革的依據。這一點與董仲舒、劉向之論近似。如元帝曾就武帝寢園火災之事，下詔問得失於翼奉。翼奉認爲漢家郊兆寢廟祭祀之禮多不應古，很難短期內改作，因而需要「遷都正本」。於是他建言元帝仿傚盤庚遷都興殷的史事遷都洛陽：

> 天道有常，王道亡常，亡常者所以應有常也。必有非常之主，然後能立非常之功。……今東方連年飢饉，加之以疾疫，百姓菜色，或至相食。地比震動，天氣溷濁，日光侵奪。繇此言之，執國政者豈可以不懷怵惕而戒萬分之一乎！故臣願陛下因天變而徙都，所謂與天下更始者也。天道終而復始，窮則反本，故能延長而亡窮也。今漢道未終，陛下本而始之，於以永世延祚，不亦優乎！如因丙子之孟夏，順太陰以東行，到後七年之明歲，必有五年之餘蓄，然後大行考室之禮，雖周之隆盛，亡以加此。唯陛下留神，詳察萬世之策。〔註 120〕

他指出自然災害頻頻發生，正是給統治者的警示，因而應以王道順應天道，遷都反本。並指出具體的遷都計劃以及遷都結果的展望，主張遷都之後行「考室之禮」。關於此禮，顏師古《漢書注》引李奇言曰：「凡宮新成，殺牲以釁祭，致其五祀之神，謂之考室。」並指出：「考，成也，成其禮也。《詩・小雅・斯干》之詩序曰：『斯干，宣王考室也，』故奉引之。」〔註 121〕從災異的角度，結合史實和經文，論述遷都的理由，提出復興禮制的期望，意欲輔弼元帝振興漢室，誠意可鑒。

與翼奉論災異的路數不同，京房在思想上與魏相、孟喜一脈相承，即擅

〔註 117〕《漢書》卷七十五《翼奉傳》，第 3167 頁。
〔註 118〕《漢書》卷七十五《翼奉傳》，第 3172 頁。
〔註 119〕〔清〕王先謙《詩三家義集疏》（下卷），北京：中華書局，1987 年，第 549 頁。
〔註 120〕《漢書》卷七十五《翼奉傳》，第 3176～3177 頁。
〔註 121〕〔唐〕顏師古注《漢書》卷七十五《翼奉傳》，第 3178 頁。

以陰陽配四時來講論災異。《京房易傳》有「四時說」，即「四時失序，則辰星作異」。京房還曾上對災異曰：

> 陰倍陽則地坼，臣叛君則義廢，此人君不親，上下不厚，致此災也。不救，則骨肉相殘，父子分離，氐羌叛去。

> 人君驕溢專明，爲陰所侵，則有日蝕之災。不救之，必有篡臣之萌。其救也，君懷謙虛，下賢受諫，位有德，祿有智，日蝕災消也。〔註122〕

這都是將陰陽災異之變與君臣、父子、夷夏等禮制等級相關聯。前一條指出陰陽失調導致等級失序，禮制變亂；後一條講人君不行德政則有日蝕之災，主張行王道以救災。

西漢後期這些講論陰陽災異之說的經生，最終關心的還是社會政治民生，因而採用這種婉曲的言說方式，從天人感應的文化心理背景中尋找依據，這從理性思維角度來講，是出於徐復觀先生所指的憂患意識：「《易傳》所說的「憂患」意識……憂患心理的形成乃是對吉凶、成敗的深思熟慮而來的遠見；在這種遠見中，主要發現了吉凶、成敗與當事者行爲的密切關係，及當事者在行爲上應負的責任。憂患正是由這種責任感而來的，要以己力突破困難而尚未突破時的心理狀態。」〔註123〕而從宗教神秘主義角度來講，則如《禮記·禮運》所言：「故聖人參於天地，並於鬼神，以治政也。處其所存，禮之序也；玩其所樂，民之治也。」〔註124〕利用天地之神道，通過鬼神祭祀禮儀，彰顯天道意義，並藉以實現人道教化。與察舉制度並生的文人講論災異之文，是西漢後期政論文中很重要的一支，可以作爲我們瞭解其時哲學思想和政治觀念的依據。

第四節　郎官制度與西漢後期政論文

春秋戰國時期，大的諸侯國一般都有郎官，如《韓非子·外儲說》載齊、晉、秦國均有「郎中」一職。〔註125〕秦統一後，作爲皇帝近臣的郎中員額也

〔註122〕《全漢文》卷四十四，第369頁。

〔註123〕徐復觀《中國人性論史》（先秦篇），臺北：臺灣商務印書館，1967年，第20～21頁。

〔註124〕《禮記正義》卷二十二，《十三經注疏》，第1422頁。

〔註125〕《韓非子》卷十一《外儲說左上》載齊桓公時有郎中；《外儲說右上》載秦國、晉文公時均有郎中。

有所增加，「秦既焚書，恐天下不從所改更法，而諸生到者拜爲郎，前後七百人。」〔註126〕並形成三郎體制，即郎中、中郎和外郎。漢承秦制，保留了郎官，在武帝時期，又於蔭任和貲選兩類途徑之外，首開孝廉除郎和明經除郎的制度，從此以後，大量讀書人，尤其是經生被吸收進入郎官系統，這種以經取士的選官制度無疑鼓勵了文儒經生學而優則仕。東漢以後，經生逐漸取代貴族子弟，而郎署也成爲備選官員集中地，其間人才被培養爲行政人員，而不再如西漢時擔任禁中守衛。

漢代的高級官吏大多是郎官出身〔註127〕，《全漢文》所見西漢元成哀平四朝留存至今的散文（見文末附表），多爲奏疏，包括各類奏議及短章殘句，作者是郎官或郎官出身的，占絕大多數。郎官的選官途徑大抵有二：一者以孝廉、德行、明經、博士弟子等選舉爲郎，錢穆先生曾在《秦漢史》中對昭宣以後出身郎官的名儒作了大概統計〔註128〕，其中王吉、龔勝、鮑宣、眭弘、夏侯始昌、夏侯勝、京房、翼奉、李尋、韓延壽、王尊、王章、蓋寬饒、孫寶、谷永、襲遂、召信臣、梅福等西漢後期的名臣皆以明經入仕爲郎；另一途徑是由蔭任或貲選爲郎，劉向、劉歆、王崇、韋玄成、王莽、桓譚等都是以這種途徑進入郎官系統的。大體說來，西漢前中期郎官的選拔以蔭任和貲選爲主，後期兩者並行，而以選舉（尤其是明經）爲主。

郎官作爲皇帝近侍集團的身份地位，對於他們向君主建言政治、倡言建制是十分便利的。今存西漢後期政論文的題材內容涉及民生政治的方方面面：一、禮議，包括郊議、廟議、封號、改元、定禮樂等。二、人事，包括劾奏、舉薦、頌功、任免、立嗣、立后、約束諸王等。三、其他政事，包括外戚、水利、邊事、吏治、當朝政治得失等。探討西漢後期的郎官奏疏，對於我們瞭解其時社會思想、政治局勢和政論散文的發展有一定的價值和意義。

一、郎官制度在西漢後期的發展

春秋戰國至秦漢，郎官制度有一個發展流變的過程：

> 古代封建時期，貴族之最低級曰「士」，以講習射御爲事，入衛

〔註126〕《史記》卷一百二十一張守節《正義》引衛宏《古文尚書序》，第3117頁。
〔註127〕〔日〕大庭修著，林劍鳴等譯《秦漢法制史研究》，上海：上海人民出版社，1991年，第30頁。
〔註128〕錢穆《秦漢史》，第212頁。

國君，外從征伐；庶民不得參與也。至春秋戰國，封建制度逐漸崩潰，農民軍隊應時興起，士庶之分遂爾漸淆，「士」之稱亦轉屬讀書人。方是時，貴族壁壘雖弛，而君主集權轉甚，仍不得無親信之近衛，乃擇大臣子弟入奉宿衛、侍左右，出充車騎、從征伐；以其近居殿閣郎廡，故蒙「郎」稱。其性質、其地位與出身，蓋猶古代之「士」也。秦及西漢初葉，郎官宿衛宮闈，給事近署，職任親要一如往昔，而進身又大半由蔭任與訾選兩途，蔭任襲戰國之成規，訾選亦新興貴族（資產階級）之特權，則其性質與戰國之「郎」仍鮮殊異，是亦由古代之「士」也，故或以「士」稱之。自武帝從董仲舒、公孫弘之議，創孝廉除郎及博士弟子射策甲科除郎之制，郎官性質漸變；迄乎東漢，訾選遂除，蔭任亦替，三署諸署郎多郡吏與經生，貴族子弟較少。亦唯如此，職轉冗閒，不以宿衛給事為要務，故東漢郎署專供行政人才之吸收訓練與迴翔，不復為天子之禁衛家臣矣。〔註129〕

可見，郎官在西漢中期以前是出身貴族階級、出任國君近侍的「士」。增淵龍夫考察戰國至秦漢官制中「郎吏」的地位，指出戰國時在諸侯王身邊擔任宿衛和近侍的庶子、中涓、舍人等，是天子身邊的家臣，地位顯赫的外朝及郡國行政機構的高級官僚，大多由這種家臣性質的郎吏補任，這一原則也適用於西漢官僚制度。〔註130〕這種近侍的身份，使得郎官比起外朝官來更接近權力中樞，其進言獻策對於君主的決策和影響也就更為顯著。

　　西漢中期經武帝於察舉制中開孝廉除郎和博士弟子射策甲科除郎之制，大量以明經被舉薦進而拜為郎官的士子湧入國家機構，學術風氣和政治格局為之一變。嚴耕望先生因言：「故此一除郎新制實有漢一代國家機構之大動脈，政府生命之活泉源，而郎署則此泉源彙儲之所也。……自此政權逐步開放，圓顱方趾精勤志業者，莫不有參政秉鈞之機會，則政府之植基，其廣闊可知。」〔註131〕西漢後期，尤其是元成以降，儒生漸獲重用，其中不乏名儒，往往出身郎官，其時位列三公的丞相、御史大夫中，匡衡、貢禹、何武、翟

〔註129〕嚴耕望《秦漢郎吏制度考》，《嚴耕望史學論文選集》（下），北京：中華書局，2006年，第283頁。

〔註130〕〔日〕增淵龍夫《戰國官僚的一種性質》，載《中國古代的社會和國家》，弘文堂，1960年，第191～196頁。

〔註131〕嚴耕望《秦漢郎吏制度考》，《嚴耕望史學論文選集》（下），第284頁。

方進、王嘉、馬宮都曾以射策甲科爲郎，君主對於郎官的提拔以及郎署作爲人才儲備之所的特殊作用可見一斑。

據《漢書・百官公卿表》，郎官的具體職守如下：

> 郎中令，秦官，掌宮殿掖門戶，有丞。武帝太初元年更名光祿勳。屬官有大夫、郎、謁者，皆秦官。又期門、羽林皆屬焉。大夫掌論議，有太中大夫、中大夫、諫大夫，皆無員，多至數十人。武帝元狩五年初置諫大夫，秩比八百石，太初元年更名中大夫爲光祿大夫，秩比二千石，太中大夫秩比千石如故。郎掌守門戶，出充車騎，有議郎、中郎、侍郎、郎中，皆無員，多至千人。議郎、中郎秩比六百石，侍郎比四百石，郎中比三百石。中郎有五官、左、右三將，秩皆比二千石。郎中有車、戶、騎三將，秩皆比千石。謁者掌賓贊受事，員七十人，秩比六百石，有僕射，秩比千石。期門掌執兵送從，武帝建元三年初置，比郎，無員，多至千人，有僕射，秩比千石。平帝元始元年更名虎賁郎，置中郎將，秩比二千石。羽林掌送從，次期門，武帝太初元年初置，名曰建章營騎，後更名羽林騎。又取從軍死事之子孫養羽林，官教以五兵，號曰羽林孤兒。羽林有令丞。宣帝令中郎將、騎都尉監羽林，秩比二千石。僕射，秦官，自侍中、尚書、博士、郎皆有。古者重武官，有主射以督課之，軍屯吏、騶、宰、永巷宮人皆有，取其領事之號。〔註132〕

可見，西漢的郎官制度在武宣以後，基本穩定下來。作爲一個體制龐大的近侍官僚系統，郎官除了肩負警衛之職之外，兼及儲備人才。郎中令（光祿卿）作爲九卿之一，大夫、郎、謁者皆由其統屬，又有期門、羽林兩支禁衛隊爲其附屬。其中大夫的職責是議政，可直接參與朝議；郎負責警衛和隨侍任務，是皇帝身邊的警備力量；謁者是禮官，爲天子傳達。多至千人的郎官與少府一同構成皇帝的近侍系統。日本學者大庭修通過對漢代官秩的考察，認爲「由尚書選拔官吏，是指西漢後期的制度，通過官秩的差別而將其人事任免權分屬不同的機構，這是比較明確的。……百石與二百石之間有一條難以逾越的界限，百石吏由其機構的長官選任，他們通常不能升到二百石，要進升到二百石以上，必須等待著選舉或推薦。」〔註133〕郎官的最低官秩（郎中）是比

〔註132〕《漢書》卷十九《百官公卿列表上》，第 727～728 頁。
〔註133〕〔日〕大庭修著，林劍鳴等譯《秦漢法制史研究》，第 29 頁。

三百石，因而一旦被選舉爲郎官，就可經尚書選拔而獲得皇帝任命。如王吉之子王駿，以孝廉爲郎，「左曹陳咸薦駿賢父子，經明行修，宜顯以厲俗。光祿勳匡衡亦舉駿有專對材。遷諫大夫……。」〔註134〕左曹隸屬尚書，光祿勳是郎官之長，經察舉制度得任爲郎的王駿，在尚書和卿大夫的舉薦之下，迅速擢升爲秩比八百石的諫大夫。

兩漢除郎的途徑很多，不同時期各有側重，以西漢爲例：「西漢初葉，以『蔭任』、『貲選』及『軍功』爲多；中葉以後，以『蔭任』爲多，『孝廉』、『明經甲科』次之，『才藝』、『公府掾』又次之。」〔註135〕西漢初期，公卿大夫多軍功武力之臣，其子孫蔭任、貲選以爲郎，遂成爲一種任官模式；西漢武宣以來，蔭任之制未罷而察舉之範圍擴大，給當時的士子提供了更多機會，這也是西漢後期文士出身複雜，但都有著一定的經學背景的原因之一。

綜上，我們可以將西漢後期郎官政治和文學的關係作一小結：

第一，西漢自武帝以經取士以來，「公卿大夫士吏彬彬多文學之士矣」。〔註136〕昭宣之後，郎官的經學修養導致其奏議多依經論事；經學風氣重師法、家法之傳統影響下的以稽古禮文爲特徵的復古觀念仍然貫穿於各類奏疏中。

第二，近侍皇帝之郎官，無論是言語侍從之官，還是出充車騎之官，抑或專掌議論之官，其中與皇帝親近者，或諷喻君主，或建言政治，或參與決策，對於時政產生了一定的影響。

第三，西漢後期除郎途徑的增多，爲漢室王廷提供了大量的人才儲備，本屬國家之幸。但西漢後期官吏議政以經義附會災異，令其議籠罩著一片非理性的神秘主義色彩，雖在思想上對於君主起到一定的警策作用，而對時政未免缺乏切實助益。

總體來說，郎官在西漢後期的政治生活中佔有重要位置。對郎官奏疏、議事的考察爲我們瞭解當世之思想和文學發展狀況提供了難得的參考。

二、郎官制度與西漢後期的陳政事疏

奏疏是群臣向君王上書建言之文的統稱，關於這類文體的起源，明人吳訥在《文章辨體序說》中追溯道：

〔註134〕《漢書》卷七十二《王駿傳》，第3066頁。
〔註135〕嚴耕望《秦漢郎吏制度考》，第321頁。
〔註136〕《漢書》卷八十八《儒林傳》，第3596頁。

> 唐虞禹皋陳謨之後，至商伊尹、周姬公、遂有《伊訓》、《無逸》
> 等篇，此文辭告君之始也。漢高惠時，未聞有以書陳事者。迨乎孝
> 文，開廣言路，於是賈山獻《至言》，賈誼上《政事疏》。自時厥後，
> 進言者日眾。或曰上疏，或曰上書，或曰奏箚，或曰奏狀。慮有宣
> 泄，則囊封以進，謂曰封事，考之於史可見矣。昔人有云：「君臣相
> 遇，雖一語而有餘；上下未孚，雖千萬言而奚補？為臣子者，惟當
> 罄其忠愛之誠而已爾。」信哉！〔註137〕

可見，奏疏在商、周時期已有創制，《尚書·商書》中伊尹在太甲即位時所上
《伊訓》，以及《尚書·周書》中周公還政成王時所上《無逸》，都是臣下告
誡君主之辭。而作為一種文體形式，奏疏開始真正大量地被創制和應用，還
是在漢代。如吳訥所述，漢初奏疏鮮見，文帝時，自賈山上《至言》論說治
亂之道，賈誼上《陳政事疏》，始開上書言政的風氣。自此，各類奏疏文字時
有間作，至西漢後期時，規模已很可觀。柳宗元《西漢文類序》曰：「殷周以
前，其文簡而野。魏晉以降，側蕩而靡。得其中者漢氏。漢氏之東，則既衰
矣。當文帝時始得賈生明儒術，武帝尤好焉，而公孫弘董仲舒司馬遷相如之
徒作，風雅益盛，敷施天下。自天子至公卿大夫士庶人，咸通焉。於是宣於
詔策，達於奏議，諷於辭賦，傳於歌謠。由高帝以訖於哀平王莽之誅，四方
文章，蓋爛然矣。」〔註138〕清人嚴可均《全漢文》中輯錄西漢後期元成哀平
四朝政論散文 250 餘篇，其中奏疏約 200 篇，大都來自《漢書》，也有部分短
章殘句藉《文選》、《北堂書鈔》、《古文苑》《藝文類聚》、《太平御覽》等文集
和類書得以保存。

奏疏作為臣屬上書言事的總稱，又可細分為很多類。以漢代奏疏為例，
就衍生出很多種類：

> 漢定禮儀，則有四品：一曰章，以謝恩；二曰奏，以按劾；三
> 曰表，以陳情；四曰議，以執異。然當時奏章，或上災異，則非專
> 以謝恩。至於奏事亦稱上疏，則非專以按劾也。又按劾之奏，別稱
> 彈事，尤可以徵彈劾為奏之一端也。又置八儀，密奏、陰陽皂囊封
> 板，以防宣泄，謂之封事。而朝臣補外，天子使人受所欲言，及有

〔註137〕〔明〕吳訥著，于北山校點《文章辨體序說·奏疏》，北京：人民文學出版社，
　　　　 1982 年，第 39 頁。
〔註138〕〔唐〕柳宗元《柳宗元集》，北京：中華書局，1979 年，第 577 頁。

事下議者，並以書對。則漢之制，豈特四品而已哉？〔註139〕
按照言說功能分類，顯然只是一個較為粗疏的大致分法，其間體式交相錯雜，一篇之內主題多元的情況時有出現。以今見漢代後期奏疏類散文而言，從篇名來看就有十餘種：奏、疏、奏記、封事、議、諫、劾、薦、說、上書（上疏），等等，以及一些題名中有「建言」、「上言」之辭的文章。這些類名並非同等並列關係，其範圍、功能各有不同，相涉、基本類同或包含與被包含關係，都是群臣論諫、議政的重要方式。秦初，改「上書」之稱為「奏」，可「陳政事，獻典儀，上急變，劾愆謬」〔註140〕；但西漢以後，奏、上書、上疏等名稱並用，差別不大。「疏者，布也。漢時諸王官屬於其君，亦得稱疏。」〔註141〕「王官」一詞本有兩層含義：一指王朝的官員，一指藩王府裏的屬官，這裏應指後者。但通觀西漢後期名之以「疏」者，實為「上疏」，倒是以「說」為名者，屬於藩王屬官、幕僚建言勸說其主一類文章，如成帝時身為王鳳幕僚的杜欽所作《說王鳳》、《復說王鳳》、《說王鳳重後父》、《說王鳳治河》等八篇政論文章。「諫」是臣下向君王進諫的奏章，「封事」已如引文所言，是密封的奏章。這些文類在題材內容上都沒有一定的限制，凡是涉及政事的話題，都可藉以表達。

西漢後期的奏疏以政論文為主，其主要議題集中在四方面：一、反對外戚專權、禍亂朝政，西漢後期儒生感到君臣失序、越禮僭權的危機，於是上書強調君臣之義、維護政治秩序，體現出整頓禮制的觀念。二、倡言災異，以天人感應為思想基礎，將自然災異與政治失序、君臣失禮聯繫在一起，建言改制。三、重議郊廟祭祀之制，從尊尊親親的禮制觀念出發，辨明制度，確立宗統與政統。四、議論當朝政治得失，主張依循古禮，尊先王、通三統，擢拔賢才、遠離佞小，改革弊政。

貢禹在宣帝時即以明經潔行而被徵為博士，出任涼州刺史，後病去官，又復舉賢良為河南令，幾年後離職。元帝即位之初便徵貢禹為諫大夫，從屬郎官系統，並多次虛心問政於他。貢禹針對時政勉力上書，「數言得失，書數十上」〔註142〕所言之事，涉及社會政治多個方面，而其旨往往歸於「復古」

〔註139〕〔明〕徐師曾《文體明辨序說・奏疏》，第123頁。
〔註140〕《文心雕龍・奏啓》，《文心雕龍注》卷五，第421頁。
〔註141〕〔明〕徐師曾《文體明辨序說・奏疏》，第124頁。
〔註142〕《漢書》卷七十二《貢禹傳》，第3075頁。

二字。如他主張提高徵收算賦、口賦的年齡，減輕人口稅，其依據是「古者亡賦算口錢」；他重農抑商，主張罷除採集珠玉金銀、鑄造錢幣之官，禁止市井販賣，回歸農業生產，其依據是「古者不以金錢爲比，專意於農」；他還以文帝、武帝作正反對比，論證罷黜贖罪之法的必要，並主張選賢任能、去奢入儉、進忠正放姦佞、罷倡樂放鄭聲，如此不懈則「三王可侔，五帝可及」。他的這種復古思想，在從政之初便已明顯展現，如他曾上書《奏宜放古自節》，上考古制，又指漢初高祖、孝文、孝景「循古節儉」，主張元帝傲古自節，「承衰救亂，矯復古化，在於陛下」，並以《論語》：「君子樂節禮樂」來勉勵元帝。綜覽貢禹諸論，其復古之見根本上還是要復古禮，即敦促君主以禮約束自身行爲，使個人行爲、國家政令都符合禮的原則。

漢政之弊在武帝朝已見端倪，雖有宣帝中興，而自元帝純任儒生，無補於政，加之外戚禍亂朝綱，至哀帝時，西漢百年積弊全面暴發，其時諫大夫鮑宣《上書諫哀帝》，議論剴切，直抒胸臆，淋漓盡致，頗有戰國縱橫之風。首段概言時政之弊：外戚專權、奢泰無度、朝無賢臣、智愚不辨、國家空虛、民生多艱、盜賊並起、吏治貪殘，等等。尤爲動人的是他隨後列出的「民有七亡」，「又有七死」，逐條列舉當時的社會矛盾，讀來令人感到觸目驚心：

> 凡民有七亡：陰陽不和，水旱爲災，一亡也；縣官重責，更賦租稅，二亡也；貪吏並公，受取不已，三亡也；豪強大姓，蠶食亡厭，四亡也；苛吏徭役，失農桑時，五亡也；部落鼓鳴，男女遮迣，六亡也；盜賊劫略，取民財物，七亡也。七亡尚可，又有七死：酷吏毆殺，一死也；治獄深刻，二死也；冤陷亡辜，三死也；盜賊橫發，四死也；怨讎相殘，五死也；歲惡飢餓，六死也；時氣疾疫，七死也。民有七亡而無一得，欲望國安，誠難；民有七死而無一生，欲望刑措，誠難。〔註143〕

這裏有意使用四字短語，節奏感強、文氣充沛、一貫到底，誠可感人，無情、無識者絕難生發此議，此篇堪爲西漢奏疏之表表者。班固稱鮑宣「其言少文多實」〔註144〕，如從直指時弊，無所隱晦這一點來看，是有一定道理的。史載鮑宣好學、明經，舉孝廉爲郎，後爲大司馬、大將軍王商徵辟，薦爲議郎，哀帝時爲諫大夫，此爲其任上所奏之諫疏。與侈論經義、尸位素餐的世儒經

〔註143〕《漢書》卷七十二《鮑宣傳》，第3088頁。
〔註144〕《漢書》卷七十二《鮑宣傳》，第3087頁。

生相比，鮑宣在其位、謀其事、竭其忠。此外，與匡衡一樣，鮑宣也曾《上書請封孔子子孫爲殷後》，其文先表忠心，以情感人；再引《春秋》、《穀梁》，從合於古禮、爲後世立法則兩個角度表達其立場和態度。從中可見禮學觀念和禮制思想在西漢士人群體中的普及。

郎官屬於中都官，任職內朝，在進言獻策方面確有便利之處，這一點是外朝官所不及的。至於郡國官，就更無法與之相比了——其上書言事不但頗多輾轉，而且往往難以獲准，如《漢書・梅福傳》載其「數因縣道上言變事，求假軺傳，謁行在所條對急政，輒報罷」〔註145〕。這說明，身爲南昌尉的梅福，想要上書建言政治，需要經由縣道之使，通過馬車傳至天子處，而其身居郡國，無法面陳政見，所上奏疏通常不被採納也是意料之中的。相比而言，郎官上書獲准的機會要大得多，因而郎官對於政治抱有更大的熱情，這也是我們今見政論文大多出自郎官之手的重要原因。

三、郎官制度與西漢後期的官員評議

「劾」與「薦」是貶抑與揄揚官員時常用的文體，西漢後期郎官奏議中可見當世之人才考慮和評判標準。除此之外，西漢後期奏疏中還常見免（罷免官員）、理（辯解陳情）、訟（頌揚褒獎）以及罪議（在入罪官員量刑前對其功過展開的探討）。這類奏疏在西漢後期約有五十餘篇，佔有不小的比例。

劾、免、罪議都是指斥官員之失，屬於「彈文」範疇。《文心雕龍・奏啓》曰：「按劾之奏，所以明憲清國。昔周之太僕，繩愆糾謬；秦之御史，職主文法；漢置中丞，總司按劾；故位在鷙擊，砥礪其氣，必使筆端振風，簡上凝霜者也。」〔註146〕郎官之外，司隸校尉也有權劾奏官員：

> 司隸校尉，周官，武帝征和四年初置。持節，從中都官徒千二
> 百人，捕巫蠱，督大奸猾。後罷其兵。察三輔、三河、弘農。〔註147〕

司隸校尉設置之初，是爲了治安考慮而設的武裝力量，後來負責監察包括三輔（京兆尹、左馮翊、右扶風）、三河（河東、河內、河南）及弘農七郡的百官。所謂「持節」，表示其受君令之託，有權劾奏公卿貴戚。如成帝時司隸校尉王尊劾奏丞相匡衡，指其身爲三公，本應「典五常九德，以總方略，壹統

〔註145〕《漢書》卷六十七《梅福傳》，第2917頁。
〔註146〕《文心雕龍注》卷五，第422～423頁。
〔註147〕《漢書》卷十九《百官公卿表上》，第737頁。

類，廣教化，美風俗爲職」，卻縱容姦佞、「無輔政之義」、「失大臣體」，更列舉其失禮行爲：

> 又正月行幸曲臺，臨饗罷衛士，衡與中二千石大鴻臚賞等會坐殿門下，衡南鄉，賞等西鄉。衡更爲賞布東鄉席，起立延賞坐，私語如食頃。衡知行臨，百官共職，萬眾會聚，而設不正之席，使下坐上，相比爲小惠於公門之下，動不中禮，亂朝廷爵秩之位。衡又使官大奴入殿中，問行起居，還言漏上十四刻行臨到，衡安坐，不變色改容。無怵惕肅敬之心，驕慢不謹，皆不敬。〔註148〕

日本學者小林聰指出：「西漢末期，根據儒家思想，以公、卿和大夫的序列作爲主幹，形成了表現爲秩石體系的官僚體系，其目的是把現實的官僚制度，盡可能地與作爲儒家理想的周代的禮制保持一致。」〔註149〕匡衡在宴會中未依循官爵之秩而隨意改動座次，行爲失禮，有「亂朝廷爵秩之位」的嫌疑；後一條則奏其對天子於禮不敬。此奏一上，匡衡雖獲詔不被其罪，但內心慚懼，主動免冠謝罪，天子詔御史丞調查，結果卻是王尊以誹謗罪被降職。

王尊奏劾匡衡時，定其罪名爲「懷邪迷國，無大臣輔政之義，皆不道」。而哀帝時，龔勝、議郎龔以及永信少府猛等十八人上書議丞相王嘉之罪，罪名也是「迷國不道」，這是一個模糊而籠統的說法。《韓詩外傳》有言「懷其寶而迷其國者，不可與語仁」，「迷國」爲不仁；《尚書・洪範》中有「無有作好，遵王之道」，「不道」是說不合王道，違背政令、規範、法度等，即「非禮」。也就是說，王嘉被彈劾的理由在於不仁、失禮。其中龔勝之議有曰：「（嘉）位列三公，陰陽不合，諸事並廢……」《禮記・昏義》有「天子立六官、三公、九卿、二十七大夫、八十一元士」〔註150〕的記載，《漢書・百官公卿表》曰：「太師、太傅、太保，是爲三公，蓋參天子，坐而議政，無不總統，故不以一職爲官名。」〔註151〕因而內政不修、陰陽失調，罪責往往會歸之於三公。東漢時，一旦發生災異，往往策免三公，也是這個意思。《後漢書・張王種陳列傳》有「三公尊重，承天象極」之語，注曰：「三公承助天子，位象三台，

〔註148〕《漢書》卷七十六《王尊傳》，第3231～3232頁。
〔註149〕〔日〕小林聰《漢六朝時代禮制和官制的關係》，《北朝史研究：中國魏晉南北朝史國際學術研討會論文集》，北京：商務印書館，2004年，第23～26頁。
〔註150〕《禮記正義》卷六十一，《十三經注疏》，第1681頁。
〔註151〕《漢書》卷十九《百官公卿表上》，第722頁。

故曰承天象極。哀帝時，丞相王嘉有罪，詔詣廷尉詔獄。」〔註152〕陰陽不合云云，多半因爲三公執掌禮儀，故被認爲具有調和陰陽的神秘力量，這是漢初以來天人感應思想的延續。成帝綏和二年（前 7）春，熒惑守心，郎官賁麗善察星象，上書言大臣宜當之，於是成帝召見丞相翟方進，「還歸，未及引決，上遂賜冊，責讓以政事不治，災害並臻，百姓窮困，曰：『欲退君位，尚未忍，使尚書令賜君上尊酒十石，養牛一，君審處焉！』方進即日自殺。」〔註153〕這裏便首開皇帝因災異而免官的先例。這也側面反映了郎官因掌握專門學問，在內朝「以備顧問」，並在一些重大問題上影響君主的決策，甚至能左右其判斷。

西漢後期郎官還有一些舉薦、頌揚、辯護文章，從中可窺見其論辯技巧和當時的人才觀及其中透露出的禮制思想。如成帝時名將陳湯獲罪下獄當死，太中大夫谷永爲之辯護：

> 臣聞楚有子玉得臣，文公爲之仄席而坐；趙有廉頗、馬服，強秦不敢窺兵井陘；近漢有郅都、魏尚，匈奴不敢南鄉沙幕。由是言之，戰克之將，國之爪牙，不可不重也。蓋「君子聞鼓鼙之聲，則思將率之臣」。竊見關內侯陳湯，前使副西域都護，忿郅支之無道，閔王誅之不加，策慮愊億，義勇奮發，卒興師奔逝，橫厲烏孫，踰集都賴，屠三重城，斬郅支首，報十年之逋誅，雪邊吏之宿恥，威震百蠻，武暢西海，漢元以來，征伐方外之將，未嘗有也。今湯坐言事非是，幽囚久繫，歷時不決，執憲之吏欲致之大辟。昔白起爲秦將，南拔郢都，北坑趙括，以纖介之過，賜死杜郵，秦民憐之，莫不隕涕。今湯親秉鉞，席卷喋血萬里之外，薦功祖廟，告類上帝，介胄之士靡不慕義。以言事爲罪，無赫赫之惡。《周書》曰：「記人之功，忘人之過，宜爲君者也。」夫犬馬有勞於人，尚加帷蓋之報，況國之功臣者哉！竊恐陛下忽於鼙鼓之聲，不察《周書》之意，而忘帷蓋之施，庸臣遇湯，卒從吏議，使百姓介然有秦民之恨，非所以屬死難之臣也。〔註154〕

〔註152〕《後漢書》卷五十六，第 1820～1821 頁。

〔註153〕〔宋〕司馬光《資治通鑑》卷三十三《孝成皇帝下》，北京：中華書局，1956年，第 1051～1052 頁。

〔註154〕《漢書》卷七十《陳湯傳》，第 3020～3021 頁。

此篇引經據典，從君道、臣功和民輿三方面爲陳湯開罪，動情入理，其說一上，陳湯死罪輒免。此處，歷史上君臣相得的佳話，強將的赫赫聲威，民情輿論的傾向，以及《周書》中的爲君之道，都成爲谷永的論據，雖是爲陳湯開釋，但大半篇幅回望歷史，以古證今的意圖非常明顯。漢人這一議論模式，很大程度上體現了禮制思想中的復古精神。中國人慣於以史爲鑒，這種反思精神，某種意義上，是以古爲制——已經發生過的事項爲同類情況提供了一個可預見的結果，亦即爲正在發生的事項展示了最大可能的發展趨向。所以，西漢後期儒士好言繼周復禮，正是從現實政治中的不穩定因素中感到了強烈的危險氣息，希望借模仿西周甚至上古三代的制度模式而走上安順和樂的治道。

谷永另一篇舉薦薛宣爲御史大夫的疏奏，稱揚對方：「其法律任廷尉有餘，經術文雅足以謀王體，斷國論；身兼數器，有『退食自公』之節。」〔註155〕「退食自公」語出《詩·召南·羔羊》：「退食自公，委蛇委蛇。」朱熹集傳：「退食，退朝而食於家也。自公，從公門而出也。」後因以指官吏廉潔奉公。《漢書·百官公卿表》：「御史大夫……一曰中丞，在殿中蘭臺，掌圖籍秘書，外督部刺史，內領侍御史員十五人，受公卿奏事，舉劾按章。」〔註156〕由此可知，身爲御史大夫，要在文化修養、法令制度、行政能力等方面達到一定的水平，才可勝任。若薛宣之才德果如谷永所言，法律、經術、才能、品行兼善，那麼確也符合拜官條件。而谷永薦奏中，一方面，將「經術文雅」作爲舉薦薛宣的重要理由，另一方面，又能將《詩經》中的成詞信手拈來，巧妙化用以助其辭。可見，在西漢後期政治生活中，經學知識已經成爲官員的言論武器，作爲其是否堪任要職的重要條件。

西漢後期，隨著察舉制度的發展及其所確立的一系列人才價值觀的形成，在當時的舉薦、劾奏、評議一類的奏疏中可以知其大要，並藉此幫助我們瞭解西漢後期官員的任用和督責標準，其中對於人才素質的評議，可視爲東漢乃至三國魏晉人物品評風氣的先聲。

〔註155〕《漢書》卷八十三《薛宣傳》，第3392頁。
〔註156〕《漢書》卷十九《百官公卿表上》，第725頁。

第三章　兩漢之際制度思想與文學觀念

　　發生於兩漢之際的王莽改制是中國皇權專制制度下第一次以「禪讓」爲名，和平演變爲實的政權轉移事件；同時又是一場轟轟烈烈地恢復周禮、試圖重建先秦禮樂文明的文化復古運動，有著政治和文化上的雙重意義。它代表的不僅僅是一個歷史事件，而且還是一代社會知識階層在上古禮樂文明這一「集體記憶」的召喚下演繹的一場以復古改制爲特徵的「禮樂狂歡」。對於上下五千年的中國歷史來說，新莽的十幾年和王莽的幾十年也許不算什麼，但對於文化史，尤其是禮制史和思想史來說，這一段是不容忽視的。而兩漢之際的文學，也在這一社會背景下，通過對政治的親和、疏離或反思，從最初的與史學、哲學、政治雜纏不清的狀況中顯露出制度化特徵，以及一定程度的「獨立意識」。王莽本人既是西漢晚期外戚勢力的代表，又是經學修爲很深的宿儒，這種雙重身份使其得以主持改制，並於其中完全追摹經義，成爲經學與政治結合的典型。尤其值得一提的是，王莽改制之初一度贏得了包括劉氏宗室在內的西漢知識階層群體的鼎力擁戴，其復古改制行爲可以說在很大程度上代表了時代的呼聲，具有深廣的民意基礎。

　　提及王莽改制，人們往往會想到「制禮作樂」，王莽的改制活動確也是圍繞著禮樂制度的宗周復古而展開的，在這個過程中，其禮制思想起了決定性的作用。本章首節從歷時角度回顧歷代文人學者眼中的王莽改制，希望在現有研究成果的基礎上，對於新莽的制度思想有更進一步的認識。王莽改制中的禮制復古思想，作爲社會思想的主流，對於其時的文化思想和文學觀念必然產生影響。產生於這一時期的作品中，尤以揚雄摹仿《論語》創作的《法言》最爲著名，其中貫徹的禮制因革思想和受此影響而生發的文學的因革觀念，正是我們所關注的。

第一節　歷代文人學者眼中的王莽改制

　　文人對於王莽改制的評價，最早來自新莽時期揚雄撰寫的《劇秦美新》，文章以聖賢之理想作為評判標準，批評秦政，而重心在於頌揚王莽新政。儘管後人或者將其作為揚雄的人生污點，或者竭力為之開脫，甚或力證其為偽作，但它確實體現了當時相當一部分儒生對於新政的擁護和期許。〔註1〕而後是桓譚在東漢光武初期上書《新論》，對於王莽新政有所批判。如《言體》篇，通篇都是對王莽「不知大體」的批評，《遣非》篇亦數次論及王莽，代表了東漢初年思想界對王莽新政的理性反思。其後王充在《論衡》中也曾提及王莽，如《書虛》篇「實論者謂夫桀、紂惡微乎亡秦，亡秦過泊於王莽，無淫亂之言。」〔註2〕《恢國》篇「光武不仕王莽，誅惡伐無道，無伯夷之譏，可謂順於周矣。」〔註3〕都是將其作為反面典型。

　　首次立足於儒家正統立場對王莽的一生進行全方位的展現與評價的是東漢班固的《漢書・王莽傳》，傳末「贊曰」：

　　　　王莽始起外戚，折節力行，以要名譽，宗族稱孝，師友歸仁。及其居位輔政，成、哀之際，勤勞國家，直道而行，動見稱述。豈所謂「在家必聞，在國必聞」，「色取仁而行違」者邪？莽既不仁而有佞邪之材，又乘四父歷世之權，遭漢中微，國統三絕，而太后壽考為之宗主，故得肆其姦慝，以成篡盜之禍。推是言之，亦天時，非人力之致矣。及其竊位南面，處非所據，顛覆之勢險於桀紂，而莽晏然自以黃、虞復出也。乃始恣睢，奮其危詐，滔天虐民，窮凶極惡，毒流諸夏，亂延蠻貉，尤未足逞其欲焉。是以四海之內，囂然喪其樂生之心，中外憤怨，遠近俱發，城池不守，支體分裂，遂令天下城邑為虛，丘壠發掘，害徧生民，辜及朽骨，自書傳所載亂臣賊子無道之人，考其禍敗，未有如莽之甚者也。昔秦燔《詩》、《書》以立私議，莽誦《六藝》以文姦言，同歸殊塗，俱用滅亡，皆炕龍絕氣，非命之運，紫色𧸰聲，餘分閏位，聖王之驅除云爾！〔註4〕

〔註1〕 方銘《〈劇秦美新〉及揚雄與王莽的關係》，中國文學研究，1993年第2期，第18～23頁。

〔註2〕 〔漢〕王充《論衡》，上海：上海人民出版社，1974年，第61頁。

〔註3〕 〔漢〕王充《論衡》，第299～300頁。

〔註4〕 《漢書》卷九十九下《王莽傳》，北京：中華書局，1999年，第4194頁。

指其虛僞邪佞，爲「亂臣賊子無道之人」中最甚者，是國家禍敗的罪魁。這與班固的「宗漢」思想和正統史觀不無關係。同時也奠定了後世評價王莽的基調。南朝史學家沈約認爲「夫有國有家者，禮儀之用尚矣。然而歷代損益，每有不同，非務相改，隨是之宜故也。……由此言之，任己而不師古，秦氏以之致亡，師古而不適用，王莽所以身滅。」〔註5〕從「禮儀之用」的角度比較秦政與新政的敗亡，很有啓示意義。清代趙翼《廿二史札記》有四條是記王莽的：「王莽之敗」、「王莽時起兵者皆稱漢後」、「王莽自殺子孫」和「王莽引經義以文其奸」〔註6〕對王莽所持的基本看法與班氏並無二致。

　　近代以來，較早論及王莽改制的大概要算胡適先生。他在《王莽：一千九百年前的一個社會主義者》中，以西方制度和思想與中國歷史進行比較研究，爲王莽翻案，將其視爲一位能夠瞭解「國家社會主義」的政治家，並對其改革不被理解發出深慨。〔註7〕錢穆先生《國史大綱》中論及王莽變法亦承續胡氏觀點，認爲王莽的經濟政策「實亦一種如近世所謂之『國家社會主義』」，認爲王莽的政治，「完全是一種書生的政治」，指出他失敗的原因：一、失之太驟，無次第推行之計劃。二、奉行不得其人，無如近世之政治集團來擁護其理想。三、多迂執不通情實處。並於篇末強調「這不是王莽個人的失敗，而是中國史演進過程中的一個大失敗。」〔註8〕持論可謂公允。顧頡剛先生的《五德終始說下的政治與歷史》第十六部分《王莽的自本》，結合《楚辭》、《國語》、《史記》、《左傳》等典籍中的相關內容，對於王莽《自本》中的世系進行辨疑，指出其中存在的諸多疑點，說明其自稱黃帝之後、舜後，目的無非是借禪讓傳說和五德相生理論證明自身做皇帝的必然性。〔註9〕爲後來的研究提供了很大的啓發。如本世紀初的兩本在博士論文基礎上修訂出版的專

〔註5〕　〔梁〕沈約《宋書·禮志一》，北京：中華書局，1974 年，第 327 頁。

〔註6〕　〔清〕趙翼著，王樹民校正《廿二史札記校正》（訂補本），北京：中華書局，1984 年，第 70～75 頁。

〔註7〕　原載 1922 年 9 月 3 日《讀書雜志》第一期，收入《胡適文存》二集卷一，又見歐陽哲生主編《胡適文集》第三冊，北京：北京大學出版社，1998 年，第 19～24 頁。後又寫作《再論王莽》，收入《胡適文存》第三集，又見《胡適文集》第四冊，第 493～495 頁。

〔註8〕　錢穆《國史大綱》第三編第八章《統一政府文治之演進》，北京：商務印書館，1994 年。

〔註9〕　顧頡剛《五德終始說下的政治與歷史》，清華大學學報（自然科學版），1930 年第 1 期，第 208～214 頁。

著——楊永俊的《禪讓政治研究》〔註10〕和楊權的《新五德理論與兩漢政治》〔註11〕中的相關章節，就分別對王莽禪漢及其心法傳替，以及王莽對「堯後火德」說的移植利用予以深究，對顧氏的觀點有所推進。

上個世紀中葉，對於王莽改制的研究散見於各類通史和斷代史中，一些史學家如翦伯贊、呂思勉、林劍鳴、田餘慶、范文瀾等都在各自的史著中對王莽的成敗進行了評議，持論大多近似。其中值得關注的是呂思勉先生在《秦漢史》中有關王莽改制的部分論述，如：

> 先秦之世，仁人志士，以其時之社會組織爲不善，而思改正之者甚多……此等見解，旁薄鬱積，彙爲洪流，至漢而其勢猶盛……此等思想，雖因種種阻礙，未之能行，然既旁薄鬱積如此，終必有起而行之者，則新莽其人也。新莽之所以行，蓋先秦以來志士仁人之公意，其成其敗，其責皆當由抱此等見解者公負之，非莽一人所能尸其功罪也。新莽之爲人也，迂闊而不切於事情，其行之誠不能無失。然苟審於事情，則此等大刀闊斧之舉動，又終不能行矣。故曰：其成其敗，皆非一人之責也。〔註12〕

這段評述指出王莽改制並非個人行爲，也並不是一個偶然事件，而是秦漢社會思想發展的必然結果。新政的失敗，雖有王莽個人的原因，但並不能完全歸咎於他。這一觀點敏銳地指出了王莽改制的社會思想基礎和歷史必然性，較之前代學者一味以道德準繩指斥王莽禍亂朝綱，更見理性。此外，對於呂思勉先生在《秦漢史》中較爲我們熟知的一個觀點「中國之文化，有一大轉變，在乎兩漢之間」〔註13〕，閻步克在《士大夫政治演生史稿》中有所深化，指出「『禮治』與『法治』、儒生與文史之矛盾未經調整而充分相互調適，是王莽變法的出現及其失敗的主要原因……王莽變法事件標誌著中國古代士大夫政治演生史上又一個階段，它的結束則導致了又一個新階段的開始。」〔註14〕此外，于迎春《秦漢士史》〔註15〕第七章也對王莽與士大夫的關係及西漢末年的士風有所論述。

〔註10〕楊永俊《禪讓政治研究》，北京：學苑出版社，2005年。
〔註11〕楊權《新五德理論與兩漢政治》，北京：中華書局，2006年。
〔註12〕呂思勉《秦漢史》，上海：上海古籍出版社，1983年，第197～198頁。
〔註13〕呂思勉《秦漢史》，第197頁。
〔註14〕閻步克《士大夫政治演生史稿》，北京：北京大學出版社，1996年，第361頁。
〔註15〕于迎春《秦漢士史》，北京：北京大學出版社，2000年。

　　二十世紀七八十年代，研究王莽的專著陸續出現，如臺灣學者沈展如《新莽全史》〔註16〕，孟祥才《王莽傳》〔註17〕，劉修明《從崩潰到中興：兩漢的歷史轉折》〔註18〕，周桂鈿《王莽評傳》〔註19〕，葛承雍《王莽新傳》〔註20〕，李元《從理想到毀滅：王莽評傳》〔註21〕王美華《王莽傳》〔註22〕。大多依據《漢書‧王莽傳》，在對王莽生平的鋪敘中，分析其思想性格和改制內容，總結其敗亡原因。其中以周桂鈿先生的論著較有代表性，著者將王莽定位為「復古改革家」，對其復古改制思想的淵源、制禮作樂的過程、新政敗亡的教訓等一一論述，書末指出，王莽按照《周禮》為國建制，為儒者實現復古的理想，這個試驗沒有成功，儘管後世還有儒者繼續推崇三代聖王盛世，但決不會照搬古制走王莽的回頭路，可以說，王莽為後世提供了前車之鑒。

　　此外，還有一些專史研究中，也時有對王莽改制的考察，如沈家本《歷代刑法考》〔註23〕、呂思勉《中國制度史》〔註24〕、林甘泉《中國經濟通史‧秦漢經濟卷》〔註25〕、陳戍國《中國禮制史‧秦漢卷》〔註26〕等，多是利用《通典》、《兩漢會要》等史學材料，對王莽新政的具體政策加以論述。此外，譚其驤《新莽職方考》〔註27〕、饒宗頤《新莽職官考》〔註28〕和《新莽簡輯證》〔註29〕鉤沉史實，對於制度方面考之甚詳，可資參考。

　　關於王莽改制與學術的關係，也是學界一直都很重視的論題。漢代自武

〔註16〕沈展如《新莽全史》，臺北：正中書局，1977 年。

〔註17〕孟祥才《王莽傳》天津：天津人民出版社，1982 年。

〔註18〕劉修明《從崩潰到中興：兩漢的歷史轉折》，上海：上海古籍出版社，1989年。

〔註19〕周桂鈿《王莽評傳》，南寧：廣西教育出版社，1996 年。

〔註20〕葛承雍《王莽新傳》，西安：西北大學出版社，1997 年。

〔註21〕李元《從理想到毀滅：王莽評傳》，哈爾濱：黑龍江人民出版社，2002 年。

〔註22〕王美華《王莽傳》，北京：中國戲劇出版社，2002 年。

〔註23〕沈家本《歷代刑法考》，北京：中華書局，1985 年。

〔註24〕呂思勉《中國制度史》，上海：上海世紀出版集團、上海教育出版社，2002年。

〔註25〕林甘泉《中國經濟通史‧秦漢經濟卷》，北京：經濟日報出版社，1999 年。

〔註26〕陳戍國《中國禮制史‧秦漢卷》，長沙：湖南教育出版社，2002 年。

〔註27〕譚其驤《新莽職方考》，原載《燕京學報》第十五期，1935 年 6 月；後收入《廿五史補編》第二冊，又饒宗頤《新莽職官考》，收入《長水粹編》，石家莊：河北教育出版社，2000 年，第 55～103 頁。

〔註28〕《東方學報》一卷一期。

〔註29〕饒宗頤《新莽簡輯證》，《饒宗頤二十世紀學術文集》卷三，臺北：新文豐出版有限公司，2003 年。

帝採納董仲舒之說「罷黜百家，獨尊儒術」之後，儒學地位空前提高，儒家經學與政治逐漸親和。而君權系統與士人階層結盟，正是儒學主導地位確立，從而成爲官方意識形態的前提。〔註30〕西漢後期學術史上一個重要事件，就是「今古文經學之爭」。哀帝時，劉歆建議將《左氏春秋》、《周禮》等古文典籍立於學官，旋即遭到以今文經學起家的眾臣和博士們的強烈反對，劉歆上《移讓太常博士書》質難之，更引起軒然大波，哀帝出面調解無效，劉歆只得自請外任，直到王莽秉政，才採納劉歆的意見，爲「古文經」設立博士，古文經學暫且得以發展。另外還有王充《論衡‧效力》篇中提及「王莽之時，省五經章句皆爲二十萬」〔註31〕便是對繁瑣的今文經學予以改造。王莽之立古文經學，固然有政治上的需要，如上文提及趙翼論述「王莽引經義以文其奸」。但也有學者認爲，王莽改制是思想界的大環境爲其先導的，而不僅是王莽主動引導學術的發展方向。如王夫之《讀通鑑論》：

> 當僞之初起也，匡衡、貢禹不度德，不相時，捨本逐末，興明堂辟廱，仿《周官》飾學校於衰淫之世；孔光繼起爲僞之魁，而劉歆諸人鼓吹以播其淫響。而且經術之變，溢爲五行災祥之說；陰九百六之數，易姓受命之符，甘忠可雖死而言傳，天下翕然信天命而廢人事，乃至走傳王母之籌而禁不能止。故莽可以白雉、黃龍、哀章銅匱惑天下，而愚民畏天以媚莽。則劉向實爲之俑，而京房、李尋益導之以浸灌人心，使疾化於妖也。〔註32〕

今人陳登原先生更在《國史舊聞》中強調「王莽之所作爲，大抵淵源當時經生餘毒，劉向京房諸人不能不有作俑之責。」〔註33〕二者都指出了王莽改制的學術文化淵源。周予同先生在《王莽改制與經學中的今古文學問題》〔註34〕中，通過對王莽改制與經今古文學關係的分析，闡明王莽如何利用儒家經籍作爲其篡權和改制的工具，並對「王莽只是利用古文經學奪取西漢政權」的

〔註30〕 參看李春青《詩與意識形態》第九章，北京：北京大學出版社，2005 年。

〔註31〕 〔漢〕王充《論衡》，上海：上海人民出版社，1974 年，第 202 頁。

〔註32〕 〔清〕王夫之《讀通鑑論》卷五「平帝」，北京：中華書局，1975 年，第 134 頁。

〔註33〕 陳登原《國史舊聞》卷第十三「〔一六〇〕王莽」，北京：中華書局，2000 年，第 376 頁。

〔註34〕 周予同《王莽改制與經學中的今古文學問題》，原載《光明日報》1961 年 5 月 16 日，後由朱維錚編入《周予同經學史論著選集》（增訂本），上海：上海人民出版社，1996 年，第 679～693 頁。

舊說加以澄清，認爲無論今古文經學，但凡有利於新政，王莽都會予以採用，並非如有的學者認爲的那樣完全擯斥今文經學。湯志鈞等所著《兩漢經學與政治》〔註35〕中相關章節，則完全襲用周氏的觀點。陳蘇鎮《漢代政治與〈春秋〉學》從學術發展角度入手，探討《春秋》今古文經在政治思想中的更替，梳理學術發展與政治思想之間的複雜關係，指出西漢末年王莽的橫空出世爲不可阻擋的改革大潮和難以逆轉的外戚專權局面找到了一個相互結合的方式，「使兩種對立的發展趨勢交叉匯合在一起」〔註36〕。綜合上述各家觀點，可以說，王莽改制有著深刻而複雜的社會原因和思想背景，在此基礎上，王莽個人又趁勢而起，推波助瀾，從而爲改制奠定了一定的思想理論基礎。

第二節　王莽改制及其禮制復古思想

　　西漢後期整個成帝朝二十餘年間，全由外戚王氏掌權；加之成帝無嗣，哀、平亦是，被人認爲西漢氣運已盡，非人力所能挽回。趙翼《廿二史劄記》「東漢諸帝多不永年」條：「至元、成之間，氣運已漸衰。故元帝無子，而哀帝入繼；哀帝無子，而平帝入繼；平帝無子，而王莽立孺子嬰。班書所謂『國統三絕』也。」〔註37〕此外，社會矛盾愈發激化，而「受《禮經》，師事沛郡陳參，勤身博學，被服如儒生」〔註38〕的王莽迅速贏得文儒和經生等掌握政治權力和話語權力的士階層的廣泛認可，同時籠絡豪族大姓，「王舜、王邑爲腹心，甄豐、甄邯主擊斷，平晏領機事，劉歆典文章，孫建爲爪牙。豐子尋、歆子棻、涿郡崔發、南陽陳崇皆以材能幸於莽。」〔註39〕哀平之世興起的讖緯符命之說，又「適時」地爲王莽踐祚提供了「天命」依據，於是天時、地利、人和，眾多條件具備的王莽開始改漢爲新。

　　王莽改制中一項重要的文化建設舉措就是與劉歆共同整理《周官》(即《周禮》)。有關《周官》改革及其包涵的制度意義，徐復觀先生曾論曰：

　　　　以官製表現政治理想，是在政治思想史中所發展出的一種特別

〔註35〕湯志鈞等《兩漢經學與政治》，上海：上海古籍出版社，1994年。
〔註36〕陳蘇鎮《漢代政治與〈春秋〉學》北京：中國廣播電視出版社，2001年，第362頁。
〔註37〕〔清〕趙翼著，王樹民校正《廿二史劄記校正》(訂補本)，北京：中華書局，1984年，第93頁。
〔註38〕《漢書》卷九十九《王莽傳上》，第4039頁。
〔註39〕《漢書》卷九十九《王莽傳上》，第4045～4046頁。

形式。政治賴官職而運行，官職在政治中的重要性，是早經認識到的。……以官製表現政治理想，是戰國中期前後才逐漸發展出來的，我懷疑始於「三公」一辭之出現。……官制之所以能表現政治理想，有兩個系統：一是著眼到由官制的合理地分配、分工，可以提高政治效率，達成政治上所要求的任務，甚至想以官制限制君權，以緩和專制的毒害。這是一個系統。另一是要由官制與天道相合而感到政治與天道相合的系統。古代宗教最高人格神的天的權威，由西周之末經過春秋時代，而漸歸模糊消失後，到了戰國中期前後，分散而以數的觀念及陰陽五行的觀念以言天道，天道以新的形態散佈於思想各個方面，與人間發生更多的關連。於是把官制與代表天道的數字或陰陽五行拉上關係，便覺得這即是理想性的官制。〔註40〕

徐復觀先生概括的兩個系統，就兩漢之際社會思潮和禮制發展情況來看，新莽官制建設更傾向於後者，即「官制與天道相合而感到政治與天道相合的系統」。這與其說是一種制度模式，不如說是一種觀念形態。將意念中的想像整合爲形而上的理論架構，並以之合官制，難以相契是必然的。這一思想觀念並非新莽時才有，早在武帝時期，董仲舒就有「官制象天」之論，〔註41〕仍是天人感應思想背景下的產物。至於徐復觀先生所說的第一個系統，可以揚雄的《官箴》加以印證，我們將在下文予以探討。

從學術思想角度來看，齊詩「五際」革命說、《京房易傳》革命說、公羊家的孔子「素王」革命論，以及西漢末年三統五德之說，都爲王莽代漢提供了思想理論依據。而受命改制、改正朔、易服色的思想均來自上古已有的三統說和文質相代說：

> 萬物春生、夏長、秋收、冬藏，天地之正，四時之極，不易之道。夏數得天，百王所同。其在商湯，用師於夏，除民之災，順天革命，改正朔，變服殊號，一文一質，示不相沿，以建丑之月爲正。易民之視，若天時大變，亦一代之事。亦越我周王，致伐於商，改正異械，以垂三統。〔註42〕

〔註40〕 徐復觀《徐復觀論經學史二種·周官成立之時代及其思想性格》，上海：上海書店出版社，2005年，第188頁。
〔註41〕 《春秋繁露》卷七，第263～271頁。
〔註42〕 《逸周書》卷六《周月》，黃懷信《逸周書彙校集注》（修訂本），上海：上海古籍出版社，2007年，第579～580頁。

當時協助王莽改制的劉歆也繼承其父劉向的思想，作《三統曆》：「至孝成世，劉向總六曆，列是非，作《五紀論》。向子歆究其微眇，作《三統曆》及《譜》以說《春秋》，推法密要，故述焉。」〔註43〕錢穆在《劉向歆父子年譜》中指出：「當時學者……深信陰陽五德轉移之說，本非效後世抱萬世帝王一姓之見。莽之篡漢，碩學通儒頌功德勸進者多矣，雖亦覬寵競媚，亦會一時學風之趨向，不獨劉歆一人為然。」〔註44〕指出了王莽改制並非個人行為，而是時代思潮作用下的大勢所趨。

作為一個改革者，王莽的革新政策涉及各類制度，包括官制，土地制度，貨幣制度、稅收制度、爵祿制度、市場制度、外交制度、度量衡的改革，等等。在文化政策方面尤其頗多動作，如起明堂、辟雍、靈臺；擴大太學，增加博士員，設學（郡）、校（縣、道）、庠（鄉）、序（聚）等各級教育機構；為學者築舍萬區；提出車服制度，對吏民的婚喪嫁娶、養生送終、田宅奴婢等都作了詳細的規定。這些都是王莽在漢代中後期以來逐漸濃厚的獨尊儒術的經學氣氛的陶染下，以儒家描繪出的西周禮樂制度改革西漢末年社會的舉措，從中不難看出王莽「從周」的文化理想。概言之，其改革均可納入「制禮作樂」範疇。從今存文獻資料看來，其改革中最具禮樂精神的部分是巡狩、封禪、郊祀、宗廟、明堂、辟雍、博士制度、後宮制度，等等。這些都被王莽本人以奏議或詔命的形式記錄下來，可資探究。

至於王莽轟轟烈烈的制禮作樂工程最終失敗走向末路，其中的原因是很複雜的，而最致命的就是泥古不化、不切實際，三代之禮被照搬照抄，而全然不顧是否合乎現實情況。《漢書·王莽傳》記載：

> 莽意以為制定則天下自平，故銳思於地理，制禮作樂，講合《六經》之說。公卿旦入暮出，議論連年不決，不暇省獄訟冤結民之急務。〔註45〕

這段傳記文字非常直接地揭示出王莽務虛而不解決實際問題的弊病，這為他最終改制失敗埋下了伏筆。關於「講合《六經》之說」，可與趙翼《廿二史札記》中「王莽多引經義以文其奸」條參看：

〔註43〕《漢書》卷二十一《律曆志上》，第 979 頁。
〔註44〕錢穆《劉向歆父子年譜》，載《古史辨》第五冊，上海：上海古籍出版社，1982年影印本，第 113 頁。
〔註45〕《漢書》卷九十九《王莽傳中》，第 4140 頁。

　　平帝疾，莽又作策，請於泰畤，戴璧秉珪，願以身代，藏策金
　　縢，置於前殿，敕諸公勿言。又以漢高廟爲文祖廟，取《虞書》「受
　　終之祖」之意。此皆援《尚書》以行事也，又引《禮記‧明堂位》
　　曰：「周公朝諸侯於明堂，天子負斧扆，南面而立。」此言周公踐天
　　子位，朝諸侯，制禮作樂，而天下大服也。莽又欲定封建之制，引
　　《禮記》、《王制》千七百餘國，是以孔子《孝經》曰：「不敢遺小國
　　之臣，而況於公侯伯子男乎？」於是封爵高者爲侯伯，次爲子男。
　　此引《禮記》、《孝經》以文其奸也。〔註46〕

王莽制禮過多地依賴於古禮而不務實際，並非他一人造成。漢代制禮，武宣
之世帶有明顯的「緣飾吏治」的功利目的，決定了它在內在精神上就不能與
純然的三代禮樂思想眞正契合。元成以來，更是牽制文義，禮樂制度反覆廢
立，議禮之風盛於制禮之實。王莽所做，不過是西漢制禮之弊的延續。歐陽
修曾在《新唐書‧禮樂志》中論及三代以降禮樂之不切於民生的情況：

　　由三代而上，治出於一，而禮樂達於天下；由三代而下，治出
　　於二，而禮樂爲虛名。古者，宮室車輿以爲居，衣裳冕弁以爲服，
　　尊爵俎豆以爲器，金石絲竹以爲樂，以適郊廟，以臨朝廷，以事神
　　而治民。其歲時聚會以爲朝覲、聘問，歡欣交接以爲射鄉、食饗，
　　合眾興事以爲師田、學校，下至里閭田畝，吉凶哀樂，凡民之事，
　　莫不一出於禮。由之以教其民爲孝慈、友悌、忠信、仁義者，常不
　　出於居處、動作、衣服、飲食之間。蓋其朝夕從事者，無非乎此也。
　　此所謂治出於一，而禮樂達天下，使天下安習而行之，不知所以遷
　　善遠罪而成俗也。及三代已亡，遭秦變古，後之有天下者，自天子
　　百官名號位序、國家制度、宮車服器一切用秦，其間雖有欲治之主，
　　思所改作，不能超然遠復三代之上，而牽其時俗，稍即以損益，大
　　抵安於苟簡而已。其朝夕從事，則以簿書、獄訟、兵食爲急，曰：「此
　　爲政也，所以治民。」至於三代禮樂，具其名物而藏於有司，時出
　　而用之郊廟朝廷，曰：「此爲禮也，所以教民。」此所謂治出於二，
　　而禮樂爲虛名。故自漢以來，史官所記事物名數、降登揖讓、拜俛
　　伏興之節，皆有司之事爾，所謂禮之末節也。然用之郊廟、朝廷，
　　自搢紳、大夫從事其間者，皆莫能曉習，而天下之人至於老死未嘗

〔註46〕〔清〕趙翼著，王樹民校正《廿二史札記校正》（訂補本），第75頁。

見也，況欲識禮樂之盛曉然論其意，而被其教化以成俗乎？〔註47〕「禮」本與事神之器和祭神之事有關〔註48〕，後由此發展出一系列莊嚴肅穆的祭祀儀式，藉以表達順天承運的使命感。中國古代政治生活中的「禮」包括儀式和制度兩個層面，儀式是制度之「文」，制度是儀式之「質」。上文中的「宮車服器」是禮之「文」，國家制度是禮之「質」。周代的禮樂制度作為一個政治神話，是中國古代儒士心目中難以暫忘的情結，其所謂「治出於一」，是指禮法合一或曰政教合一，這種建立在道德倫理基礎上的政治形式只能施用於社會初級形態或最高級形態，階級社會和強權政治下，也僅可保留其儀式成分，至於制度，自然要隨著社會發展而作出適當的調整。因而，周禮作為一種文化體系，對於後世的影響主要還是在於「文」的層面，即禮樂精神，而非具體制度。〔註49〕所以《淮南子》中有「先王之制，不宜則廢之。末世之事，善則著之，是故禮樂未始有常也。」〔註50〕之論。

歐陽修這裏批評秦漢以來「治出於二」，漢代禮樂得周禮之形器而不行其實，未免過苛；但他敏銳地指出了禮在王廷、民間莫見，造成禮樂制度與社會民生完全脫節，從而使得禮樂之教諭功能未能實現，確為實情。王莽制禮，形式大過內容，且脫離百姓日用之實際，兩弊皆有而無所施救，其治難成也不意外。

第三節　禮制思想與揚雄後期文學觀念

《法言》是揚雄晚年摹仿《論語》所作的一部哲學著作，其成書年代基

〔註47〕〔宋〕歐陽修，宋祁《新唐書》卷十一《禮樂一》，北京：中華書局，第1975頁，第307～308頁。

〔註48〕《說文》曰：「禮，履也，所以事神致福也。從示，從豊，豊亦聲。」又曰：「豊，行禮之器也。從豆，象形。讀與禮同。」李孝定《甲骨文字集釋》（第五卷）按：「以言事神之事則為禮，以言事神之器則為豊，以言犧牲玉帛之腴美則為豐。其始實為一字也。」（臺北：中央研究院歷史語言研究所，1970年，第1682頁。）

〔註49〕陳來在《古代宗教與倫理：儒家思想的根源》中指出：「周代的『禮樂文化』的特色不在於周代是否有政治、職官、土地、經濟等制度，而在於周代是以禮儀即一套象徵意義的行為及程序機構來規範、調整個人與他人、宗族、群體的關係，並由此使得交往關係的『文』化，和社會生活的高度儀式化。」（臺北：允晨文化實業股份有限公司，2005年，第259頁。）

〔註50〕〔漢〕劉安《淮南子》卷十三《氾論訓》，上海：上海古籍出版社，1989年，第137頁。

本可以確定在新莽始建國元年（公元9）。「楊子以希聖之資，遭五百之會，所為《法言》，繼迹孟、荀，次於經傳。」〔註51〕黃侃先生此言揭示了揚雄《法言》應時而作，繼踵賢哲的文化意義。

關於揚雄的禮學思想來源，我們可以從《法言》中得到一些提示：

> 《禮》多儀。或曰：「日昃不食肉，肉必乾；日昃不飲酒，酒必酸。賓主百拜而酒三行，不已華乎？」曰：「實無華則野，華無實則賈，華實副則禮。」〔註52〕

這裏的「賓主百拜而酒三行」是指《儀禮》中的「鄉飲酒禮」，可見揚雄對今文《儀禮》較為熟悉。

> 或問「德表」。曰：「莫知作，上作下。」請問「禮莫知」。曰：「行禮於彼，而民得於此，奚其知！」或曰：「孰若無禮而德？」曰：「禮，體也。人而無禮，焉以為德？」〔註53〕

這裏是講禮為德之表，君行禮於上，民承化於下。禮為表而德為裏，表裏相依，而禮為其體。禮之有體，如人之有形。汪榮寶注曰：「禮如體。無體，何得為人？無禮，何能立德？」〔註54〕，《禮記‧禮器》有：「禮也者，猶體也。體不備，君子謂之不成人。」〔註55〕說明道德仁義都統一於禮方為君子。揚雄對於《大戴禮記》的化用，間接反映了他的今文禮學修養。

兩漢之際的社會思想處於變動不居的狀態，博學通識如揚雄，其思想體系具有理性化、動態型的特點，這主要表現在他的因革觀念中，無論其禮制思想還是文學思想，都體現了一種繼往開來的精神，即以歷時的宏觀視野建構其思想體系的努力。這一傾向在他早期摹仿《易經》而作的《太玄》中即有所體現：

> 夫道有因有循，有革有化。因而循之，與道神之。革而化之，與時宜之。故因而能革，天道乃得。革而能因，天道乃馴。夫物不因不生，不革不成。故知因而不知革，物失其則。知革而不知因，物失其均。革之匪時，物失其基。因之匪理，物喪其紀。因革乎因

〔註51〕黃侃《法言義疏序》，汪榮寶《法言義疏》，北京：中華書局，1987年，第1頁。

〔註52〕《法言》卷三《修身》，《法言義疏》，第97頁。

〔註53〕《法言》卷四《問道》，《法言義疏》，第112頁。

〔註54〕汪榮寶《法言義疏》，第112頁。

〔註55〕《禮記正義》卷二十三，《十三經注疏》第1435頁。

革，國家之矩範也。矩範之動，成敗之效也。〔註56〕

這種因革觀念在其後期思想中得到了更爲充分的發揮。一方面，同當時多數經生儒士一樣，揚雄對上古三代禮樂之美、制度之盛表現出景仰和歆羨之情：

> 或問「無爲」。曰：「奚爲哉！在昔虞、夏，襲堯之爵，行堯之道，法度彰，禮樂著，垂拱而視天下民之阜也，無爲矣。紹桀之後，纂紂之餘，法度廢，禮樂虧，安坐而視天下民之死，無爲乎？」〔註57〕

> 或問「泰和」。曰：「其在唐、虞、成周乎？觀《書》及《詩》溫溫乎，其和可知也。」周康之時，頌聲作乎下，關雎作乎上，習治也。齊桓之時緼，而《春秋》美邵陵，習亂也。故習治則傷始亂也，習亂則好始治也。〔註58〕

另一方面，他認爲時移世易，聖人之經亦可因時損益。聖人之道就如同天一樣，天既有常規也有變化，聖人的經籍、言行也是可以變化發展的眼光去理解的。揚雄此論無疑爲兩漢之際泥古而不知時變的僵化思想吹入一陣清新之風。

> 或曰：「經可損益與？」曰：「《易》始八卦，而文王六十四，其益可知也。《詩》、《書》、《禮》、《春秋》，或因或作，而成於仲尼，其益可知也。故夫道非天然，應時而造者，損益可知也。」〔註59〕

> 或曰：「聖人之道若天，天則有常矣，奚聖人之多變也？」曰：「聖人固多變。子游、子夏得其書矣，未得其所以書也；宰我、子貢得其言矣，未得其所以言也；顏淵、閔子騫得其行矣，未得其所以行也。聖人之書、言、行，天也。天其少變乎？」〔註60〕

所以他認爲人君不僅要修禮義，還要明法度、知律令：

> 或曰：「人君不可以不學《律》、《令》。」曰：「君子爲國，張其綱紀，謹其教化。導之以仁，則下不相賊；莅之以廉，則下不相盜；臨之以正，則下不相詐；修之以禮義，則下多德讓。此君子所當學也。如有犯法，則司獄在。」〔註61〕

〔註56〕《太玄》卷七《玄瑩》，《太玄集注》，第190～191頁。
〔註57〕《法言》卷四《問道》，《法言義疏》，第125頁。
〔註58〕《法言》卷十三《孝至》，《法言義疏》，第543頁。
〔註59〕《法言》卷五《問神》，《法言義疏》，第144頁。
〔註60〕《法言》卷十二《君子》，《法言義疏》，第509～510頁。
〔註61〕《法言》卷九《先知》，《法言義疏》，第295～296頁。

這就與西漢後期以來，經生侈言禮治而輕視法治的世俗觀念不同。智識如揚雄者，已經看到了新莽為政之弊，可惜位卑言輕，加之默然自存的處世哲學，使其志不得申，且當時處在制禮狂熱中的王莽之輩也無心體察。

王莽於兩漢之際進行的一系列改制，本有為政日新的政治抱負在其中，從其定國號為「新」即可看出。就此，楊聯陞指出：「《韓非》『五蠹』云：『然則今有美堯舜禹湯之道於當今之世者，必為新聖笑矣。』新聖一詞，甚可注意。按，雖在五德三統一類循環說法之下，仍然可以說新，董仲舒《春秋繁露》主張『新王必改制』，王莽國號之新，除掉肇命於新都之外，還兼取『其命維新』之意。漢人語國號原有地名、美號兩說（《論衡》「正說」；《白虎通》「號篇」），可以並存。」〔註62〕既如此，必然要求應時而變。但新朝改制的實際情況，卻如膠柱鼓瑟，不知權變，淪為教條，這與聖人因時勢而立法度，又因時勢而變革法度的精神是不相符的。揚雄親見王莽新政由一場轟轟烈烈的制禮作樂運動演變為錯漏百出、出爾反爾，國不堪其困、民不堪其擾的荒唐鬧劇，因而在《法言》中以史諷今：

> 或曰：「以往聖人之法治將來，譬猶膠柱而調瑟，有諸？」曰：「有之。」曰：「聖君少而庸君多，如獨守仲尼之道，是漆也。」曰：「聖人之法，未嘗不關盛衰焉。昔者堯有天下，舉大綱，命舜、禹；夏、殷、周屬其子，不膠者卓矣！唐、虞象刑惟明，夏后肉辟三千，不膠者卓矣！堯親九族，協和萬國；湯、武桓桓，征伐四克。由是言之，不膠者卓矣！禮樂征伐自天子所出，春秋之時，齊、晉實與，不膠者卓矣！」〔註63〕

與其禮制因革觀念相應，揚雄對自己早期的文學思想也有所調整。主要體現在：首先，與早期文論中質重於文的認識不同，他後期的文藝觀主張文質並重：

> 聖人，文質者也。車服以彰之，藻色以明之，聲音以揚之，《詩》、《書》以光之。籩豆不陳，玉帛不分，琴瑟不鏗，鍾鼓不抎，則吾無以見聖人矣。〔註64〕

〔註62〕 楊聯陞《國史探微・國史諸朝興衰芻論》之附錄《朝代間的比賽》。北京：新星出版社，2005年，第41頁。
〔註63〕 《法言》卷九《先知》，《法言義疏》，第292頁。
〔註64〕 《法言》卷九《先知》，《法言義疏》，第291頁。

　　或曰：「良玉不雕，美言不聞，何謂也？」曰：「玉不雕，璵璠
不作器；言不文，典謨不作經。」〔註65〕

　　或問：「君子尚辭乎？」曰：「君子事之爲尚。事勝辭則伉，辭
勝事則賦，事、辭稱則經。足言足容，德之藻矣。」〔註66〕

先聖制禮作樂講求文質相稱，外飾和內美兼善。這一觀點反映在文學觀念上，
便是對於文辭之美的重視，即要求言之有文、事辭相稱，較之前期的文論觀
念，對於文學之爲文的審美特徵予以更多的重視。

　　其次，揚雄通過自身的早期創作實踐，從禮樂教化論出發，對於賦的功
能有所反省和再認識：

　　或問：「吾子少而好賦。」曰：「然。童子雕蟲篆刻。」俄而，
曰：「壯夫不爲也。」或曰：「賦可以諷乎？」曰：「諷乎！諷則已，
不已，吾恐不免於勸也。」〔註67〕

　　或問：「景差、唐勒、宋玉、枚乘之賦也，益乎？」曰：「必也，
淫。」「淫則奈何？」曰：「詩人之賦麗以則，辭人之賦麗以淫。如
孔氏之門用賦也，則賈誼升堂，相如入室矣。如其不用何？」〔註68〕

這是揚雄爲人熟知的兩段賦論。前一條被認爲是對賦體文學的否定。其實結
合上下文，我們可以理解揚雄這段論述的重點不在於對賦體文學的輕視，而
是對於賦體文學勸百諷一、缺乏諷諫力量的批判。而從西漢之賦，尤其是散
體大賦的創作中很容易爲揚雄這段話找到證據。揚雄有此言論，正說明在揚
雄的觀念中，文學存在的意義，在於其現實功用，尤其是美刺教化的功能。
而後一段對於楚辭作家和枚乘之賦，揚雄一言以蔽之曰「淫」，也就是說過分、
不合法度。而揚雄認同的法度是「孔門用賦」，也就說《詩經》中的賦法。古
詩以發乎情止乎禮義爲則，這就是前人所說的「禮以節文」，爲文需在感情上
有所節制，並符合禮義之則，才能成爲可登大雅之堂的文學作品。這就是揚
雄著名文論「詩人之賦麗以則，辭人之賦麗以淫」的理論背景，即從正統禮
教觀念出發，對於文學創作提出的要求。所以揚雄不客氣地指出：「女惡華丹

〔註65〕《法言》卷七《寡見》，《法言義疏》，第 221 頁。
〔註66〕《法言》卷二《吾子》，《法言義疏》，第 60 頁。
〔註67〕《法言》卷二《吾子》，《法言義疏》，第 45 頁。
〔註68〕《法言》卷二《吾子》，《法言義疏》，第 49～50 頁。

之亂窈窕也，書惡淫辭之淈法度也。」〔註69〕都是對於逾越法度的批判。

綜上，禮制思想和文學思想上的因革觀念，使揚雄將「文」與「禮」結合起來，上升到立身、成聖的層面：

> 聖人虎別，其文炳也。君子豹別，其文蔚也。辯人狸別，其文革也。狸變則豹，豹變則虎。〔註70〕

《易·革》中有「大人虎變……君子豹變，小人革面」〔註71〕之語。這裏揚雄將其加以發揮，以比喻的手法，將聖人、君子、辯人之文列次而論。關於「辯人」，《荀子·非相》曰：「君子必辯。凡人莫不好言其所善，而君子爲甚。」〔註72〕由此，「辯人」就相當於好言其善而有望成爲君子的凡人。這裏的「文」，表面看是指文采，而其含義亦如荀子所說的「禮義以爲文」〔註73〕。凡人若肯努力提高個人修養，內修德而外被禮文，那麼就可以成爲君子；以此推衍，君子亦可成聖。汪榮寶注曰：「言邪佞不能爲仁，忠信可以睎聖。剛健篤實，斯輝光日新，德行純備，而後可言製作。若夫不仁之人，勞心作僞，雖復緣飾六藝，點竄二典，徒竊虎皮，無關豹變也。」〔註74〕這便將揚雄思想置於王莽變法的時代背景，指其雖落力製作禮樂，但究竟是篡權之臣並非正統，終歸不能成聖。

揚雄以禮制思想爲背景的文學因革觀念，使其成爲上承西漢傳統，下開東漢風氣的文學大家。朱東潤先生論及揚雄對後世文論的影響時說：「東漢一代，文學論者，首推桓譚、班固，其後有王充。譚固盛稱子雲，充之論出於君山，故謂東漢文論，全出於揚雄可也。」〔註75〕對揚雄於東漢文論的影響給予了充分肯定。

〔註69〕《法言》卷二《吾子》，《法言義疏》，第 57 頁。
〔註70〕《法言》卷二《吾子》，《法言義疏》，第 72 頁。
〔註71〕《周易正義》卷五，《十三經注疏》，第 61 頁。
〔註72〕《荀子》卷三《非相》，《荀子集解》，第 83 頁。
〔註73〕《荀子》卷九《臣道》，《荀子集解》，第 256 頁。
〔註74〕汪榮寶《法言義疏》，第 74 頁。
〔註75〕朱東潤《中國文學批評史大綱》，上海：上海古籍出版社，1983 年，第 16 頁。

第四章 兩漢之際的制度與文學

　　新莽政權作爲全然以儒家禮樂理想建制的王朝，未能逃脫迅速敗亡的命運。王莽攝政短短 23 年間〔註1〕，兩漢之際的文士或與王莽合力制禮，或隱逸以潔其身，極個別如揚雄遊於出處之間，生命安全和心理狀態都不穩定，不及留下更多可稱爲文學作品的精神成果。而王朝制禮的迷狂之潮，反倒爲我們留下了很多記錄當時禮樂制度的奏疏、詔令、誥辭，等等。也就是說，這一時期的創作情況，有文學和禮制律令兩端，且更多時候，這些所謂文學，也毫無例外地深受時代思潮的影響，或以述制度、頌古禮爲內容，或呈現出創制定體的追求，這一點在揚雄的諸多作品中表現得尤爲突出。至於奏疏等散文，據《全漢文》所列予以統計的話，約有 160 篇左右，其中署於王莽名下的奏疏、詔令有近百篇，在數量上占絕對優勢，而其餘 60 餘篇也多就事論事，議禮論政，屬於公文性質。以王莽和劉歆爲代表的制禮思想和禮制建設，及留存下來的一些文獻，都對我們瞭解其時的制度、學術和思想有特定的價值。這一階段揚雄摹仿《虞箴》所作的《州箴》、《官箴》，以及受詔所作的《哀元后誄》，標誌著箴、誄二體的定型，後世文人同體創作皆承其體。可以說，揚雄在文學史上的意義絕不僅限於兩漢之際。

〔註 1〕 史載王莽於孺子嬰時正式攝政，但此前平帝（公元 1～5 年，九歲即位，十四歲駕崩）實際上已經淪爲王莽的傀儡，因而我們將王莽攝政的時期提前到平帝即位之後，截至王莽被誅新朝敗亡，共計 23 年。

第一節　禪讓制度與兩漢之際的奏疏

禪讓制度起源於傳說中的堯、舜、禹尊賢禪代的故事，到了戰國後期，經儒、墨兩家的鼓吹，曾有過燕王噲禪位於子之和趙武靈王內禪幼子之事，然而這兩次都沒有在歷史上產生大的影響。而發生在兩漢之際的王莽代漢，確是中國封建皇權制度下，禪讓制度的首次真正施行，雖然秉承封建正統王權觀念的東漢以及後世諸儒，視這次政權轉移事件為「簒」，即以下謀上，對於權力的非法竊取。但在歷史上，這次禪讓是真正依足禮制、確曾發生過的，兩漢之際留存至今的文獻材料和相關禮器均為明證。

關於王莽代漢，如前所述，並非其一己之力勉強促成，而是兩漢之際儒生文士公共意志的集中體現，這從王莽受禪過程中，朝野上下各類符命助其順利實現禪代以及王莽成功禪代後，朝臣文士上書或頌揚其德，或議禪讓之禮，或歌頌新朝盛世中不難察知。

一、禪讓制度與兩漢之際的符命論

禪讓制度與一般的王位繼承制之間的區別，簡單說來就在於是否同姓，同姓繼承叫做「世襲」，異姓繼承就叫「禪讓」。具體說來，「禪讓制度在王位人選上，沒有固定的範圍，它排除了前代帝王家族男性成員在這領域的專擅特權。……禪讓政治追求的是賢人主政治國……任人唯賢是它的基本原則……」〔註2〕這種人選範圍上的開闊性，是它容易被別有用心的權臣利用的重要原因。封建專制皇權政治下，第一個進行這一嘗試的便是王莽。

王莽的受禪占盡天時、地利、人和之條件，是一個水到渠成的和平演變過程。

其最終得以成功代漢，固然有社會政治、經濟、文化等多方面的客觀原因以及王莽自身的政治威望的積累和主觀能動性的發揮，但最為重要的還是當時社會的思想背景為王莽代漢受禪提供了強有力的理論基礎。

受命改制之說，來自春秋公羊學派，董仲舒在《天人三策》中說：「為政而不行，甚者必變而更化之，乃可理也。」〔註3〕「故《春秋》受命所先制者，改正朔，易服色，所以應天也。」〔註4〕這裏是以經義論證更化改制、受命而

〔註2〕楊永俊《禪讓政治研究》，北京：學苑出版社，2005 年，第 32～33 頁。
〔註3〕《漢書》卷五十六《董仲舒傳》，第 2505 頁。
〔註4〕《漢書》卷五十六《董仲舒傳》，第 2510 頁。

王的合理性。到了漢成帝時，劉向總六曆，列是非，作《五紀論》，並申明：
「賢聖之君，博觀終始，窮極事情，而是非分明。王者必通三統，明天命所
授者博，非獨一姓也。」〔註5〕這就打破了帝王一姓之成見。隨後劉歆又在此
基礎上，作《三統曆譜》，主張三統之制和五行相生之說，認爲漢爲火德，色
尚赤，所謂漢承堯運（堯爲火德），依據便在這裏。這些學說都成爲王莽後來
「受命改制」，並自稱舜後的理論基礎。

到了西漢後期，一般士人也往往能夠在觀念上接受改制論，甚至並不認
爲天下必然或必須爲劉氏天下。如元帝時，翼奉主張遷都時說：「天道有常，
王道亡常，亡常者所以應有常也。」〔註6〕成帝時，谷永上書曰：「垂三統，
列三正，去無道，開有德，不私一姓，明天下乃天下之天下，非一人之天下
也。」〔註7〕齊人甘忠可更斗膽放言：「漢家逢天地之大終，當更受命於天，
天帝使眞人赤精子，下教我此道。」〔註8〕哀帝時，夏賀良、解光、李尋等再
次提出「漢曆中衰，當更受命。」〔註9〕在這樣的思想背景下，加之西漢末年
自然災害頻作、民間起義時起、土地兼併嚴重，種種社會矛盾激化，漢室顯
露出「德衰」的迹象，作爲儒者代表而素有聲望的王莽，此時代漢在一定程
度上也容易得到很多儒生的理解。

如前所述，經學發展到西漢後期，隨著陰陽災異說和五德終始說的盛行，
出現了結合災異論政治的風潮，讖緯之學也應運而生，經學在很大程度上被
神化。讖緯附會於政治，於是產生了各種各樣的政變預言：「漢儒言災異，實
有徵驗。如昌邑王時，夏侯勝以爲久陰不雨，臣下有謀上者，而應在霍光。
昭帝時，睢孟以爲有匹夫爲天子者，而應在宣帝。成帝時，夏賀良以爲漢有
再受命之祥，而應在光武。王莽時讖云：『劉秀爲天子』，尤爲顯證。」〔註10〕
讖的產生是一個尚無定論的謎題，而緯則是依附於經書的解經之說，出現在
經學被立爲官學之後。西漢後期，讖緯合流，致使緯書中摻雜大量圖讖、符
應、讖語，於是讖緯並稱。「讖緯在社會上得到極大的發展，得力於王莽篡漢

〔註5〕　《漢書》卷三十六《劉向傳》，第 1950 頁。
〔註6〕　《漢書》卷七十五《翼奉傳》，第 3176 頁。
〔註7〕　《漢書》卷八十五《谷永傳》，第 3467 頁。
〔註8〕　《漢書》卷七十五《李尋傳》，第 3192 頁。
〔註9〕　《漢書》卷七十五《李尋傳》，第 3192 頁。
〔註10〕　〔清〕皮錫瑞《經學歷史》，第 108～109 頁。

和光武帝的大力提倡。」〔註11〕王莽爲了實現政權的合理轉移，頗費了一番心思。最重要的一點就是對於符命的利用〔註12〕，《漢書·王莽傳》中「符命」一詞出現了 28 次，其成功獲得禪讓的過程以及受禪稱帝後的制禮作樂活動，都借助了符命、符瑞，可見新莽政治對於符命論的依賴程度。平帝亡後，年僅兩歲的孺子嬰被王莽選爲繼承人，當月就有人上奏說濬井時得白石，上書「告安漢公莽爲皇帝」，關於王莽即眞的符命說自此而起。王莽居攝三年，各地紛紛獻符命，王莽均欣然領受，十一月，王莽上奏太后曰：

> 陛下至聖，遭家不造，遇漢十二世三七之阨，承天威命，詔臣莽居攝，受孺子之託，任天下之寄。臣莽兢兢業業，懼於不稱。宗室廣饒侯劉京上書言：「七月中，齊郡臨淄縣昌興亭長辛當一暮數夢，曰：『吾，天公使也。天公使我告亭長曰：「攝皇帝當爲眞。」即不信我，此亭中當有新井。』亭長晨起視亭中，誠有新井，入地且百尺。」十一月壬子，直建冬至，巴郡石牛，戊午，雍石文，皆到于未央宮之前殿。臣與太保安陽侯舜等視，天風起，塵冥，風止，得銅符帛圖於石前，文曰：天告帝符，獻者封侯。承天命，用神令。」騎都尉崔發等眂說。及前孝哀皇帝建平二年六月甲子下詔書，更爲太初元將元年，案其本事，甘忠可、夏賀良讖書臧蘭臺。臣莽以爲元將元年者，大將居攝改元之文也。於今信矣。《尚書·康誥》：「王若曰：『孟侯，朕其弟，小子封。』」此周公居攝稱王之文也。《春秋》隱公不言即位，攝也。此二經周公、孔子所定，蓋爲後法。孔子曰：「畏天命，畏大人，畏聖人之言。」臣莽敢不承用！臣請共事神祇宗廟，奏言太皇太后、孝平皇后，皆稱假皇帝。其號令天下，天下奏言事，毋言「攝」。以居攝三年爲初始元年，漏刻以百二十爲度，用應天命。臣莽夙夜養育隆就孺子，令與周之成王比德，宣明太皇太后威德於萬方，期於富而教之。孺子加元服，復子明辟，如周公故事。〔註13〕

這段奏疏在辭采上並無過人之處，而在謀篇布局上，思慮周全，體現了成熟

〔註11〕 姜廣輝主編《中國經學思想史》（第二卷）第二十四章《漢代經學的確立與演變》，北京：中國社會科學出版社，2003 年，第 36 頁。

〔註12〕 符命是讖緯的具象化。《後漢書·光武紀》注曰：「讖，符命之書。」（北京：中華書局，1965 年，第 3 頁）。

〔註13〕 《漢書》卷九十九《王莽傳上》，4093～4094 頁。

的結構技巧。開篇表明自己承天受命，爲眾望之所寄託，暗示自身地位有神意和民意雙重肯定；再羅列符瑞之事：先是詳言齊郡新井之事，簡言石牛、雍石之瑞，表明天意並非偶然，在這些間接獲取的符瑞之後，又有王莽親自發現的符瑞，這就一步步突顯了天命意志；接下來引《尚書》、《春秋》、《論語》之言論，爲自己去「攝」稱「假皇帝」張本；最後表明即眞稱王之意圖。這樣層遞鋪墊之後，即眞的要求便成爲對於符命的尊重，即「承天命，用神令」，那麼成爲「假皇帝」也就合情合理了。值得注意的是，王莽所謂的「如周公故事」，並非僅指一般名義上的攝政，還有實質上「稱王」，這從王莽自己對於《康誥》和《春秋》中相關語句的解釋就能看得出。

王莽之奏獲得了太后的許可，於是「眾庶知其奉符命，指意群臣博議別奏，以視即眞之漸矣。」〔註14〕在王莽即眞之心已日見昭彰的情況下，順臣曲意阿迎，競相獻符瑞，令王莽大悅之餘，更加沉不住氣，希望盡早稱王以實現制禮作樂、比德周公的赫赫功業。但周公居攝七年之後，仍然還政於成王，王莽若全然遵此原則，那就意味著在孺子嬰成年後，也要還政，這當然是王莽所不希望的，於此關頭，就需要一個比周公更加權威的力量來打破這個規則，那麼就只有再次利用天命了。於是，就有政治投機者哀章順勢進獻符瑞——兩個銅匱，一曰「天帝行璽金匱圖」，一曰「赤帝行璽某傳予黃帝金策書」，「某者，高皇帝名也。書言王莽爲眞天子，皇太后如天命。」〔註15〕也就是說是高帝之靈傳達天命令王莽由攝皇帝變爲眞皇帝，證據就是天帝的金匱圖和高帝的金策書。這一切表面看來都似是神意將王莽推向天子之位。在這之後，王莽終於正式下詔書宣稱：

> 予以不德，託于皇初祖考黃帝之後，皇始祖考虞帝之苗裔，而太皇太后之末屬。皇天上帝隆顯大佑，成命統序，符契圖文，金匱策書，神明詔告，屬予以天下兆民。赤帝漢氏高皇帝之靈，承天命，傳國金策之書，予甚祇畏，敢不欽受！以戊辰直定，御王冠，即眞天子位，定有天下之號曰『新』。其改正朔，易服色，變犧牲，殊徽幟，異器制。以十二月朔癸酉爲建國元年正月之朔，以雞鳴爲時。服色配德上黃，犧牲應正用白，使節之旄旛皆純黃，其署曰『新使五威節』，以承皇天上帝威命也。」〔註16〕

〔註14〕《漢書》卷九十九《王莽傳上》，4094 頁。
〔註15〕《漢書》卷九十九《王莽傳上》，4095 頁。
〔註16〕《漢書》卷九十九《王莽傳上》，第 4095 頁。

於是，在所謂的符命瑞應的幫助下，王莽終於完成了從「攝皇帝」到「假皇帝」再到眞正稱帝這一由居攝到禪讓的轉變。王莽在詔書中突出天命、符契，強調神權意志，將其視爲自己即眞的根本原因，一方面反映了他對於讖緯神學的利用，另一方面也體現了王莽的不自信，即不能從現實政治層面光明正大地實施禪讓、登臨帝位，只好借助於神秘學說。歷史往往以意味深長的輪迴事件發人深省：王莽的擁護者們在西漢末年，通過一場政治共謀，利用符命協同王莽實現了王權禪讓；當新莽政權以其不合時宜而引得怨聲載道時，新的符命又出現了，當初使王莽成功即位的符命，也成功地動搖了人們對於新莽政權的信心，這是王莽當初大肆利用符命時沒有想到的。

二、禪讓制度與兩漢之際文臣頌德

王莽禪位改制之舉，在兩漢之際文士群體中產生了很大的反響。在禪讓實施前後，兩漢之際的士人表現出了兩大傾向：一爲靜觀其變或樂觀其成的逍遙派和合作派；一爲視之爲篡國的歸隱派。前者如當時的著名學者揚雄、劉歆、桓譚以及大批爲著各種目的任職新莽政府的文臣；後者如上書乞骸骨的翼奉、邴漢，「守節不仕王莽世」的周黨、譚賢和殷謨〔註 17〕，「稱病歸鄉里」的戴良〔註 18〕，等等。

王莽改制的原理，在於把周公之制從理想層面轉爲現實制度層面，針對當時儒生文臣來說，具有很大的吸引力，因而「當王莽之作，外內咸服」，〔註 19〕除了上述三人之外，史載仕於新莽的著名文士還有張竦、張純、滿冒、陳欽、班稚、侯霸、宋弘、伏諶、范井、耿況、竇融、馬援等。可見，王莽執政在一定範圍內是符合人心的。這一判斷的獲得，除了史實和史事之外，從留存至今的一些稱頌王莽功德的文字中，也可感受得到。這其中篇製較大、文學性較強、影響較爲深遠的當屬王莽禪代前由張竦起草的《爲陳崇草奏稱莽功德》和《爲劉嘉作奏稱莽功德》，以及揚雄在王莽代漢立國後所作的《劇秦美新》。

這三篇文章都未以「頌」命名，但在文體和主題上均以頌美爲主，在審美風格上體現了頌體文學的主要特徵。《毛詩序》曰：「頌者，美聖德之形容，

〔註 17〕《後漢書》卷八十三《逸民列傳》，第 3762 頁。
〔註 18〕《後漢書》卷八十三《逸民列傳》，第 3772～3773 頁。
〔註 19〕《漢書》卷八十六《何武王嘉師丹傳贊》，第 3510 頁。

以其成功告於神明者也。」〔註20〕這裏的「頌」是詩之六義風、賦、比、興、雅、頌中的「頌」，通常被認爲是頌體文學的起源。基於我們對《詩經》的認識，「頌」屬於廟堂雅樂，與祭祀典禮有關，具有儀式性特徵且富含禮樂精神。因而《文心雕龍・頌贊》中將頌的美學特徵概括爲「原夫頌惟典雅，辭必清鑠，敷寫似賦，而不入華侈之區；敬愼如銘，而異乎規戒之域；揄揚以發藻，汪洋以樹義，唯纖曲巧致，與情而變，其大體所底，如斯而已。」綜上，我們可以概括出頌體文的基本特徵：一、內容爲頌美揄揚；二、與禮樂儀式有關：或用於禮儀場合，或反映儀式內容，或體現禮樂精神；三、文辭典雅而有節制。我們試以這些標準來衡量上述三篇文章，探討它們與頌文的關係。

首先，考察這三篇文章的內容，僅從標題看來，均爲頌美王莽及其新政的，稍有不同的是《劇秦美新》不僅「美新」，而且還「劇秦」，雖則批評秦政是爲頌美新政張本，而一旦涉及古今對比，難免帶有諷諫意味，從這個角度來說，張竦之文更接近頌文。尤其值得一提的是作於元始三年（公元3）的《爲陳崇草奏稱莽功德》，揮灑數千言，前十二段幾乎全用韻語，歷數王莽任上的勳績和功德，每段末尾稱引經文或援引經義，其後綴以「公之謂矣」，表明頌美之意，如：

> 自公受策，以至于今，亹亹翼翼，日新其德，增修雅素以命下
> 國，後儉隆約以矯世俗，割財損家以帥群下，彌躬執平以逮公卿，
> 教子尊學以隆國化。僮奴衣布，馬不秣穀，食飲之用，不過凡庶。《詩》
> 云「溫溫恭人，如集于木」，孔子曰：「食無求飽，居無求安」，公之
> 謂矣。〔註21〕

後三部分則以散筆爲主，偶爾間以韻文，議論王莽之德，篇末主張加殊禮於王莽。王莽後來獲封宰衡、加九錫、行居攝，都與本文上書所提之建議有關。「正是陳崇的褒薦文，拉開了王莽禪代的歷史劇幕，也從而拉開了中國古代禪讓政治的歷史序幕。」〔註22〕

其次，從禮制角度看這三篇文章，《爲陳崇草奏稱莽功德》之禮制意義自不待言；《爲劉嘉作奏稱莽功德》作於居攝元年（公元6），是因感念王莽不赦其無罪而作的頌德之文，通篇溢美之詞，雖有部分反映王莽改制內容的句子，

〔註20〕《毛詩正義》卷一《十三經注疏》，第272頁。
〔註21〕《漢書》卷九十九《王莽傳上》，第4058頁。
〔註22〕楊永俊《禪讓政治研究》，第261頁。

但禮制內涵並不突出；相對而言，《劇秦美新》是最具禮樂精神和禮制內涵的一篇。揚雄在自序中聲稱是摹仿司馬相如《封禪文》而作，《史記‧封禪書》說：「每世之隆，則封禪答焉」。揚雄以此文上奏王莽，應是王莽成功受禪之後。受禪之後，面臨的一個意識形態方面的重要問題，便是確立王朝的合法性，並「以其成功告於神明」，那麼頌德之文便是一個很好的選擇。《文選》將此文歸入「符命」一類，大概是因其中有篇幅渲染王莽禪讓的天命論。無論如何，其中的禮制內容是客觀存在不容忽視的，其中列舉新莽新政曰：

> 夫改定神祇，上儀也。欽修百祀，咸秩也。明堂雍臺，壯觀也。九廟長壽，極孝也。製成六經，洪業也。北懷單于，廣德也。若復五爵，度三壤，經井田，免人役，方甫刑，匡馬法，恢崇祇庸爍德懿和之風，廣彼搢紳講習言諫箴誦之途。振鷺之聲充庭，鴻鸞之黨漸階。俾前聖之緒，布濩流衍而不韞韣，郁郁乎煥哉！〔註23〕

這一段韻散相間的文字概括了王莽新政的大部分內容，句式多用對偶。其中前幾句每述一功，便稱一德，功德並稱，頌美之心可謂熱誠。全篇三言至八言不等，而大多為並列或對偶句式，讀來音聲和諧，節奏感強，從文體形式上來講，算是一篇美文。而千百年來，之所以為人所詬病，主要是因其「美新」之主旨。更因文中出現的大量符應，被《文選》列入《符命》一類。一向對揚雄多加推崇的劉勰，在《文心雕龍‧封禪》中評價道：「觀《劇秦》為文，影寫長卿，詭言遁辭，故兼包神怪；然骨掣靡密，辭貫圓通，自稱極思，無遺力矣。」還是比較客觀的。

再次，講到文辭典雅，三篇文章均出自著名文士之手，其頌美之文，文辭和文風自然堪稱典雅；而說到篇幅上的節制，那麼只有《為劉嘉作奏稱莽功德》勉強算是，也有四百餘字。

綜合上述分析，這三篇對於王莽及其新政歌功頌德之文，在文體意義上不能算作頌文，可以說是一種兼具散體大賦和頌文共同特徵的一類作品。在此之前，文人作頌，基本都是韻文形式，且以四言居多，如揚雄創作的《趙充國頌》，然而兩漢之際，以揚雄和張竦的頌德文字在賦頌結合方面作了一些嘗試。到了東漢，很多頌文都體現了與散體賦合流、互滲的現象，其時的頌體文中，既有傅毅《顯宗頌》、史岑《出師頌》這樣純然四言的傳統頌體形式的作品，也有崔駰《四巡頌》這樣韻散結合的頌體文及其《明帝頌》和《杖

〔註23〕〔漢〕揚雄《劇秦美新》，《全漢文》卷五十三，第416頁。

頌》這樣全篇四言和六言並存的頌體文。因而可以說，兩漢之際的頌德文章，對於頌體文由純韻文向句式更爲豐富靈活的韻散結合之體式的演進，多少提供了一些借鑒。

第二節 州制、官制與揚雄的箴文

史載揚雄「好古而樂道」〔註24〕，多稽古之作。除了摹仿儒家經典之外，他還仿《虞箴》作十二《州箴》和二十五《官箴》（亡四，殘五）。據《全漢文》所載，留存至今的有《冀州箴》、《青州箴》、《兗州箴》、《徐州箴》、《揚州箴》、《荊州箴》、《豫州箴》、《益州箴》、《雍州箴》、《幽州箴》、《并州箴》和《交州箴》十二州箴，以及《司空箴》、《尚書箴》、《大司農箴》、《侍中箴》（殘）、《光祿勳箴》、《大鴻臚箴》、《宗正卿箴》、《衛尉箴》、《太僕箴》、《廷尉箴》、《太常箴》、《少府箴》、《執金吾箴》、《將作大將箴》、《城門校尉箴》、《太史令箴》（殘）、《博士箴》、《國三老箴》（殘）、《太樂令箴》（殘）、《太官令箴》（殘）和《上林苑令箴》二十一官箴。

關於箴體，劉勰《文心雕龍·銘箴》曰：「箴者，所以攻疾防患，喻針石也。斯文之興，盛於三代，夏商二箴，餘句頗存，及周之辛甲百官箴一篇，體義備焉。迄至春秋，微而未絕，故魏絳諷君於后羿，楚子訓民於在勤。」〔註25〕可見，箴文作爲一種實用性的文體，在周初即已出現。徐師曾《文體明辨序說》中對於箴體的發展有過簡要的總結：

> 古有《夏》《商》二箴，見於《尚書大傳解》及《呂氏春秋》；然餘句雖存，而全文已缺。獨周太史辛甲命百官箴王闕，而《虞人》一篇，備載於《左傳》，於是揚雄仿而爲之。其後作者相繼，而亦用以自箴，故其品有二：一曰官箴，二曰私箴。大抵皆用韻語，而反覆古今興衰理亂之變，以垂警戒，使讀者惕然有不自寧之心，乃稱作者。〔註26〕

其中提及的揚雄所摹仿的《虞箴》見於《左傳·襄公四年》中，魏絳勸晉侯「昔周辛甲之爲大史也，命百官，官箴王闕」。也就是說，箴作爲一種文體，是用以勸誡君主爲政過失以革除弊政的。其辭曰：

〔註24〕 《漢書》卷八十七《揚雄傳贊》，第3583頁。
〔註25〕 《文心雕龍·銘箴》，《文心雕龍注》卷三，第194頁。
〔註26〕 〔明〕徐師曾《文體明辨序說·箴》，第140～141頁。

　　芒芒禹迹，畫爲九州，經啓九道。民有寢廟，獸有茂草；各有

攸處，德用不擾。在帝夷羿，冒於原獸，忘其國恤，而思其麀牡。

　　武不可重，用不恢於夏家。獸臣司原，敢告僕夫。〔註27〕

全文多用四言韻語，以下人身份勸誡君主不要過分田獵，以維護人和動物之間的良好生態。對比現存揚雄之箴文，在文體形式上，完全襲用《虞箴》，在內容和手法上多參照《詩經》和《尚書》，並大量用典。

一、兩漢之際的州制與揚雄的《州箴》

　　漢代的州制有一個發展變化的過程。《漢書·地理志》載：「至武帝攘卻胡、越，開地斥境，南置交趾，北置朔方之州，兼徐、梁、幽、并夏、周之制，改雍曰涼，改梁曰益，凡十三部，置刺史。」〔註28〕《通鑒》卷二一指其定制爲元封五年（前106），並說明十三州分別爲交趾、朔方、冀、幽、并、兗、徐、青、揚、荊、豫、益、梁。

　　關於十二《州箴》的寫作年代，據《漢書·王莽傳上》王莽在元始五年（公元5）上奏曰：

　　太后秉統數年，恩澤洋溢，和氣四塞，絕域殊俗，靡不慕義。……

臣又聞聖王序天文，定地理，因山川民俗以制州界。漢家地廣二帝

三王，凡十三州，州名及界多不應經。《堯典》十有二州，後定爲九

州。漢家廓地遼遠，州牧行部，遠者三萬餘里，不可爲九。謹以經

義正十二州名分界，以應正始。〔註29〕

從王莽的奏疏中，可知改十三州爲十二州，是追慕堯制而又兼顧當時國情的一個綜合考慮。其中冀、兗、青、徐、揚、荊、豫、雍八州採用了《禹貢》的舊名，幽、并二州採用了《職方》的舊名，王莽政治執著於稽古，可見一斑。這一奏議獲得了許可。那麼揚雄十二州箴當作於這時。而後王莽在始建國四年（公元12）又下詔對州制進行了調整：

　　予以不德，襲于聖祖，爲萬國主。思安黎元，在于建侯，分州

正域，以美風俗。追監前代，爰綱爰紀。惟在《堯典》，十有二州，

衛有五服。《詩》國十五，抈徧九州。《殷頌》有『奄有九有』之言。

〔註27〕　《春秋左傳正義》卷十九，《十三經注疏》第 1933 頁。
〔註28〕　《漢書》卷二十八《地理志上》，第 1543 頁。
〔註29〕　《漢書》卷九十九《王莽傳上》，第 4077 頁。

《禹貢》之九州無并、幽，《周禮‧司馬》則無徐、梁。帝王相改，
各有云爲。或昭其事，或大其本，厥義著明，其務一矣。昔周二后
受命，故有東都、西都之居。予之受命，蓋亦如之。其以洛陽爲新
室東都，常安爲新室西都。邦畿連體，各有采任。州從《禹貢》爲
九，爵從周氏有五。〔註30〕

王莽先在平帝時期變漢制十三州爲《堯典》之十二州，又在新朝改制過程中
變爲《禹貢》之九州。《禹貢》歌頌了禹定九州的功績，同時記述了當時的政
治制度、行政區劃、山川物理、貢賦等級，等等，王莽這一改作，是其制度
復古的一個例證。

揚雄的州箴中，幽、并、交、益四州不屬於《貢禹》九州之列，那麼，
從他對於這四州的表述中，應能更多地看出揚雄的個人觀點。以《交州箴》
爲例：

交州荒裔，水與天際。越裳是南，荒國之外。爰自開闢，不羈不
絆。周公攝祚，白雉是獻。昭王陵遲，周室是亂。越裳絕貢，荆楚逆
叛。四國內侵，蠶食周京，臻於季報，遂以滅亡。大漢受命，中國兼
該。南海之宇，聖武是恢。稍稍受羈，遂臻黄支。杭海三萬，來牽其
犀。盛不可不憂，隆不可不懼。顧瞻陵遲，而忘其規摹。亡國多逸豫，
而存國多難。泉竭中虚，池竭瀨乾，牧臣司交，敢告執憲。〔註31〕

前言其興亡之迹，後敘其漢代以來的對外交通，並誡之以居安思危之意，勉
勵統治者勤政。體式整飭，內容豐富，篇幅適中。

與《虞箴》相比，揚雄州箴相同之處在於：第一，四言韻語貫於全篇，
讀來音節琅然；第二，間以五言散語，打破四言之沉悶，調節文章結構；第
三，寄意勸誡；第四，篇末以謙語表達惶恐進言之意。綜觀揚雄其他二十餘
篇箴文，莫不具備這四個特徵。由此可以說，箴文的基本體式，雖由《虞箴》
開其端緒，但孤篇畢竟不成氣候，到了揚雄，通過對於箴文體式的強化摹仿，
箴文作爲文體之一種，體式才眞正固定下來。

此外，不同於《虞箴》之處在於：第一，篇製更長，揚雄現存完整的箴
文，字數都在百字及以上，表達內容更爲豐富、深廣；第二，揚雄在州箴中
不僅延續《虞箴》的勸誡之旨，而且加入歌頌的成分，使一篇之中美刺並存；

〔註30〕《漢書》卷九十九《王莽傳中》，第 4128 頁。
〔註31〕《全漢文》卷五十四，第 418 頁。

第三，箴文之中大量用典，以歷史興亡警示現世，對比之中增強說服力。所謂「據事以類義，援古以證今者也。」〔註32〕文中提及「周公攝祚，白雉是獻。」徐幹《中論・爵祿》曰：「周公之爲諸侯，猶臣也，及其踐明堂之祚，負斧扆而立，則越裳氏來獻白雉。故身不尊則施不光，居不高則化不博。」〔註33〕王莽既有意比德周公，元始元年（公元1）又恰有「越裳氏重譯獻白雉一，黑雉二」〔註34〕之事，於是群臣借機稱頌王莽，太后下詔賜號「安漢公」。揚雄箴文用此典故，不能排除逢迎之意，大概也有以周公勉勵王莽的意思在。第四，所列事典正反兩面對比，所進誠辭也是正反兩面論說，顯得文義婉曲、論說嚴密，這一點不獨此箴有之，其餘十一篇州箴也全然如此。這應爲揚雄文體革新之嘗試，隨後成爲此體之固定形式。

二、兩漢之際的官制與揚雄的《官箴》

揚雄州、官之箴一般被認爲作於同一時期。《漢書・王莽傳中》提及王莽始建國元年（公元9）改定官名：「更名大司農曰羲和，後更爲納言，大理曰作士，太常曰秩宗，大鴻臚曰典樂，少府曰共工，水衡都尉曰予虞，與三公司卿凡九卿，分屬三公。……更名光祿勳曰司中，太僕曰太御，衛尉曰太衛，執金吾曰奮武，中尉曰軍正。」而揚雄之官箴，仍沿用太常、少府、大鴻臚、衛尉、執金吾等舊稱，可見，揚雄之箴文當作於王莽篡漢之前，其州官之箴表現出風格上的統一，若說是創作於同一時期，即平帝元始五年，也是合理的。也有研究者持相反的觀點，認爲揚雄官箴作於王莽代漢之後：「雄見（王）莽更易百官，變置郡縣，制度大亂，士皆忘去節義，以從諛取利，乃作司空、尚書、光祿勳、衛尉、廷尉、太僕、大鴻臚、將作大匠、博士、城門將尉、上林苑令等箴，……皆勸人臣執忠守節，可爲萬世戒。」〔註35〕對於這個觀點我們不能認同。一方面，從揚雄在新莽的行止來看，尤其是在新莽前期，他並沒有表現出對於新政的強烈不滿，不必有此一舉；另一方面，揚雄所作官箴，勉勵之意雖然顯見，但依史料所載，揚雄自己都未有「守節」，何來勸誡他人守節之說！

〔註32〕《文心雕龍・事類》，《文心雕龍注》卷八，第614頁。

〔註33〕俞紹初輯校《建安七子集》附錄二，北京：中華書局，2005年，第291頁。

〔註34〕《漢書》卷十二《平帝紀》，第348頁。

〔註35〕〔宋〕晁說之《景迂生集・揚雄別傳》，四庫全書本。

揚雄成帝時除給事黃門郎，為光祿勳之屬官，此後歷成、哀、平三世不徙官，自然對這一職能部門有更多的瞭解。其官箴中有《光祿勳箴》，其文曰：

> 經兆宮室，畫為中外，廊殿門闥，限以禁衛。國有固衛，人有藩籬，各有攸保，守以不歧。昔在夏殷，桀紂淫湎，符牛之飲，門戶荒亂。郎雖執戟，謁者參差，殿中成市。或室內鼓聲，忘其廊廟，而聚夫逋逃，四方多罪，載號載呶。內不可不省，外不可不清。德人立朝，義士充庭；祿臣司光，敢告執經。〔註36〕

箴文以四言為主，間或雜以五言，其文分四個層次：先言光祿勳的基本職能，再援引反面例子以古為鑒，然後是告誡勸勉之辭，最後是固定套語。基本模仿了《虞箴》的寫作體例。光祿勳本名郎中令，秦時職官名。漢武帝太初元年（前 104），更名為光祿勳，是九卿之一，掌守衛宮殿門戶。揚雄箴文中涉及的「郎」和「謁者」都是光祿勳的屬官。前者持戟守衛宮殿門戶，後者司理殿前威儀等事，二者均為皇帝近侍。「郎雖執戟，謁者參差，殿中成市。……載號載呶。」是說官員不竭忠盡職造成的內廷混亂、禮制失序的嚴重後果。王莽曾任光祿大夫之職，隸屬於光祿勳。其篇末歸於「德人立朝，義士充庭」，顯然有頌美之義。即便不是阿諛王莽，至少也表達了對於德政的期許。

揚雄官箴所涉及的職官，分曹列職，各申規誠，其職能如下〔註37〕：

> 司空，掌水土事。凡營城起邑、濬溝洫、修墳防之事，則議其利，建其功。凡四方水土功課，歲盡則奏其殿最而行賞罰。凡郊祀之事，掌掃除、樂器，大喪則掌將校復土。凡國有大造大疑，諫爭，與太尉同。〔註38〕
>
> 大司農，掌穀貨。
>
> 侍中，加官，得入禁中。掌侍左右，贊導眾事，顧問應對。〔註39〕
>
> 光祿勳，掌宮殿掖門戶。
>
> 大鴻臚，掌諸歸義蠻夷。
>
> 宗正卿，掌親屬。

〔註36〕《全漢文》卷五十四，第 419 頁。
〔註37〕下列各官職能，如無特別說明，均以《漢書·百官公卿表》為據。
〔註38〕《後漢書》志第二十四《百官志一》，第 3561～3562 頁。
〔註39〕《後漢書》志第二十六《百官志三》，第 3593 頁。

衛尉，掌宮門衛屯兵。

太僕，掌輿馬。

廷尉，掌刑辟。

太常，掌宗廟禮儀。

太史令，掌天時星曆。〔註40〕

太樂令，掌伎樂人。凡國祭祀，掌奏樂及大司樂，掌其陳序。〔註41〕

少府，掌山海池澤之稅，以給共養。

尚書，少府屬官，有常侍曹尚書，主丞相御史事。二千石尚書，主刺史、二千石事。戶曹尚書，主人庶上書事。主客尚書，主外國四夷事。成帝加三公尚書，主斷獄事。〔註42〕

太官令，少府屬官，掌御飲食。〔註43〕

執金吾，掌徼循京師。

將作大匠，掌治宮室。

城門校尉，掌京師城門屯兵。

博士，掌通古今。

國三老，掌教化。

上林苑令，主苑中禽獸。頗有民居，皆主之。捕得其獸送太官。〔註44〕

以上職官，或為公卿重臣，或為朝廷禮官，或與國家安全有關，或與經濟民生有關，總的看來，都屬於對國家政治能夠發揮重大作用的高級官吏。對於這類職官的箴規勸勉，具有一定的現實意義。而在藝術手法上，除了固定的體例之外，揚雄的官箴還對《詩經》和《尚書》多有借鑒。以對《尚書》的借鑒為例，既有對《尚書》經典句式的摹仿：

昔在二帝，巡狩四宅。〔註45〕

〔註40〕〔漢〕應劭《漢官儀》，〔清〕孫星衍等輯《漢官六種》，北京：中華書局，1990年，第127頁。

〔註41〕《後漢書》志第二十五《百官志二》，第3572頁。

〔註42〕《後漢書》志第二十五《百官志二》，第3573頁。

〔註43〕《後漢書》志第二十六《百官志三》，第3592頁。

〔註44〕《後漢書》志第二十六《百官志三》，第3593頁。

〔註45〕〔漢〕揚雄《太僕箴》，《全漢文》卷五十四，第419頁。

　　　　昔在太古，爰初肇記。〔註46〕

　　　　昔在蚩尤，爰作淫刑。〔註47〕

也有對《尚書》原文的化用：

　　　　降及唐虞，乃命義和。欽若昊天，百政攸宜。〔註48〕

其中「乃命義和，欽若昊天」就是《堯典》中的原句。

　　還有對於《尚書》中典故的使用，如：

　　　　堯咨虞舜，惟思是尚。〔註49〕

　　　　昔在唐虞象刑，天民是全。〔註50〕

「咨」是堯舜用政時常用的語氣詞，這裏指其選賢任能令各司其職。後一則來自《舜典》中舜在器物上刻畫墨、劓、荆、宮、大辟五種刑罰，使民之所懲戒，而免於被刑。

　　此外，官箴由於以四言爲主，對於《詩經》句法的摹擬更是俯拾即是，此不贅舉。箴文中亦不乏對於其他先秦經典的化用，如《太僕箴》中：「輦車就牧，而詩人興魯。廏焚問人，仲尼厚醜。孟子蓋惡夫廏多肥馬，而野有餓殍。」〔註51〕前者是《論語·鄉黨》中的典故：「廏焚，子退朝，曰：『傷人乎？』不問馬。」〔註52〕，後者來自《孟子·梁惠王上》：「庖有肥肉，廏有肥馬，民有饑色，野有餓殍。此率獸而食人也！」〔註53〕是孔孟二聖民本思想的體現。太僕是爲天子掌輿馬的官員，這裏用典以示勸誡。

　　晚年的揚雄對於漢大賦「勸百諷一」的文學效應感到不滿，有悔其少作之歎。因而從上古文體中選擇「箴」這一具有直接而明顯的勸誡意義的文體，源於根深蒂固的禮樂教化觀念。其官箴中對於各類官員的職責追溯到上古，大量援引經典所載的正反兩方面的例子，警策並勸勉各類官員，表現出一種道德自覺意識和歷史反省意識，這是非常難能可貴的。揚雄本人並不汲汲於富貴利達，其官箴的創作在一定程度上，表達了個人政治理想。揚雄之後，

〔註46〕〔漢〕揚雄《太史令箴》，《全漢文》卷五十四，第420頁。

〔註47〕〔漢〕揚雄《廷尉箴》，《全漢文》卷五十四，第419頁。

〔註48〕〔漢〕揚雄《太史令箴》，《全漢文》卷五十四，第420頁。

〔註49〕〔漢〕揚雄《執金吾箴》，《全漢文》卷五十四，第420頁。

〔註50〕〔漢〕揚雄《廷尉箴》，《全漢文》卷五十四，第419頁。

〔註51〕〔漢〕揚雄《太僕箴》，《全漢文》卷五十四，第419頁。

〔註52〕《論語注疏》卷十，《十三經注疏》，第2495頁。

〔註53〕《孟子注疏》卷一，《十三經注疏》，第2667頁。

東漢崔駰、崔瑗、胡廣等增補揚雄官箴成《百官箴》〔註54〕，對於各級各類官員進行規勸，成為官吏正身為官之鑒。自此以往，魏晉南北朝、唐宋、明清各代都有官箴創制。

第三節　喪葬制度與揚雄的誄文

誄文一般用於哀祭場合。關於誄文，劉勰在《文心雕龍・誄碑》中說：

> 周世盛德，有銘誄之文。大夫之材，臨喪能誄。誄者，累也；累其德行，旌之不朽也。夏商已前，其詳靡聞。周雖有誄，未被於士。又賤不誄貴，幼不誄長；其在萬乘，則稱天以誄之。讀誄定諡，其節文大矣。
>
> ……
>
> 詳夫誄之為制，蓋選言錄行，傳體而頌文，榮始而哀終。論其人也，曖乎若可覿，道其哀也，悽焉如可傷：此其旨也。〔註55〕

誄的形成，與喪葬禮儀密切相關。《周禮・春官・大祝》記載祭祀官大祝的職能時說：「作六辭，以通上下、親疏、遠近：一曰祠，二曰命，三曰誥，四曰會，五曰禱，六曰誄。」〔註56〕也就是說，和祭祀中的其他五體文辭一樣，誄的作用在於通上下天地、別親疏遠近，其中自然體現一定的倫理秩序和情感因素。劉勰所說的「讀誄定諡」，見於《周禮・春官・小史》：「卿大夫之喪，賜諡讀誄」〔註57〕，是指卿大夫之子為父請諡於君，諡成後大史往賜，至遣之日，小史為之讀誄辭。也就是說，誄是史官在喪葬命諡儀式上為之誦讀的文辭。至於誄文的內容，一般為表彰功德並表達哀悼，所謂「先述世系行業，而末寓哀傷之意」〔註58〕。綜上可知，誄辭之制，最早是和定諡之禮相關，並對作誄者和受誄者有身份上的等級規定。

最初只君主和卿大夫有誄。直至《禮記・檀弓》所載魯莊公為陣亡將士

〔註54〕《後漢書・胡廣傳》載：「初，楊雄依《虞箴》作十二州二十五官箴，其九箴亡闕，後涿郡崔駰及子瑗又臨邑侯劉騊駼增補十六篇，廣復繼作四篇，文甚典美。乃悉撰次首目，為之解釋，名曰《百官箴》，凡四十八篇。」雖有嚴可均對其篇數提出了合理質疑，但東漢人仿作而成《百官箴》是確有其事的。

〔註55〕《文心雕龍注》卷三，第212～213頁。

〔註56〕《周禮注疏》卷二十五，《十三經注疏》，第809頁。

〔註57〕《周禮注疏》卷二十六，《十三經注疏》，第818頁。

〔註58〕〔明〕徐師曾《文體明辨序說・誄》，第154頁。

作誄,「士之有誄,自此始也。」〔註59〕《左傳·哀公十六年》載「孔丘卒。
公誄之曰:『旻天不弔,不憖遺一老。俾屏余一人以在位,煢煢余在疚。嗚呼
哀哉!尼父,無自律。』」〔註60〕當中並未言及加諡,也未旌表孔子德行,文
辭簡略,只是一般意義的哀歎。《列女傳》載柳下惠(展禽)之妻為其作誄,
並諡之以「惠」,被認為是私誄和私諡之始。其誄曰:

> 夫子之不伐兮,夫子之不竭兮。夫子之信誠,而與人無害兮。
>
> 屈柔從俗,不強察兮。蒙恥救民,德彌大兮。雖遇三黜,終不蔽兮。
>
> 愷悌君子,永能屬兮。嗟乎惜哉,乃下世兮。庶幾遐年,今遂逝兮。
>
> 嗚呼哀哉,魂神泄兮。夫子之諡,宜為惠兮。〔註61〕

劉勰認為此誄「辭哀而韻長」。〔註62〕其以騷體為主,句式上多用對偶,前頌
其德,後述哀思,篇末定諡,可以稱得上是結構體式較為完整的誄文。但因
《列女傳》是劉向所輯,輯錄時是否進行過藝術加工,或根本就是劉向創制,
抑或真是柳妻所作,就不好說了。此外,《文章緣起》載有漢武帝《公孫弘誄》,
有目無辭,內容已無從查考。梅鼎祚的《西漢文紀》中收錄有《司馬相如誄》,
稱卓文君所作,與柳妻之誄在體式和風格上都類同。從流傳下來的誄來看,
西漢以前的誄在體例上並無定制,散文、騷體都有。而真正使誄作為文體定
型的,還是新莽時期,揚雄應詔所作的《元后誄》,它融合先秦鍾鼎銘文和詩、
頌,形成了四言韻文的體式,可以說是開了誄文寫作的新局面。

一、《元后誄》創作的制度文化背景

西漢時,《儀禮》和《禮記》同被立於學官,是被官方認同並在制度上
據以依傍的禮學典籍。《儀禮·喪服》和《禮記·喪服四制》中對於居喪之
禮都有著詳細而嚴格的規定。漢初統治者尚黃老,故提倡喪葬禮儀從簡,《史
記·孝文本紀》中記載文帝臨終遺詔對喪期、喪服、守喪之制都在上古喪儀
的基礎上進行了簡化。武帝之後,儒學獨尊地位逐漸確立,思想上採用儒家
的「孝治」,號稱「以孝治天下」,於是包括喪葬禮儀在內的儒家禮儀制度隨
著儒家經學的興盛,而開始廣受重視,研究儒家禮儀的學者也逐漸增多。宣

〔註59〕　《禮記正義》卷六,《十三經注疏》,第1277頁。
〔註60〕　《春秋左傳正義》卷六十,《十三經注疏》,第2177頁。
〔註61〕　〔漢〕劉向《古列女傳》卷二《明賢》,北京:中華書局,1985年,第49～
　　　　　50頁。
〔註62〕　《文心雕龍·誄碑》,《文心雕龍注》卷二,第213頁。

帝時期，后倉著《后氏曲臺記》說《禮》數萬言；其弟子戴德輯錄的《大戴禮記》被立於學官，「大戴」還曾定《士禮》，其中《士喪篇》和《喪服篇》都涉及喪禮，另有《喪服變除》和《喪服禮》等禮學著作，論述了有關斬衰、齊衰、大功、小功、緦麻五服等喪禮。人稱「小戴」的戴聖曾參與宣帝甘露三年的石渠閣禮議，與諸儒一起探討包括喪祭之禮以及射禮、祠禮在內的禮儀制度，並輯《禮記》49 篇，他指出：「凡治人之道，莫急於禮。禮有五經，莫重於祭。」〔註 63〕可見喪祭禮儀之禮學地位。《漢書‧宣帝紀》載地節四年（前 66）有詔曰：「導民以孝，則天下順。今百姓或遭衰絰凶災，而吏繇事，使不得葬，傷孝子之心，朕甚憐之。自今諸有大父母、父母喪者勿繇事，使得收斂送終，盡其子道。」〔註 64〕將殯葬之緊迫性置於國家徭役之上，足見其受重視程度。元帝即位後，純用儒生，對禮更為重視。《漢書‧陳湯傳》載初元二年（前 47）陳湯因舉茂才待遷而父死不奔喪，被司隸劾奏而入獄，舉薦他的富平侯張勃也受到牽連，可見不循禮者是要被嚴懲的；反之，循禮者則受表彰：《漢書‧河間獻王傳》載河間惠王劉良因「母太后薨，服喪如禮」〔註 65〕，哀帝下詔褒揚其為宗室儀表，並益封萬戶。對於喪葬禮節的重視說明，漢代以來的「孝治」思想在西漢後期，已經定型為一些具體的律令和制度，以便更好地貫徹。

　　兩漢之際，朝野上下以今文禮學為據，普遍謹守儒家喪儀。元后崩，王莽立廟於長安，令新室世世獻祭，王莽亦為元后服喪三年，依足行喪之禮。這既是漢室「孝治」思想的延續，也代表一種依經循禮的姿態。而喪期三年之制也是到了王莽這裏才成為定制。在此之前，西漢的喪期制度經歷了一個不斷發展變革的過程：

　　　　自文帝有短喪之令。武帝初，竇嬰田蚡嘗欲革之，而以禮為服
　　　制，事果不行。由是凡三年之喪，未葬，服斬衰。既葬，服大功十
　　　五日，小功十四日，緦七日，凡葬後三十六日而服除。若公孫弘當
　　　武帝時服後母喪三年，蓋僅見之事也。哀帝世，制博士弟子父母死，
　　　予寧三年，不及其它。然成哀之世，實已漸有行三年之喪者。且其
　　　時行者，或為天子所褒揚。或為衣冠所歎慕。或為鄉里所稱許。其

〔註 63〕《禮記正義》卷四十九《祭統》，《十三經注疏》，第 1602 頁。
〔註 64〕《漢書》卷八《宣帝紀》，第 250～251 頁。
〔註 65〕《漢書》卷五十三《河間獻王傳》，第 2412 頁。

不行者，則爲同列所譏彈。當時風氣所趨亦可見矣。及後王莽當國，

始倡三年喪制。〔註66〕

關於服喪三年的說法，在孔子的時代已經形成：「子生三年，然後免於父母之

懷。夫三年之喪，天下之通喪也。」〔註67〕帶有濃厚的親情倫理色彩。《荀子·

禮論》也對三年之喪有所論述。所謂喪儀，乃「孝子之志也，人情之實也，

禮儀之經也。非從天降也，非從地出也，人情而已矣。」〔註68〕「孝」作爲

漢代的治國之道，要求人們「報本反始」，由親親而尊尊，就如《孝經·廣揚

名章》所說：「君子之事親孝，故忠可移於君。」〔註69〕在家國同構的中國古

代宗法等級制社會，忠孝政治倫理觀念的形成與家族觀念緊密相聯。《周易·

序卦》云：「有天地，然後有萬物；有萬物，然後有男女；有男女，然後有夫

婦；有夫婦，然後有父子；有父子，然後有君臣；有君臣，然後有上下；有

上下，然後禮義有所錯。」〔註70〕君臣關係是從父子關係衍生出來的。於是，

孝道所強調的君臣父子等級關係，便成爲安國定邦的思想依據。王莽乃至其

整個家族的崛起，根本契機在於其姑母王政君入宮，成爲元帝的皇后、成帝

的生母。作爲一個歷經元平哀成四朝，並親歷王莽篡政的一個見證者，元后

的身份非常微妙，對於元后的定位，關係到新莽政權存在的意義和合法性問

題。《漢書·元后傳》提及揚雄作誄的背景：

太后年八十四，建國五年二月癸丑崩。三月乙酉，合葬渭陵。

莽詔大夫揚雄作誄曰：「太陰之精，沙麓之靈，作合於漢，配元生成。」

〔註71〕

《元后誄》全文七百六十二字，班固獨取此十六字，表面看來是取其本質、

列其大要，更重要的大概還是爲了淡化揚雄原誄中順天承命的政治色彩。據

《漢書》本傳，元后之爲人「婉順得婦人道」、「素謹愼」，對於王莽篡漢，也

表示「怨恨」。但恰恰正是她作爲元帝皇后的存在以及她的高壽，使得王氏外

戚的勢力經元成哀平四朝的擴充和蓄積，終於給了劉室政權致命的一擊，雖

〔註66〕楊樹達《漢代婚喪禮俗考》，上海：上海古籍出版社，2007 年，第 193～196
頁。

〔註67〕《論語注疏》卷十七《陽貨》，《十三經注疏》，第 2526 頁。

〔註68〕《禮記正義》卷五十六《問喪》，《十三經注疏》，第 1657 頁。

〔註69〕《孝經注疏》卷七，《十三經注疏》，第 2558 頁。

〔註70〕《周易正義》卷九，《十三經注疏》，第 96 頁。

〔註71〕《漢書》卷九十八《元后傳》，第 4035 頁。

然罪責不全在她，但她又確實是這場政變的最關鍵一環。而王莽之所以在她去世後，大做文章，也無非是爲了政權的合法性問題。其一，不管怎樣，即便王莽自己導演了一齣「受禪傳國」的荒唐鬧劇，但仍無法掩飾他竊取漢家王權的實質，即便已經秉政十餘年，當時的反對派依然不少於支持者，於是他急需機會來證明新莽政權乃天命所賜，以塞悠悠眾口，元后之駕崩自然是個好的契機。王莽在這件事上的功利心，只要比對《漢書·王莽傳上》中居攝三年九月，「莽母功顯君死，意不在哀」〔註72〕，後經劉歆等七十八儒喪服之議，王莽才勉強施行就不難發現。這也從側面反映了兩漢之際人們對於喪葬禮儀的重視。其二，王政君是合法的漢室皇后，而王莽爲其晚輩，強化二人之間的宗親關係，追溯其先祖的榮耀及身份，尤其強調其爲舜的後代，也爲證明王莽合法「禪代」提供歷史依據。

二、《元后誄》及其文體定型意義

《元后誄》〔註73〕前有序文，表達哀悼之意，說明寫作目的是爲表彰功德：

> 新室文母太后崩，天下哀痛，號哭涕泗。思慕功德，咸上柩，
>
> 誄之。

「新室文母太后」是王莽爲元后上的尊號，在名義上斷絕她與西漢的聯繫。揚雄以此相稱，表示對新莽政權的接受。隨後他追溯元后的先祖，敘其高貴出身：

> 惟我有新室文母聖明皇太后，姓出黃帝，西陵昌意，實生高陽。
>
> 純德虞帝，孝聞四方。登陟帝位，禪受伊唐。爰初胙土，陳田至王。
>
> 營相厥宇，度河濟旁。

據《漢書·元后傳》中王莽《自本》，自謂乃黃帝之後：「黃帝姓姚氏，八世生虞舜。舜起嬀汭，以嬀爲姓。至周武王封舜后嬀滿於陳，是爲胡公，十三世生完。完字敬仲，奔齊，齊桓公以爲卿，姓田氏。十一世，田和有齊國，二世稱王，至王建爲秦所滅。項羽起，封建孫安爲濟北王。至漢興，安失國，齊人謂之『王家』，因以爲氏。」揚雄在這裏所述王氏歷史與王莽自述完全符合，再次表明對於王氏政權的認同。這之前，已有「漢爲堯後」的說法，如《漢書·眭弘傳》弘上昭帝書：「先師董仲舒有言，雖有繼體守文之君，不害

〔註72〕《漢書》卷九十九《王莽傳上》，第4090頁。

〔註73〕以下所列《元后誄》原文皆引自嚴可均《全漢文》卷五十四，第554～555頁。

聖人之受命。漢家堯後，有傳國之運。漢帝宜誰差天下，求索賢人，禪以帝位，而退自封百里，如殷、周二王后，以承順天命。」受命改制說與漢家堯後說並提。堯舜禪讓的傳說被王莽利用，既然漢爲堯後，王氏爲舜後，那麼受禪就是理所當然的了。

接下來又暗示王政君的不凡出身：

　　沙麓之靈，太陰之精。天生聖姿，豫有祥禎。

「沙麓」一詞見於《元后傳》：「昔春秋沙麓崩，晉史卜之，曰：『陰爲陽雄，土火相乘，故有沙麓崩。後六百四十五年，宜有聖女興。』」這裏顯然是爲了附會卜辭中的吉兆。

隨後，文章概言元、成、哀三代之國運多艱和元后之賢德，作爲這篇誄文的主體部分，揚雄從各個角度，對元后一生的功德進行了全方位的羅列和鋪敘。值得注意的是這幾句：

　　火德將滅，惟后於斯。天之所壞，人不敢支。哀平夭折，百姓分離。
　　祖宗之愆，終其不全。天命有託，謫在於前。屬遭不造，榮極而遷。
　　皇天眷命，黃虞之孫。歷世運移，屬在聖新。代於漢劉，受祚於天。
　　漢祖承命，赤傳於黃。攝帝受禪，立爲眞皇。

王莽利用五德三統之說，因「漢家堯後」說而自稱舜後；再因「堯漢火德」說而制「舜新土德」說，製造出「火德銷盡，土德當代」的輿論；又利用哀平之世大肆興作的讖緯符命之說，最終篡奪了漢祚。誄文至此可見其爲新莽政權合法性張本的用心。於是，下文就以鋪敘元后之德爲名，頌美新政：

　　允受厥中，以安黎衆。漢廟黜廢，移定安公。皇皇靈祖，惟若孔臧。
　　降茲珪璧，命服有常。爲新帝母，鴻德不忘。欽德伊何，奉命是行。
　　菲薄服食，神祇是崇。尊不虛統，惟祇惟庸。隆循人敬，先民是從。
　　承天祇家，允恭虔恪。豐阜庶卉，旅力不射。恤民於留，不皇詭作。
　　別計千邑，國之是度。還奉於此，以處貧薄。罷苑置縣，築里作宅，
　　以處貧窮。哀此嫠獨，起常盈倉。五十萬斛，爲諸生儲，以勸好學。
　　志在黎元，是勞是勤。春巡灞滻，秋臻黃山。夏撫樗杜，冬恤涇樊。
　　大射饗飲，飛羽之門。綏宥耆幼，不拘婦人。刑女歸家，以育貞信。
　　玄冥季冬，搜狩上蘭。寅賓出日，東秩暘谷。鳴鳩拂羽，勝降桑木。
　　蠶於繭館，躬筐執曲。帥導群妾，咸循蠶簇。分繭理絲，女工是敕。
　　遐邇蒙祉，中外禔福。自京逮海，靡不仰德。成類存生，秉天地經。

無物不理，無人不寧。尊號文母，與新有成。世奉長壽，靡墮有傾。
著德太常，注諸流斿。

張溥直言：「元后誄哀思文母，盛譽宰衡，猶然美新。」〔註74〕可謂指中要害。
篇末則三歎「嗚呼哀哉」，強化哀悼之情懷：

嗚呼哀哉！以昭鴻名。享國六十，殂落而崩。四海傷懷，辮踴
拊心。若喪考妣，過密八音。嗚呼哀哉！萬方不勝。德被海表，彌
流魂精。去此昭昭，就彼冥冥。忽兮不見，超兮西征。既作下宮，
不復故庭。爰緘伊銘。嗚呼哀哉！

這篇誄文在序中有「銘曰」，篇末有「爰緘伊銘」，可見在體式上借鑒了銘文。
先秦時，銘文鑄於鼎上，用於喪祭儀式，《禮記‧祭統》曰：「夫鼎有銘。……
銘者，論撰其先祖之有德善、功烈、勳勞、慶賞、聲名，列於天下而酌之祭
器，自成其名焉，以祀其先祖也。」這篇誄文對於元後賢德之頌美，應該是
受到銘文體制特徵的影響。

綜上，揚雄對於誄文創作的突破在於：其一，其作誄之社會功能已不同
於劉勰所說的「讀誄定諡」之上古誄辭，而以銘德爲主要功能，以顯揚當世
爲現實目的。其二，突破了「賤不誄貴，幼不誄長」的制誄等級限制，將祭
祀儀式中的誄辭發展爲文人作品的誄文。其三，從文體意義上來說，《元后誄》
爲誄文樹立了一個體式上的規範，即前有序文，主體以四言詩體爲主，結構
上先頌美而後致哀，既遵循誄之古制，又體現了喪祭儀式和喪禮之文的結合，
成爲後世文人追思故人的典型文體。揚雄之後東漢文人創製誄文明顯增多，
據《後漢書》列傳及《文苑傳》所載，桓譚、馮衍、傅毅、崔駰、杜篤、衛
宏、班固、史岑、李尤、李勝、馬融、趙壹、蔡邕、蘇順、劉珍、葛龔、王
逸、崔琦、張昇等人都曾有所創製，可見揚雄此誄的文體定型之功。

〔註74〕〔明〕張溥《漢魏六朝百三家集題辭》，北京：人民文學出版社，1981年，第23頁。

結　語

　　周公制禮作樂的政治神話為西漢儒者提供了一個理想中的政治藍圖，元帝時醇儒政治的確立，使得這一理想制度模式具備了實施的可能性。這一時期儒家經學背景下的制禮作樂活動十分活躍，而與之相應的禮學思想卻在復古與革新之間反覆徘徊、日趨保守。一方面，西漢思想重儒家經學，經學傳統重家法、師法，長期以來復古風氣十分濃厚，元帝以後的醇儒政治，導致話語權始終掌握在倡言復古的世儒手中，國家禮制建設在復古思潮的主宰下走向僵化。另一方面，劉向、劉歆、揚雄等思想家在時代興替與社會變亂中不斷反思，其制禮主張和禮制思想中不乏革新精神，對於文學觀念有所影響，使得這一時期的文學思想在復古模擬中尋找新的出路，最終形成了西漢後期文學帶有鮮明的禮制文化之特徵。至於王莽在西漢後期以外戚而為權臣，最終篡漢立新，摹仿三代之禮、周公之政制禮作樂，都是西漢後期復古與革新兩大思潮對立統一背景下的必然結果。這一時期的文學發展，也是西漢後期文學發展的延續。

　　制度的建立需要一定的價值體系作為基礎，而選擇何種價值體系作為建制的基礎，主要取決於當權者的社會理想和政治理念。漢承秦制，乃一時之權宜；武帝時隨著儒學文本經學地位的確立，儒學成為思想界的主流，在此基礎上進行的一系列制禮作樂活動，更使儒學觀念制度化；西漢後期國家各項建制與改制正是沿著武宣以後的理路進行的，其各項制度在繼承與發展、復古與新變的左右搖擺中，表現出獨有的制度特徵。這其中，涉及禮制範疇的國家祭祀制度、禪讓制度、喪葬制度；涉及人才選拔和文人仕進的博士制度、察舉制度、郎官制度以及州制、官制等政治制度，均與文學產生了互動和互涉，制度與文學呈現出多層次、多角度的關聯：

一、制度與文學觀念。制度及受其制約的人的遭遇，對於文學觀念的催生有著明顯的影響。如宗正制度對於劉向禮教觀念的形成；獻賦制度對於揚雄辭賦摹擬觀念的形成；校書制度對於劉歆文化觀念的形成和文學思想的體現，等等。

二、制度與文學現象。制度往往有選擇地使一部分人獲益，另一部分人受限。博士制度、察舉制度與郎官制度是關係漢代文士政治命運的三大制度，對於文士在學術修養、論說方式和進言途徑方面產生了不同程度的影響。

三、制度與文學主題。廣義的文學文本，包括一切文字材料，西漢後期的文學作品，絕大多數以奏疏爲主，這其中朝臣議制是主要內容之一。西漢後期討論的制度主題多圍繞禮制，如國家祭祀制度展開。

四、制度與文體。制度對文體的影響是比較複雜的，有時制度能夠產生文體，如作爲喪葬制度衍生物的誄文；有時制度影響的只是某類文體的表現範圍，如兩漢之際的州制和官制之於揚雄的箴文；有時制度只是給某類文體提供了與之相關的思想背景，如禪讓制度與兩漢之際的奏疏。

當然，制度與文學的關涉並不僅限於以上四點，這裏只是列出與本文密切相關的主要方面。能夠對文學產生影響力的制度也不僅僅是本文涉及的種種，只是對於西漢後期及兩漢之際文學發展來說，這些制度的文化意義更爲明確。

本文力圖從制度角度去揭示文學發展的客觀規律和基本軌迹，學力所限以及研究方法的制約，雖然對於制度和文學的相互關係進行了盡可能多角度、多層次的探討，但對於制度變遷與文學發展的對應規律揭示得不夠深入，只好寄望於今後隨著研究視野的擴大和學力的繼續積纍，能夠對此論題所推進。

附表：《全漢文》所見西漢後期政論文

姓　名	從政時代	主要職任	政論文	備　註
賈捐之	元	待詔金馬門	《棄珠崖議》、《與楊興共爲薦石顯奏》、《又共爲薦楊興奏》	
杜欽	成	武庫令、議郎、王鳳幕府	《舉賢良方正對策》、《白虎殿對策》、《上疏追訟馮奉世前功》、奏說王鳳十篇	舉賢良方正
杜業	成哀	太常、函谷關都尉、上黨都尉	《上書追劾翟方進》、《上書言王氏世權》、《奏事》、《說成帝紹封功臣》	嗣爵建平侯，謚曰荒侯
王駿	元成	諫大夫、京兆尹等，御史大夫	《論指淮陽王欽》、《劾奏匡衡》	以孝廉爲郎
蕭育	宣至哀	御史、謁者、司吏校尉、中郎將、光祿大夫、執金吾等	《奏封事薦馮野王》	
辛慶忌	宣元成	右校丞、侍郎、謁者、郎中、光祿大夫、中郎將、執金吾、光祿勳、左將軍等	《上書理劉輔》	
韋玄成	宣元	諫大夫、太常、太子太傅、御史大夫、丞相	《劾劉更生》、《奏發陳咸朱雲事》、《罷郡國廟議》、《毀廟議》、《毀廟遷主議》、《復言罷文昭太后寢祠園》	以明經位至宰相。襲爵扶陽侯，謚曰共侯。
薛廣德	宣元	諫大夫、長信少府御史大夫	《上元帝書諫射獵》	
貢禹	宣元	涼州刺史、河內令；諫大夫、光祿大夫、長信少府、御史大夫	《上書言得失》、《奏宜放古自節》、《奏請正定廟制》、《送匈奴子議》	以明經徵博士，復舉賢良
匡衡	宣元成	太常掌故、郎中、光祿勳、御史大夫、丞相	《上疏言政治得失》、《上疏言治性正家》、《上疏戒妃匹勸經學威儀之則》、《奏免陳湯》、《奏徙南北郊》、《上言罷郊壇僞飾》、《又言罷雍鄜密上下祠》、《復條奏罷群祠》、《奏罷諸毀廟》、《華陰	宣帝時射策甲科；元帝時封安樂侯

姓 名	從政時代	主要職任	政論文	備 註
			《守丞嘉封事對》、《以孔子爲殷後議》、《郅支縣頭稿街議》、《甘延壽陳湯封爵議》、《禱高祖孝文孝武廟》、《告謝毀廟》	
劉向	宣元成	輦郎、諫大夫、郎中、中郎、光祿大夫中壘校尉	《使外親上變事》、《條災異封事》、《極諫用外戚封事》、《理甘延壽陳湯疏》、《諫營昌陵疏》、《復上奏災異》、《奏劾甘忠可》、《對成帝甘泉太疇問》、《日食對》、《說成帝定禮樂》、《誡子歆書》	明經達學。元帝即位,擢爲宗正
劉歆	成至新	黃門郎、中壘校尉、太中大夫、光祿大夫	《惠景及太上皇寢園議》、《移書讓太常博士》	
王尊	宣元成	諫大夫、光祿大夫、京兆尹	《劾奏匡衡》、《行縣還上奏事》、《安定太守告屬縣教》、《又敕掾功曹教》	
王商	宣元成	光祿大夫、左將軍、丞相	《徙南北郊議》	襲爵樂昌侯、諡曰戾侯
史丹	宣元成	駙馬都尉侍中、右將軍、光祿大夫	《奏劾王商》	賜爵關內侯、武陽侯、諡曰頃侯
王章	宣元成	諫大夫、中郎將、京兆尹	《上封事召見對言王鳳不可任用》、《奏封事薦馮野王》	
王禁	宣元	廷尉史	《楊興賈捐之獄議》	封陽平侯,諡曰頃侯
王鳳	元成	衛尉侍中、大司馬大將軍領尚書事	《因災異上書辭謝》、《因日蝕上言宜遣定陶王之國》、《東平王求子史對》、《薦辛慶忌》	嗣爵陽平侯、諡曰敬成侯
王立	成哀平	成帝河平中封紅陽侯,領城門兵	《上封事爲淳于長求留》	賜爵關內侯、紅陽侯、諡曰荒侯
王仁	成哀平	諫大夫	《諫立趙皇后疏》	嗣爵平陽侯,諡曰刺侯
王閎	哀至更始	中常侍、侍中、琅琊太守	《上書諫尊寵董賢》	

姓　名	從政時代	主要職任	政論文	備　註
王音	成	侍中侍郎將、太僕、御史大夫、大司馬車騎將軍	《因雊雞雊上言》、《復對詔》	封安陽侯，諡曰敬侯
許嘉	宣元成	中常侍、右將軍、大司馬車騎將軍	《毀廟議》、《郅支縣頭稿街議》	襲封平恩侯，諡曰共侯
甘延壽	元成	羽林、郎中諫大夫、城門校尉護軍都尉	《上疏斬送郅支首》	封義成侯，諡曰壯侯
陳湯	宣至哀	太官丞、西域副校尉、射聲校尉、大將軍從事中郎	《上疏自理》、《上封事請徙初陵》	元帝初舉茂才；賜爵關內侯，追封破胡侯，諡曰壯
翼奉	元	中郎、博士、諫大夫	《上封事言邪正》、《因災異應詔上封事》、《因災異上疏》、《上疏請徙都洛陽》、《日辰時對》、《廟祀對》	
京房	元	魏郡太守	《拜魏郡太守上封事》、《因郵上封事》、《至陝復上封事》、《奏考功課吏法》、《別對災異》、《律術對》	元帝初舉孝廉為郎
楊興	元成	長安令、諫大夫、部刺史	《黃霧對》、《說史高》	
韓宣	元	西域都護	《奏鎮撫星靡》、《奏更立烏孫昆彌》	
谷吉	元	衛司馬	《上書請送郅支侍子至庭》	
谷永	元成	太常丞、光祿大夫、安定太守、北地太守、大司農	《建始三年舉方正對策》、《對策畢復言災異》、《復對》、《三月雨雪對》、《黑龍見東萊對》、《日食對》、《星隕對》、《又日食對》、《災異對》、《門牡自亡對》、《日食上書》、《上疏訟陳湯》、《上疏薦薛宣》、《請賜諡鄭寬中疏》、《上疏理梁王立》、《受降議》、《塞河議》、《諫成帝微行》、《說成帝距絕祭祀方	

姓 名	從政時代	主要職任	政論文	備 註
			術》、《說王音》、《謝王鳳書》、《與王譚書》、《與王音書》、《戒段會宗書》	
韓昌	元	車騎都尉	《與呼韓邪單于盟約》	
張猛	元	光祿大夫		
董宏	元成哀	高昌侯	《上哀帝書請上傅太后及丁姬尊號》	嗣爵爲侯
尹忠	元	廷尉、光祿大夫、御史大夫	《毀廟議》	
尹更始	元	議郎、諫大夫、長樂戶將	《毀廟議》	有《春秋穀梁傳》十五卷
張忠	成	少府、御史大夫	《奏免王尊》	
何武	元至平	郎、諫大夫、御史大夫、大司空	《上封事薦辛慶忌》、《上疏薦傅喜》、《奏置三公官》、《奏置州牧》、《奏請內史如都尉》	以射策甲科爲郎，舉賢良方正對策拜諫大夫
華陰守丞嘉	元	華陰守丞	《上封事薦朱雲》	
朱雲	元成	博士、杜陵令、槐里令	《上疏劾韋玄成》	元帝時舉方正爲令
侯應	元	郎中	《對問罷邊備事狀》	元帝時舉茂才爲令
薛宣	元成哀	長安令、御史中丞、御史大夫、丞相	《上疏言吏多苛政》、《奏免張放》、《奏事》、《手自牒書封與高陵令陽湛》、《移書責櫟陽令謝游》、《移書勞免頻陽令尹賞粟邑令薛恭》、《移書池陽追署廉吏王立》、《下賊曹掾張扶教》	封高陽侯
諸葛豐	元	司吏校尉、光祿大夫、城門校尉	《上書謝恩》、《復上書》	以明經爲郡文學
朱博	元成哀	長安令、并州刺史、琅邪太守、光祿大夫、御史大夫、丞相	《上書讓封邑》、《奏復置御史大夫》、《奏復置刺史》、《奏封事免孔光傅喜》、《奏免師丹爵邑》、《奏免傅喜何武爵土》、《奏免王莽爵土》、《出教主簿》、《敕功曹》、《口占檄文》、《移遊徼王卿書》	封陽鄉侯

姓　名	從政時代	主要職任	政論文	備　註
王嘉	元成哀	郎、太中大夫、大鴻臚、京兆尹、御史大夫、丞相	《上疏請養材》、《諫封董賢等封事》、《因日食舉直言復奏封事》、《因大赦奏薦梁相鞫譚宗伯鳳封事》、《諫益封董賢等封事》、《遣將行邊對》、《下詔獄對詰》	以明經射策甲科爲郎，察廉爲南陵丞、長陵尉，舉敦樸；封新甫侯，諡曰忠侯
師丹	元至平	博士、東平王太傅、光祿大夫、少府、太子太傅、大司馬、大司空	《上書言封丁傅》、《建言限民田奴婢》、《劾奏董宏》、《共皇廟議》	舉孝廉爲郎，舉茂才；封高樂侯、關內侯、義陽侯，諡曰節侯
孫寶	成哀平	郡吏、議郎、諫大夫、光祿大夫、大司農	《上書理鄭崇》	以明經爲郡吏
陳咸	元成	郎、御史中丞、諫大夫、少府	《移敕郡長吏書》	舉方正爲光祿大夫給事中
鄭朋	元	黃門郎	《奏記蕭望之》	
胡常	元成	議郎、青州刺史	《與翟方進書》	
平當	元成哀	大行治禮丞、博士給事中、光祿勳、御史大夫、丞相	《上書請復太上皇寢廟園》、《奏劾翟方進》、《奏求治河策》、《樂議》	元帝時察廉爲順陽長
翟方進	元成	郎、議郎、博士、朔方刺史、京兆尹、御史大夫、丞相	《劾陳慶》、《奏劾涓勳》、《奏免陳咸逢信》、《復奏免陳咸》、《劾紅陽侯王立》、《復奏王立黨友》、《薦薛宣》、《立嗣議》、《淳于長小妻迺始等坐罪議》	元帝末射策甲科爲郎，成帝初舉明經遷議郎；封高陵侯，諡曰恭侯
翟義	成至莽居攝	郎、青州牧、東郡太守	《移檄郡國》	
范延壽	宣元成	北海太守、廷尉	《奏事》、《致王章大逆罪》	
公乘興	成	成帝時爲三老	《上書訟王尊致京兆功效日著》	
張匡	成	太中大夫	《日蝕對》	
馮逡	元	郎、謁者、隴西太守	《奏請濬屯氏河》	舉孝廉爲郎，成帝時舉茂才爲美陽令

姓　名	從政時代	主要職任	政論文	備　註
孫禁	成	丞相史	《治河方略》	
許商	成	博士、將作大匠、河堤都尉、大司農、光祿勳	《駁孫禁開篤馬河方略》	治《尙書》，著《五行論》、《算術》
趙增壽	成	廬江太守、廷尉、常山都尉	《陳湯罪議》、《又白解萬年》	
涓勳	成	司吏校尉、昌陵令	《奏劾薛宣》	
劉輔	成	襄賁令、諫大夫	《上疏諫立趙後》	河間宗室，成帝時舉孝廉
杜鄴	成哀	衛軍主簿、侍御史、涼州刺史	《元壽元年舉方正直言對》、《災異對》、《說王音》、《說王商》	成帝時舉孝廉爲郎，哀帝時舉方正直言
毋將隆	成哀	諫大夫、潁川太守、京兆尹、執金吾、南郡太守	《奏徵定陶王封事》、《奏請收還武庫兵器》	
鮑宣	哀平	郎、議郎、諫大夫、司隸	《上書諫哀帝》、《復上書》	舉孝廉爲郎
梅福	成哀	南昌尉	《上書言王鳳專擅》、《上書請封孔子子孫爲殷後》	
郭舜	成	西域騎都尉	《上言宜絕康居》	
申咸	成哀	博士給事中	《上書理師丹》	
龔勝	成哀平	郡吏、諫大夫、光祿大夫	《朱博傅晏趙玄罪議》、《王嘉罪議》	三舉孝廉，後舉茂才
揚雄	成至新	黃門郎、大中大夫	《上書諫勿許單于朝》、《對詔問災異》、《劇秦美新》《連珠》	
李尋	成哀	議曹、黃門侍郎、騎都尉	《對詔問災異》、《又對問災異》、《塞河議》、《奏記翟方進》、《說王根》	
梁太傅輔	成	梁王太傅	《奏約束梁王立》	
彭宣	成哀平	博士、東平太傅、大司農、光祿勳、御史大夫	《奏劾朱博趙玄傅晏》、《毀廟議》	封長平侯，諡曰頃侯

姓　名	從政時代	主要職任	政論文	備　註
鄭崇	成哀	郡文學史、尙書僕射	《諫封傅商》	
譙玄	成至光武	議郎、中散大夫	《上書諫成帝》	
閻崇	成	光祿大夫、太子少傅、執金吾	《皇太子謝爲所生立后議》	
方賞 畢由	成哀	左馮翊 大鴻臚	《移書梁傅相中尉》 《移書梁傅相中尉》	
陳咸	成至新	尙書，平帝、新莽時徵召不就	《戒子孫》	
鄭子眞		王鳳禮聘不應	《教》	隱士
解光	哀	司吏校尉	《奏劾王根王況》、《奏劾趙皇后姊娣》	以明經通災異得幸
郭欽	哀平	丞相司直、南郡太守	《奏劾豫州牧鮑宣》	
御史中丞眾	哀	御史中丞	《薛況罪議》	
息夫躬	哀	光祿大夫左曹給事中	《上疏詆公卿大臣》、《上言開渠》、《奏間匈奴烏孫》、《建言厭應變異》	封宜陵侯
泠褒	哀	郎中令	《奏尊傅太后丁後》	
段猶	哀	黃門郎		
夏賀良	哀	待詔黃門	《改元易號議》	
賈讓	哀	待詔	《奏治河三策》	
耿育	哀	議郎	《上書言便宜因冤訟陳湯》、《上疏請寬趙氏》	
楊宣	哀	諫大夫	《上封事理王氏》、《災異對》	
議郎龔	哀	議郎	《王嘉罪議》	
永信少府猛	哀	永信少府	《王嘉罪議》	

參考文獻

典籍類

1. 〔漢〕董仲舒著，〔清〕蘇輿注，春秋繁露義證〔M〕，北京：中華書局，1992 年。

2. 〔漢〕陸賈著，王利器校注，新語校注〔M〕，北京：中華書局，1986 年。

3. 〔漢〕賈誼著，閻振益、鍾夏校注，新書校注〔M〕，北京：中華書局，2000 年。

4. 〔漢〕司馬遷，史記〔M〕，北京：中華書局，1959 年。

5. 〔漢〕桓寬著，王利器校注，鹽鐵論校注〔M〕，天津：天津古籍出版社，1983 年。

6. 〔漢〕劉向著，趙仲邑注，新序詳注〔M〕，北京：中華書局，1997 年。

7. 〔漢〕劉向撰，趙善詒疏證，說苑疏證〔M〕，上海：華東師範大學出版社，1985 年。

8. 〔漢〕揚雄著，司馬光等注，太玄集注〔M〕，北京：中華書局，1998 年。

9. 〔漢〕揚雄著，汪榮寶，陳仲夫疏，法言義疏〔M〕，北京：中華書局，1987 年。

10. 〔漢〕揚雄著，張震澤校注，揚雄集校注〔M〕，上海：上海古籍出版社，1993 年。

11. 〔漢〕桓譚，新論〔M〕，上海：上海人民出版社，1977 年。

12. 〔漢〕王充，論衡〔M〕，上海：上海人民出版社，1974 年。

13. 〔漢〕班固撰，〔唐〕顏師古注，漢書〔M〕，北京：中華書局，1962 年。

14. 〔漢〕荀悅撰，張烈點校，漢紀〔M〕，北京：中華書局，2002 年。

15. 〔南朝宋〕范曄著,〔唐〕李賢注,後漢書〔M〕,北京:中華書局,1965年。

16. 〔梁〕劉勰著,范文瀾注,文心雕龍注〔M〕,北京:人民文學出版社,1958年。

17. 〔宋〕司馬光,資治通鑒〔M〕,北京:中華書局,1956年。

18. 〔宋〕朱熹,四書集注〔M〕,長沙:嶽麓書社,1985年。

19. 〔明〕徐師曾,文體明辨序說〔M〕,北京:人民文學出版社,1982年。

20. 〔明〕吳訥,文章辨體序說〔M〕,北京:人民文學出版社,1982年。

21. 〔明〕張溥著,殷孟倫,漢魏六朝百三家集題辭注〔M〕,北京:中華書局,2007年。

22. 〔清〕王夫之,讀通鑒論〔M〕,北京:中華書局,1975年。

23. 〔清〕劉熙載,藝概〔M〕,上海:上海古籍出版社,1978年。

24. 〔清〕趙翼著,王樹民校正,廿二史札記校正〔M〕,中華書局,1984年。

25. 〔清〕阮元,十三經注疏〔M〕,北京:中華書局,1980年。

26. 〔清〕孫詒讓,周禮正義〔M〕,北京:中華書局,1987年。

27. 〔清〕王先謙,荀子集解〔M〕,北京:中華書局,1988年。

28. 〔清〕王先謙,漢書補注〔M〕,北京:中華書局,1983年。

30. 〔清〕王先謙,後漢書集解〔M〕,北京:中華書局,1984年。

31. 〔清〕嚴可均輯,全上古三代秦漢三國六朝文〔M〕,北京:中華書局,1958年。

31. 〔清〕皮錫瑞,經學歷史〔M〕,北京:中華書局,1959年。

32. 〔清〕孫星衍等輯,漢官六種〔M〕,北京:中華書局,1990年。

專著類

1. 劉師培,論文雜記〔M〕,北京:人民文學出版社,1959年。

2. 勞幹,漢代政治論文集〔M〕,臺北:藝文印書館,1976年。

3. 余英時,中國知識階層史論〔M〕,臺北:聯經出版事業公司,1980年。

4. 呂思勉,秦漢史〔M〕,上海:上海古籍出版社,1983年。

5. 陳國慶,漢書藝文志注釋彙編〔M〕,北京:中華書局,1983年。

6. 安作璋、熊鐵基,秦漢官制史稿〔M〕,濟南:齊魯出版社,1984年。

7. 黃留珠,秦漢仕進制度〔M〕,西安:西北大學出版社,1985年。

8. 蘇誠鑒,桓譚〔M〕,合肥:黃山書社,1986年。

9. 錢穆,秦漢史〔M〕,臺北:臺灣東大圖書有限公司,1987年。

10. 余英時，士與中國文化〔M〕，上海人民出版社，1987 年。

11. 馬積高，賦史〔M〕，上海：上海古籍出版社，1987 年。

12. 楊伯峻，春秋左傳注〔M〕，北京：中華書局，1990 年。

13. 許結，漢代文學思想史〔M〕，南京：南京大學出版社，1990 年。

14. 褚斌傑，中國古代文體概論〔M〕，北京：北京大學出版社，1990 年。

15. 鍾肇鵬，讖緯論略〔M〕，瀋陽：遼寧教育出版社，1991 年。

16. 孟祥才，中國政治制度史（第三卷），北京：人民出版社，1991 年。

17. 〔日〕大庭修著，林劍鳴等譯，秦漢法制史研究〔M〕，上海：上海人民出版社，1991 年。

18. 黃仁宇，赫遜河畔談中國歷史〔M〕，北京：三聯書店，1992 年。

19. 費振剛等，全漢賦，北京大學出版社〔M〕，1993 年。

20. 鍾肇鵬、周桂鈿，桓譚王充評傳〔M〕，南京：南京大學出版社，1993 年。

21. 錢穆，國史大綱〔M〕，北京：商務印書館，1994 年。

22. 聶石樵，先秦兩漢文學史稿〔M〕，北京：北京師範大學出版社，1994 年。

23. 朱維錚主編，周予同經學史論著選集（增訂本）〔M〕，上海：上海人民出版社，1996 年。

24. 閻步克，士大夫政治演生史稿〔M〕，北京：北京大學出版社，1996 年。

25. 周桂鈿，王莽評傳〔M〕，南寧：廣西教育出版社，1996 年。

26. 楊向奎，宗周社會與禮樂文明〔M〕，北京：人民出版社，1997 年。

27. 金春峰，漢代思想史〔M〕，中國社會科學出版社，1997 年。

28. 陳明，儒學的歷史文化功能：士族：特殊形態的知識分子研究〔M〕，上海：學林出版社，1997 年。

29. 王葆玹，今古文經學新論〔M〕，北京：中國社會科學出版社，1997 年。

30. 于迎春，漢代文人與文學觀念的演進〔M〕，北京：東方出版社，1997 年。

31. 王瑤，中古文學史論〔M〕，北京：北京大學出版社，1998 年。

32. 葛兆光，中國思想史（第一卷）〔M〕，上海：復旦大學出版社，1998 年。

33. 華友根，西漢禮學新論〔M〕，上海：上海社會科學院出版社，1998 年。

34. 顧頡剛，秦漢的儒生與方士〔M〕，上海：上海古籍出版社，1998 年。

35. 歐陽哲生主編，胡適文集〔M〕，北京：北京大學出版社，1998 年。

36. 陳登原，國史舊聞〔M〕，北京：中華書局，2000 年。

37. 劉小楓，儒家革命精神源流考〔M〕，上海：上海三聯書店，2000 年。

38. 王青，揚雄評傳〔M〕，南京：南京大學出版社，2000 年。

39. 郭預衡，中國散文史〔M〕，上海：上海古籍出版社，2000 年。

40. 于迎春，秦漢士史〔M〕，北京：北京大學出版社，2000 年。

41. 胡學常，文學話語與權力話語：漢賦與兩漢政治〔M〕，杭州：浙江人民出版社，2000 年。

42. 詹福瑞，漢魏六朝文學論集〔M〕，石家莊：河北大學出版社，2001 年。

43. 錢穆，兩漢經學今古文平議〔M〕，北京：商務印書館，2001 年。

44. 張濤，經學與漢代社會〔M〕，石家莊：河北人民出版社，2001 年。

45. 徐復觀，兩漢思想史〔M〕，上海：華東師範大學出版社，2001 年。

46. 馬積高，歷代辭賦研究史料概述〔M〕，北京：中華書局，2001 年。

47. 陳蘇鎮，漢代政治與《春秋》學〔M〕，北京：中國廣播電視出版社，2001 年。

48. 呂思勉，中國制度史〔M〕，上海：上海世紀出版集團、上海教育出版社，2002 年。

49. 陳戍國，中國禮制史‧秦漢卷〔M〕，長沙：湖南教育出版社，2002 年。

50. 〔日〕岡村繁，周漢文學史考〔M〕，上海：上海古籍出版社，2002 年。

51. 陳蔚松，漢代考選制度〔M〕，武漢：崇文書局，2002 年。

52. 姜廣輝主編，中國經學思想史〔M〕，北京：中國社會科學出版社，2003 年。

53. 方銘，經典與傳統：先秦兩漢詩賦考論〔M〕，北京：人民文學出版社，2003 年。

54. 余英時，士與中國文化〔M〕，上海：上海人民出版社，2003 年。

55. 徐興無，讖緯文獻與漢代文化建構，北京：中華書局，2003 年。

56. 錢穆，秦漢史〔M〕，北京：三聯書店，2004 年。

57. 藍旭，東漢士風與文學〔M〕，北京：人民文學出版社，2004 年。

58. 韓高年，詩賦文體源流新探〔M〕，成都：巴蜀書社，2004 年。

59. 吳宗國主編，中國古代官僚政治制度研究〔M〕，北京：北京大學出版社，2004 年。

60. 呂思勉，呂思勉讀史札記（增訂本）〔M〕，上海：上海古籍出版社，2005 年。

61. 李春青，詩與意識形態〔M〕，北京：北京大學出版社，2005 年。

62. 楊聯陞，國史探微〔M〕，北京：新星出版社，2005 年。

63. 徐興無，劉向評傳〔M〕，南京：南京大學出版社，2005 年。

64. 顧頡剛，漢代學術史略〔M〕，北京：東方出版社，2005 年。

65. 楊鴻，漢魏制度叢考〔M〕，武漢：武漢大學出版社，2005 年。

66. 黃清連主編，制度與國家〔M〕，北京：中國大百科全書出版社，2005 年。

67. 許結，賦體文學的文化闡釋〔M〕，北京：中華書局 2005 年。

68. 楊永俊，禪讓政治研究〔M〕，北京：學苑出版社，2005 年。

69. 查屏球，從遊士到儒士：漢唐士風與文風論稿〔M〕，上海：復旦大學出版社，2005 年。

70. 程勇，漢代經學文論敘述〔M〕，濟南：齊魯書社，2005 年。

71. 陳來，古代宗教與倫理：儒家思想的根源〔M〕，臺北：允晨文化實業股份有限公司，2005 年。

72. 黃金明，漢魏南北朝誄碑文研究〔M〕，北京：人民文學出版社，2005 年。

73. 黃清連主編，制度與國家〔C〕，北京：大百科全書出版社，2005 年。

74. 章太炎，國故論衡〔M〕，上海：上海世紀出版集團，2006 年。

75. 徐復觀，徐復觀論經學史二種〔M〕，上海：上海世紀出版集團，2006 年。

76. 譚家健，中國古代散文史稿〔M〕，重慶：重慶出版社，2006 年。

77. 劉躍進，秦漢文學編年史〔M〕，北京：商務印書館，2006 年。

78. 楊權，新五德理論與兩漢政治〔M〕，北京：中華書局，2006 年。

79. 嚴耕望，嚴耕望史學論文選集〔M〕，北京：中華書局，2006 年。

80. 王琳、邢培順，西漢文章論稿〔M〕，濟南：齊魯書社，2006 年。

81. 翁禮明，禮樂文化與詩學話語〔M〕，成都：巴蜀書社，2007 年。

82. 葛兆光，中國思想史（第一卷）〔M〕，上海：復旦大學出版社，2007 年。

論文類

1. 顧頡剛，五德終始說下的政治與歷史〔J〕，清華大學學報（自然科學版），1930 年 1 月。

2. 蘇誠鑒，桓譚與王莽〔J〕，安徽師範大學學報（哲學社會科學版），1986 年 1 月。

3. 顏崑陽，論漢代文人「悲士不遇」的心靈模式〔A〕，漢代文學與思想學術研討會論文集〔C〕，臺北：文史哲出版社，1991 年。

4. 楊向奎，論〈周語〉中周公的政治地位問題〔J〕，社會科學輯刊，1991 年 1 月。

5. 葛志毅，王莽改制的經學文化基礎〔J〕，求是學刊，1993 年 2 月。

6. 葛志毅，兩漢經學與古代學術體系的轉型〔J〕，北京大學學報（哲學社會科學版），1994 年 2 月。

7. 吳青，災異與漢代社會〔J〕，西北大學學報，1995 年 3 月。

8. 馬彪，兩漢之際劉氏宗室的「中衰」與「中興」〔J〕，北京師範大學學報（社會科學版），1995 年 5 月。

9. 王春淑，揚雄著述考略〔J〕，四川師範大學學報（社會科學版），1996 年 7 月。

10. 熊禮彙，兩漢散文藝術嬗變論，武漢大學學報（哲學社會科學版），1997 年第 5 期。

11. 邱明華、楊俊紅，劉向劉歆著述考〔J〕，社會科學動態，1998 年 1 月。

12. 徐俊祥，從孔子到王莽：儒家外王理論在漢末的失敗〔J〕，揚州大學學報，1999 年 1 月。

13. 于雪棠，先秦兩漢文體研究〔D〕，北京師範大學，2002 年。

14. 王國維，漢魏博士考〔A〕，觀堂集林（外二篇）〔M〕，石家莊：河北教育出版社，2001 年。

15. 王承略，論漢代經學發展的五個階段〔J〕，山東大學學報（人文社會科學版），2002 年 1 月。

16. 張曉明，二十年來揚雄研究綜述〔J〕，青島大學師範學院學報，2002 年 12 月。

17. 鄭萬耕，劉向劉歆父子的學術史觀〔J〕，史學史研究，2003 年 1 月。

18. 馮小祿，從摹擬論揚雄《反騷》的範式意義〔J〕，北京師範大學學報（社會科學版），2003 年 3 月。

19. 張強，漢代以前的禮樂沿革與帝王統治術〔J〕，江蘇社會科學，2003 年 3 月。

20. 李山，經學觀念與漢樂府、大賦的文學生成〔J〕，河北學刊，2003 年 7 月。

21. 劉敏，漢新禪代中的劉歆〔J〕，史學月刊，2003 年 7 月。

22. 賴華明，漢代察舉制的內容及其功過〔J〕，2003 年 11 月。

23. 侯文學，淑周楚之豐烈：揚雄作品的文化闡釋〔D〕，東北師範大學，2003 年。

24. 敖學崗，兩漢之際思想與文學〔D〕，南京大學，2003 年。

25. 邊家珍，兩漢之際的學術演變〔D〕，山東大學，2003 年。

26. 康衛國，揚雄的文學思想：以「因」「革」為中心〔D〕，陝西師範大學，2003 年。

27. 王柏中，兩漢國家祭祀制度研究〔D〕，吉林大學，2004 年。

28. 〔日〕小林聰，漢六朝時代禮制和官制的關係〔A〕，北朝史研究：中國魏晉南北朝史國際學術研討會論文集〔C〕，北京：商務印書館，2004 年。

29. 王德華，東漢前期賦頌二體的互滲與散體大賦的走向〔J〕，文學遺產，2004 年 4 月。

30. 張爽，漢代禮制及其推行〔D〕，東北師範大學，2005 年。

31. 郜積意，劉歆與兩漢今古文學之爭〔D〕，復旦大學，2005 年。

32. 王藝，王莽改制新證〔D〕，北京大學，2005 年。

33. 張馨心、慶振軒，桓譚《新論》散論〔J〕，社科縱橫，2006 年 12 月。

34. 程勇，論經學與漢代文學的關聯〔J〕，社會科學研究，2007 年 2 月。

35. 尚學鋒，漢代經學與文體嬗變〔J〕，長江學術，2007 年 3 月。

36. 李豐春，王莽代漢的「心法」研究〔J〕，河南師範大學學報（哲學社會科學版），2007 年 5 月。

37. 王長華、郗文倩，漢代賦、頌二體辨析〔J〕，文學遺產，2008 年 1 月。

38. 過常寶，論《尚書》誥體的文化背景〔J〕，北京師範大學學報（社會科學版），2008 年 4 月。

後 記

　　這篇論文最初的構想來自我的導師過常寶先生。選題確定之初，是準備以兩漢之際的王莽改制爲中心，探討制度與文學的關係，這是一個頗有難度、也很有意義的題目。開題報告會結束後，根據尚學鋒師、李山師和于雪棠師的相關建議，我對提綱進行了修改。這之後，我曾嘗試從禮樂制度的角度探討此期的文學現象，但失之狹隘。在過師的點撥下，我及時調整了論文寫作方向，即從制度和文學的雙向互動中探討西漢後期的文學發展狀況。這樣一來，論文的研究視野擴大了，操作性更強了，論文得以順利進行下去。

　　論文匆匆寫就，在寫作的過程中，我不斷在自己的思維定勢和適當的研究方法之間搖擺，進行不下去時，就會求助於過師。然自知駑鈍，離老師的要求還有一定的距離。論文若有值得稱揚之處，均得之於過師的指導；至於錯訛不當之處，其責概由筆者自負。

　　整個研究生階段，從碩士到博士，追隨過師求學六載，老師的睿智犀利、博學慎思，以及幽默感和慈悲心，都令我欽佩不已並深受影響。畢業在即，師恩難忘，在此鄭重感謝過師對我的培養、教導和關懷！同時，也要感謝尚學鋒師、李山師和于雪棠師這六年來給我的鼓勵、幫助和建議，各位老師同我的導師一起，在治學和爲人方面，爲我樹立了追摹的榜樣，令我深受教益之餘，更生見賢思齊之心。還要感謝北京語言大學的方銘師和張德建師，爲我的論文提出了寶貴的建議，這些建議將作爲我今後繼續這一選題的重要參考。

　　衷心感謝我的父母，他們對我的無私關愛、無限包容，以及無條件的支持，讓我能夠保持樂觀、健康的生活態度，面對成長的煩惱仍擁有單純的快樂。

　　還有我的諸位學友，感謝他們一路陪伴下的攜手共進！

魏榮 謹識
2009 年 5 月